外国语言文学研究系列丛书　总主编　高继海　杨朝军

非裔美国作家自传研究

焦小婷　著

科学出版社

北　京

内 容 简 介

本书选取不同时期具有代表性的非裔美国作家的自传作品为研究对象，着力刻画这些站在风口浪尖上的真实人物的人格风貌，细致解读其生动鲜活的生存、生命和生活故事，既是对单一作家自画像的再现，又是审美意义上的非裔美国作家群体像的批评性传记和传记性批评。

本书适合一切文学爱好者阅读，是大专院校从事文学研究的师生不可多得的第一手史料。

图书在版编目（CIP）数据

非裔美国作家自传研究 / 焦小婷著. —北京：科学出版社，2017.6

（外国语言文学研究系列丛书/高继海，杨朝军主编）

ISBN 978-7-03-053652-5

Ⅰ. ①非… Ⅱ. ①焦… Ⅲ. ①传记文学-文学研究-美国

Ⅳ. ①I712.075

中国版本图书馆 CIP 数据核字（2017）第 134941 号

责任编辑：常春娥 / 责任校对：贾伟娟
责任印制：张欣秀 / 封面设计：铭轩堂

科 学 出 版 社 出版

北京东黄城根北街 16 号
邮政编码：100717
http://www.sciencep.com

北京东华虎彩印刷有限公司 印刷

科学出版社发行　各地新华书店经销

*

2017 年 6 月第 一 版　开本：720×1000 B5
2017 年 6 月第一次印刷　印张：13 1/4
字数：180 000

定价：72.00 元
（如有印装质量问题，我社负责调换）

作者简介

焦小婷，陕西富平人，文学博士，河南大学外语学院教授、硕士生导师。1988 年毕业于西安外国语大学英语系，获文学学士学位。2001 年毕业于河南大学外语学院，获文学博士学位。2006 年 10 月至 2007 年 10 月在英国艾塞克斯大学文学系访学。2014 年 9 月至 2015 年 9 月在哈佛大学黑人文化文学研究院访学。

主要从事英美文学研究，专长于美国黑人文学研究。2008 年出版专著《多元的梦想——"百衲被"审美与托尼·莫里森的艺术诉求》；2009 年、2011 年翻译出版了由北京大学出版社委托的人类学巨著《生命的尊严：透析哈莱姆东区的快克买卖》及社会学著作《智识生活社会学》，2014 年编译出版了《心灵的对话——莱辛访谈录》。2007 年至今，先后参与、主持完成国家社科、河南省社科、教育厅社科基金项目 11 项。

近年来在《外语研究》《外国文学研究》《外国语文》《山东外语教学》等期刊杂志发表相关学术论文近 40 篇，为网络专栏"Reading a Bit"写作并发表文学评论文章 15 篇。

丛 书 序

　　河南大学外语学院与河南大学同岁，其前身为 1912 年的河南留学欧美预备学校，迄今已有百年的办学历史。现设有英语、翻译、俄语、日语、德语、法语 6 个本科专业，拥有外国语言文学博士后科研流动站、外国语言文学一级学科博士、硕士学位授权点。河南大学外语学院的英语专业为国家级特色专业和国家级专业综合改革试点，"高级英语"为国家级精品课程，英语语言文学教学团队为国家级教学团队，外国语言文学为河南省一级重点学科。英语专业连续多年跻身全国专业排行榜 A++行列。

　　河南大学外语学院目前的在校本科生总数为 852 人，在校硕士研究生 360 余人，在校博士研究生 18 人，另有博士后进站人员 10 余人。现有教职工 106 人，其中教授 18 人，副教授 32 人，博士生导师 12 人，硕士生导师 36 人。拥有河南省高校人文社科重点研究基地（英语语言文学研究中心）、河南大学外国语言学及应用语言学、英美文学、翻译理论研究所等科研机构并主办有《外文研究》学术期刊。

　　一百多年来，河南大学外语学院的教职工生秉承河南大学明德新民、止于至善的校训，殚智竭诚，筚路蓝缕，涌现出张今、刘炳善、吴雪莉、徐盛桓等国内知名专家学者，其关于认知语言学、莎学、语用学的研究在国内外有广泛影响，功能语言学、文体学、英汉语言对比、翻译理论、俄罗斯语言文学等方向的研究在国内居于前列。

　　按照十八大"科教兴国，人才强国，可持续发展"的科教战略，河南大学外语学院进一步完善了学科布局，出台了一系列的规章制度，使得学院学术研究空前繁盛，近 5 年来，共发表学术论文 360 多篇，出版教材和著作 50 余部；先后承担国家社科基金项目9项，省部级科研项目16项，获得省部级以上科研和教学奖励24项。正是在这样一种氛围中，我们决定推出这套《外国语言文学研究系列丛书》，旨在展现河南大学外语学院的最新研究成果，向学界汇报我们的研究发现。

这套丛书的组织有以下两个明显的特点：

一是学科的覆盖面较为广泛，涉及文学、语言学和翻译等研究领域。文学方面有探讨文学批评原理的，如吕长发教授的著作；也有关于具体的文学理论流派的，如薛玉凤教授的创伤文学研究、孙晓青老师的印象主义研究、张玉红老师的民俗文学批评研究、张璟慧老师的现象学精神分析研究等；还有文学史料的研究成果，如李巧慧老师的《尤利西斯》出版史料研究等。涉及语言学的研究涵盖英语、汉语和俄语，均是利用当代语言学研究的最新成果对具体语言现象的分析，如杨朝军教授关于形式和功能关系的探讨、李香玲老师的认知研究、王志坚老师的俄语被动句语义研究、刘倩老师的心智哲学研究、庄会彬老师的现代汉语否定现象的句法研究等。涉及翻译的作品有侯健老师关于中国典籍翻译的方法论思考和薛凌老师关于理雅各《左传》英译的研究等。

这套丛书的另外一个特点是著者涉及不同的年龄阶段，可以说是老中青结合，反映了河南大学外语学院薪火相传、生生不息的学术传统。例如，博士生导师吕长发教授已经是74岁高龄但仍然笔耕不辍，杨朝军教授和薛玉凤教授则是年富力强的中年学者，而其他作者皆为近几年涌现出来的青年才俊，他们学识渊博、风华正茂、成果丰硕，是当代外语界学者们的一个缩影。

最后想要说明的是，著作编撰难免有学术或技术上的问题，恳请各位同仁能够不吝指正。同时学院代表这套丛书的所有作者，向在背后默默付出的科学出版社的常春娥编辑表示谢忱！

总主编

2014年9月于河南大学外语楼

目　录

第 一 章

绪 论

第一节 非裔美国作家自传的起源和发展

非裔美国作家自传（The Autobiography of African American Writers）（也称美国黑人①作家自传），是指那些在美国出生、成长、一直从事文学创作，且在文学史上有过一定贡献并公开发表过有一定影响力作品的黑人作家的生命故事。

美国黑人作为美国历史上一个颇为特殊的族群，其发展过程中有过许多里程碑式的深刻变迁。17、18 世纪黑人的祖先们带着脚镣和手铐从西非被卖入美国为奴，19 世纪中期南北战争后才有了身份的自由，20 世纪 60 年代民权运动之后获得了所谓的平等。从以奴隶身份求生存的极端贫困到在财富、知识和权利等方面与其他族群并驾齐驱，美国黑人三百多年的生命历程，时间锻铸了他们的意志和坚韧。难怪托马斯·索威尔感叹道，"无论是哪个种族都没有像黑人那样不得不从如此低下的起点赶上来，以便和他们的美国同胞携手并进"（托马斯·索威尔，2011：216）。只是这一"赶上来"的过程，是几千万美国黑人由血、泪、汗、生命、

---

① 为了和带有贬义 Negro（黑鬼）区分，民权运动时期的 1963 年，正式启用美国黑人（Black people）一词，一般指那些 17、18 世纪被贩到美国做黑奴的非洲人的后代。本书中的"黑人"是指非洲裔美国人。

意志、精神、勇气、梦想浇铸而成的，有着太多的迷惘、焦虑、呐喊、寻索、抗争的生命感悟和生命传奇，求生存、求归属、求认同的生命意识贯穿黑人作家自传文本的始终。

自传（autobiography）是"对一个人的一生，或一生中有意义的部分的回顾性叙述，由其本人写作并公开表明其意图：真实地讲述他/她公众的和私人的经历的故事"（Stone，1972：24）。自传起源于"纪念自我的本能……，要求认识和表现自我，也让别人了解自己，肯定和尊重自己的存在"（杨正润，2009：307）。因而强烈的自我意识、自我探索和自我表现的愿望，是自传写作的必要前提。文学写作最终通向的是生命，传主们在写作中养成了自己。

美国是世界上传记作品最多的国家，这与其移民国家的特质不无关系。一切追求美国梦并获得成功的人士，无论其身份、肤色、性别、年龄、职业有何不同，都可能成为传主。然而，美国黑人作家因特殊的历史遭遇和种族渊源，往往比同代人更具生命意识和道德敏感性，他们以强烈的精神内涵和独特的写作方式，表达着各自的种族情怀和文化乡愁；他们将生命的力量转化为文字，在作品中打开心结，认知自己、安慰自己、治愈自己，激励自己，舒展个体人格风貌，放飞各自"黑色的"梦想。

美国黑人作家自传的发展，尽管没有赶上西方传统传记发展的步伐，但基本上契合了西方传统传记发展的轨迹，先后经历了"历史性、哲学性、诗意性和多元化自传"（Spengemann，1980）几个阶段。是语言、文化、知识帮助美国黑人走出被蒙蔽状态，为其理解自我和社会提供了强有力的工具。除了初始阶段口头讲述个人磨难之外，美国黑人作家自传发展的第一、二阶段皆属于"按照时间顺序记叙"的"历史性自传"（historical autobiography），即作者严格追寻自己的生活事件，展现"自我意识的显现和精神上的渐次完整"。南北战争（1861—1865）结束之后，黑人获得了身份的自由。而"作家自身必须感受到自由。唯有感受自由，获得自信，内心安详，才能进入艺术创作的最佳状态"（林贤治，2000：79），黑人传记文学藉此进入了第一次高峰，即奴隶叙事阶段。在保存下来的三百多部奴隶叙事中，黑人作家们以新的身份，抒写自我意志，张扬自我意识，凸显自我精神和生命力。

哈莱姆文艺复兴运动（20世纪20年代）前后的作家自传，基本上谋和了"历史性自传"的特点，但作家们的自我意识、民权意识憬醒，自信心激增，并开始在自我书写中强化自我人格的建构。

黑人作家自传发展的第三阶段——民权运动时期（20世纪60年代）自传作品的性质，与传统的"哲学自传"（philosophical autobiography）的特质相呼应，不仅展示出"作者对认识论和个人思想进程的兴趣，而且还将这些兴趣融入到文本的结构中"，且在作家们自觉的表现意识中，明显地多了几分弘扬黑人精神的主旨。

后民权时代的美国黑人作家自传作品，则更接近于将"把诗性的自我表白和诗性的自我创造"并置的"诗性自传"（poetic autobiography）。作家们以相对开放的文化心态检视历史，以坚定而鲜明的自由意识"摆脱影响的焦虑，勇于创造新的式样和风格，……，勇于否定现存秩序的必然性"（林贤治，2000：81），在张扬主体意识的同时，省察生命的价值和意义。除了黑人作家自传的一般特性，这一时期的作家们更重视自我发展和自我人格的提升，更关切黑人民族的历史和未来，更具有鲜明的文化意识等特点。必须指出的是，当代黑人传记大家玛雅·安吉洛的自传，兼具"诗性自传"和"多元化自传"（multiple autobiography）

的特性，她在不同时期、以不同模式、用不同方法创作出来的六部自传作品，融历史性、文化性、艺术性、趣味性为一体，把黑人自传文学推向了一个新的高度。

总之，美国黑人作家自传作品，既是一曲曲承载着作者生命形式和生命尊严的顽强的生命之歌，也是一支支张扬着作者生命活力的至美的生命之舞。它们装载着作家们沉甸甸的责任感和使命感，抱抚着黑人民族集体的生命、精神和魂灵，在与"大历史"的互证中，闪烁着"黑色"但绝不昏暗的生命光耀。

第二节　非裔美国作家自传国内外研究现状综述

美国黑人作家自传在文学意义、文化价值、心理效果和教育意义等方面都影响非凡，但至今并未引起国内外学界的足够重视。与黑人虚构作品和文化研究的热度相比，黑人作家自传的研究在国内外相对滞后。在美国本土，美国黑人文学研究实际上开始于20世纪初的自传作品研究，也即奴隶叙事。第一篇针对美国黑人文学作品的研究成果是 Elizabeth Schyltz 发表于 1915 年的一篇论文，作者深刻地揭示出"'见证和布鲁斯音乐'是控制美国黑人传记的两大因素"。美国的黑人文学研究在 20 世纪 60 年代达到高潮，主要归因于 Marion Wilson Starling、Rebecca Chalmers 和 Margaret Young Jackson 等作家具有先锋性的研究作品。巴顿（Rebecca C. Barton）的 *Witness for Freedom : Negro Americans in Autobiography*（1948）是第一部关涉黑人自传作品的专著。巴顿以 20 世纪早期的 23 部美国黑人自传作品为研究对象，强调自己旨在纠正白人历史学家的错误，让未来的黑人及其子孙们为自己的文化遗产和历史感到骄傲和自豪。巴顿还根据传主对种族问题的态度，将其分为妥协者、成功者、先锋派和新自由的捍卫者几大类别。发表于 1954 年的《美国奴隶自传/传记作品调研，1840—1860》(*An Investigation of Biographies and Autobiographies of American Slaves Between 1840 and 1860*，Jackson，1954)，对这一特殊时期的黑人传记作品进行了相对全面的总结和简单的评述。如前所述，20 世纪 60 年代是黑人传记文学研究的鼎盛时期，而针对黑人自传作品的研究也有了很大的突破。《美国黑人文学论坛》(*Negro American Literature Forum*，1967—1976；*Black American Literature Forum*，1976—1991)、《非裔美国人评论》(*African American Review*，1992—1999)，相继发表了一系列针对黑人自传作品的颇有见地的文章。这一时期也涌现出一系列具有里程碑意义的专著：Charles Nichols 的《成千上万的人去了》(*Many Thousands Gone*，1963)，Sidonie Smith 的《我被什么所困》(*What I'm Bound*，1974)，Stephen Butterfield 的《美国的黑人自传》(*Black Autobiography in America*，1974)，William Andrews 的《讲一个自由的故事》(*To Tell a Free Story*，1986)以及 J. M. Branton 的《黑人女性作家自传》(*Black Women Writing Autobiography*，1989)等，以上作品对黑人自传作品的研究做了开拓性的梳理和总结。20 世纪 90 年代，针对黑人自传作品的研究在美国进入繁荣时期。Samira Kawash 的《重置肤色线》(*Dislocating the Color Line*，1997)，C. Sartwell 的《如你所愿：美国黑人自传和白人身份》(*Act Like You Know：African-American Autobiography and White Identity*，1998)和 Roland L. Williams 的《美国黑人自传和自由诉求》(*African American Autobiography and the Quest for Freedom*，2000)等，针对的是所有美国黑人自传作品，重点关注某一时期、某一性别或某一主题的探讨，以具体作品、文献考证、人物评论或艺术点评为核心。到笔者截稿之

时，尚未发现针对黑人作家自传的全面、系统的理论分析和整体考量的成果。

黑人作家自传的研究在中国起步较晚。最早一篇与黑人作家自传相关的文章是 1959 年的一则关于 W. E. B.杜波依斯访华的新闻报道。1964 年，我国学界出现了第一篇介绍自传作家道格拉斯自传的文章。20 世纪 90 年代，有关美国黑人自传作品的单一性研究仅有两篇。2000 年以来，二十多篇有关美国黑人作家自传的文章，大多是对个别作家自传作品的解读。许德金教授的《种族与形式：非裔美国人自传的情景化叙事诗学》（*Race and Form: Towards a Contextualized Narratology of African American Autobiography*，2007）是国内第一部、也是唯一一部高水准的美国黑人传记研究专著。许教授在书中对黑人自传作品做了高屋建瓴式的概括和梳理，重点从叙事学的角度，探究了自传文本的叙事技巧和黑人的政治诉求的关系。然而针对美国黑人作家自传进行全面、系统的研读与阐释在国内外尚属空白。中国读者对于美国黑人的认识，大多来自于主流文学中的类型化人物或是小说中的想象型人物；对美国黑人历史和文化的认知则大多来自于小说和大众传媒；而对美国黑人作家们真正的生命状态、生活内容、思想的成长、个性的形成，以及他们的生命观、人生观、价值观等的认知，则更多来自于文学史、现代传媒或他们自己的虚构作品。因此，本书将选取美国文学史上不同时期具有代表性的黑人作家的自传作品为研究对象，深入解读其自传文本，重新评估其艺术性、真实性、历史性、种族性等特质，打破类型化、扁平的人物形象，再现这些站在历史的风口浪尖上的真实人物，描画他们的形象，解读他们的生命故事及其背后的时代、历史、文化、种族、阶级背景，在对单一的作家自画像分析的基础上，尝试创作一幅审美意义上的美国黑人作家群体肖像的批评性传记。

　　中国当代诗人西川写过这几行诗句：我打开一本书/一个灵魂就苏醒/……/我阅读一个家族的预言/我看到的痛苦并不比痛苦更多/历史仅记录少数人的丰功伟绩/其他人说话汇合为沉默。这也正是笔者撰写这部美国黑人作家自传的初衷。

第三节　非裔美国作家自传研究的特色和内容

　　本书以黑人文学发展的基本脉络为主线，参照自传作者的年龄和作品发表的具体年代，大致分奴隶叙事时期、哈莱姆文艺复兴时期、民权运动时期、后民权时代四个阶段，选取雷弗德里克·道格拉斯、佐拉·尼尔·赫斯顿、W.E.B 杜波依斯、布克·华盛顿、玛雅·安吉洛等不同时代最具代表性、最具影响力的作家及其自传，以原文本的细读为基础，着重于单一作家作品的文本解读，以凸显每一部自传的基本特征、叙述策略、审美价值，透析传主非同寻常的人格魅力、身份意识、文化意识、生命意识和种族意识，既有以评说和欣赏为主的简单素描，又有学术、理论、科学意义上的论证和批评。具体研究内容如下：

　　第一，美国黑人作家自传作品内含一种强烈的生命意识。生命意识是"人类对于生命所产生的一种自觉的情感体验和理性思考"（曾大兴，2015：158）。生命意识又可分为生存意识、归属意识和认同意识（林满平，2013：72）。黑人作家自传文本中的生命意识呈螺旋式上升的趋势。从奴隶身份忍辱负重、艰辛卑微的体力劳动中所表现的对话语权的期望、对自由的向往中凸显出的生存意识；哈莱姆文艺复兴期间，美国黑人作家们的归属意识逐渐增强，文本中显现出越来越多的对"根"的渴望、对南方的回顾，对非洲文化传统习俗的有意识无意识的坚守；而后民权运动时期的自传作品的主旨，则上升为对生命之美的追寻和对真正的平等和认同的期望和努力。而我们正是从对其庸常生活的关注中，触摸到其生活的艰辛和生命的坚硬，积累起对生命意义的思考和洞察。

第二，美国黑人作家自传文本中，灌注着丰饶的黑人民族历史情感。从某种程度上来说，这些自传文本发挥着美国黑人的"文化之场"的功能。自传是思想的地形图，自传是记忆的建筑物。美国黑人作家们带着与生俱来的怀旧感和文化乡愁，无痕迹地怀恋、纪念并宣传着黑人文化存在的生命力。他们以文化碎片形式展现历史事件、历史场景、黑人特色鲜明的民俗、民风、民情、饮食、歌曲和宗教等。家乡的人、家乡的事、家乡的传统与风物都成了他们生命中不可更改的底色，拓展着美国黑人的生命潜流，同时也强化了作者们对生命的自我确认。

第三，在美国黑人作家的自传中，传主们常常把"我"（I）认同为"我们"（we），以自己的生命轨迹为主线，环视审度着政治历史的大背景。借此把个人的故事捆绑在美国黑人历史的这颗大树上，毕竟，"风可以吹灭蜡烛，但却可以使森林之火燃烧得更旺"。

第四，美国黑人作家对种族歧视和种族矛盾问题有着相似的谨慎、开放式的态度。纠结、彷徨一直是潜隐在美国非裔文学文本里的枝节短流。这是他们对种族主义和主流强势文化的态度！他们的笔调里有着相似的悲哀、慌张、克制、悲愤、咏叹和中庸，尽管也不乏偏激、理性的揭露，修辞掩护下的嘲弄反讽，但基本表现为肯定中有否定，否定中有肯定，少有公开的谩骂和诅咒，更少有绝望。

第五，美国黑人作家在其自传中往往偏爱对修辞的运用，讲究自传的艺术性和趣味性，尽管有时会显得故意和做作。他们关注细节，关注瞬间，关注"光"和"颜色"。万花筒式的元素、诗性的语言节奏、随处可见的反讽和比喻……一方面表现出对读者（尤其是白人）接受和反应的焦虑感，一方面又通过曲折的表达，拓展了传记文学的表现空间，达到作者对内在情感意义的超然释放。

自传是个人生命流程的实录，追忆的是个人在历史潮流中的起起伏伏，必然包含自我被历史、政治、制度影响的外部遭际，必然承载着反抗民族遗忘的历史责任。所以一个族类人的集体自传里，必定隐藏着一个种族的集体样貌和精神，也内敛着美国黑人作家的集体人格。

第一，不管身处什么样的文化、历史、制度之"笼"，他们从未停止歌唱；在看透生命的本质之后，他们依然热爱生活。作为一个特殊的知识群体，历史、文化留给黑人作家的不仅是哺育和滋养，更多的是难以疗愈的集体性创伤，因而他们皆表现出塔勒布所谓的"反脆弱性"的特质——"人们在受到过去事件的伤害后重新振作并超越自己"的能力（纳西姆·塔勒布，2013：3）。

第二，他们把个人的生命生活与"我们的人民"（our people）的历史绑定在一起，把个人的命运与民族的历史命运绑定在一起，为黑人的权利辩护，为自己的权益抗争。因此，提升整个黑人民族的生活、提升自己，是他们共同的心愿，对民族命运的思考、对民族精神的凝练是他们共同的目标。

第三，自由、平等、和谐是他们的终极梦想；坚韧、顽强、不屈、抗争是黑人作家的集体名片；相信未来，自我教育，积极向上是流动在其自传文本中的主要旋律。黑人作家们带着使命感和强烈的历史责任感，关注自身环境、关注民主政治、关注人文态势。他们大多选择用读书对抗外部世界，用写作治愈创伤，客观省察历史和现实，对未来抱有希望。他们大多算不上历史英雄，但却散发着英雄般的气概。例如，盖茨教授想要寻找拳王背后的力量，杜波依斯宏阔的民主思想，雅各布森的坚韧不屈，布克·华盛顿的发愤图强……

真实与虚构是研究传记作品绕不过的坎儿。"带着镣铐跳舞"的自传作家的作品里，一定有着"诗"与"真"的是是非非。钱锺书先生曾用"诗蕴诗心"来强调传记文学的"诗"性，而当代著名传记文学家朱东润先生则更看重传记之"真"，"传叙文学的价值，全靠它的真实。无论是个人事迹的叙述，还是人类通性的描述，假如失去了真实性，便成为没有价值的作品。'真'是传叙文学的生命"（朱东润，2006：5）。而理想化的传记文学是"诗"与"真"的同构，"文"里应蕴含"诗"的骨骼，"诗"里应自然绽放出"文"的色彩。若从接受美学的观念出发，我们趋向于接受"有节制的诗大于无节制的真"。更何况美国黑人文学作家自传所要展示的大多是些悲苦的历史事实，内含美国社会制度及部分白人的制度和道德尴尬，"诗"的特性是其必须具备的质素，少"诗"的才情，大概很难走进读者的视野，尤其是赢得白人读者的兴趣。就此，本书将把重点置于探讨自传文本中的"诗"如何以自身力量完成对"真"的光照，进而让生命之"真"独自绽放这一立足点。

莫洛亚在《传记面面观》一书中指出，传记家的第一责任是"画出一幅真实的画像"，同时也"尽最大能力，写出一部具有可读性的书，如果可能的话是一部美的书"（Maurois，1970：163）。美国黑人作家自传作品，就是一幅幅细致、生动、传神的美的传记画像，而我们的解读正是对这些"美的书"的欣赏和享受。

第 二 章

奴隶叙事时期的自传

第一节 概 说

黑人奴隶叙事（Slave Narrative）是一种以美国黑人奴隶为第一人称叙述的文学体裁，标志着非裔美国文学的起源与传统。奴隶叙事以 18、19 世纪美国蓄奴制时期黑人奴隶的真实生活经历为核心，突出黑人奴隶悲惨的生活和不屈的生活态度。经过近两个半世纪历史的洗练，黑人奴隶叙事现已成为能够代表非裔美国文学起源与传统的独特文类，兼具文学性和历史性的双重价值。

黑人奴隶叙事作品是美国黑人文学作品的最初形态，通常由黑人以口头或文字的形式向废奴主义者讲述黑奴的惨痛经历，表达自己的废奴主张。从 1760 年第一部黑人奴隶自传问世到 1865 年美国立法废除奴隶制的一百年间，在美国出版的奴隶叙事作品达千余种，可惜保存下来的仅百余种。在美国南北战争爆发前的 20 年，奴隶叙事作品的出版达到高峰。部分黑人奴隶积极投身于席卷美国的废奴运动中，以自身的经历，揭发、控诉蓄奴制的反人性特质，在一定程度上促进了蓄奴制在美国的废除。

出版于 1789 年的《一个非洲黑奴的自传》（*The Interesting Narrative of the Life of Olaudah Equiano*），是较早的一部由黑人奴隶亲自撰写并影响广泛的自传作品。作者奥劳达·埃奎诺（1745—

1797），原是西非黑人，11 岁被贩卖至北美一个英国海军军官家为奴。他随同主人在海上作战，屡立战功，战后却被转卖至费城，随后被带往印度生活。在印度，埃奎诺目睹了西印度黑奴的悲惨生活，并将其与自身的经历一并记录在自传中。尽管作者在北美殖民地生活的时间并不长，但他已被公认为美国黑人自传文学的滥觞。自传中对奴隶贩子掳掠非洲黑人的行径及黑人在美国南方种植园中的非人生活都作了详细的描述。

从 19 世纪 20 年代起，废除蓄奴制问题逐渐成为美国国内进步舆论的中心议题，但废奴的主题进入文艺创作却是 40 年代以后的事情。总的来说，19 世纪 40 年代之前出版的奴隶叙事作品数量不多，质量也不突出，其中主要的创作形式以自传和自白为主，目前保留下来的大约有 30 余部。

奴隶自白是废奴运动前较流行的一种文学体裁，多是奴隶在被处死前对罪行的口述。其中最著名的是奴隶起义领袖南特·吐纳的自白，由他本人口述，其律师代为书写。自白书在笔录过程中会受到篡改和歪曲，但从中依然可以看出蓄奴制的残酷和黑奴的反抗精神。例如，吐纳虽被处以绞刑，但他的死不仅唤醒了部分黑人奴隶的自我意识和觉悟，也唤起了部分白人道德意义上的同情和反省，在一定意义上推动了废奴运动的发展。

奴隶自传是奴隶叙事的主要体裁。最著名的奴隶自传出自黑人领袖弗雷德里克·道格拉斯（1817—1895）之手。道格拉斯分别于 1845 年、1855 年和 1881 年撰写了《弗雷德里克·道格拉斯，一个美国奴隶的自述》(*Narrative of the Life of Frederick Douglass, an American Slave, Written by Himself*)、《我的奴隶生涯和我的自由》(*My Bondage and My Freedom*) 和《弗雷德里克·道格拉斯的生平和时代》(*Life and Times of Frederick Douglass*) 三部相关的个人自传。道格拉斯生而为奴，从小就从事繁重的奴隶工作，身心备受摧残。但他不屈不挠，跟随庄园主的太太学习认字，后来被庄园主禁止学习，他开始刻苦自学，提升自己的知识水平。他1838年逃往北方，积极投身于废奴运动。他创办报纸，大量刊登宣传废奴主义的文章。他让自己的儿子首批参军，投身南北战争。战后，道格拉斯声望日高，成了著名的黑人领袖。与当时流行的奴隶自传不同的是，一般的奴隶叙事只描述奴隶如何逃亡及奴隶主如何残忍等内容，而道格拉斯则通过自传描述自己丰富的人生经历，记载了南北战争前后的政治、经济、社会和宗教状况，为奴隶叙事增添了不一样的视角和内涵，因而在黑人奴隶叙事中占有特殊地位。

另一部影响深远的奴隶叙事作品，是黑人作家威廉·威尔斯·布朗（1814—1884）的自传《威廉·威尔斯·布朗的记事：一个逃亡奴隶的自述》(*Narrative of William W. Brown, a Fugitive Slave, Written by Himself*, 1847)，在废奴运动中起过积极的作用。他的代表作《我在南方的家》(*My Southern Home*, 1880)，以优美的笔调描述了他丰富多彩的一生，也生动地记述了黑人奴隶的生活演变过程。另外，女奴叙事也是这一时期值得关注的叙述文本。在为数不多的女奴叙事中，最著名的是哈丽特·雅各布森（1818—1896）的《一个奴隶女孩的生平事件》(*Harriet Jacobs and Incidents in the Life of a Slave Girl*, 1861)。这部自传人物对话生动形象，语言平实而鲜活，由逃亡美国北部的女奴雅各布森所写，作者以一位叙述者琳达的口吻细述自己被主人诱奸，但她不愿继续忍受屈辱而大胆逃亡、追求自由与爱情，最终获得自由的经历。

美国南北战争前的黑人奴隶叙事，以奴隶亲身经历的悲惨生活为资料，书写了黑人奴隶的悲惨境遇，也表达了黑奴不屈服于白人强权的决心和反抗精神。南北战争之后，黑人奴隶得到了法律意义上的自由。从蓄奴制中解脱出来的黑人，以新的视野、角度和认识能力，重新审察蓄奴制的罪恶，奴隶叙事也不再是单纯地记录痛苦和呼吁反抗。战后的奴隶叙事，试图缓和黑人和白人之间矛盾的传记作品逐渐替代了白人压迫的反抗性自述。在这些叙事作品中，作者主要追求实用，主张重视现实生活，缓和种族矛盾，要求黑人树立新形象，诸如吃苦耐劳，对逆境迁就妥协，利用自己的一技之长为美国南部建设做出贡献。

必须指出的是，20 世纪 60 年代以来，众多美国黑人作家和学者开始文化自省，提出要重新正视历史。一些著名的黑人作家开始从新的角度思考美国黑人历史，探讨在蓄奴制后黑人应如何自处的主题。有时人们也把这种虚构的奴隶叙事故事称为"新奴隶叙事"（New Slave Narrative）。例如，1993 年诺贝尔文学奖得主托妮·莫里森（1931— ）的小说《宠儿》（Beloved，1987），讲述的就是一个新奴隶叙事的故事。主人公生活在美国内战后的重建时期，莫里森以回忆往事的手法，揭露了美国蓄奴制的惨无人道，同时也提醒世人应正确看待黑人历史的实质，把历史真实还给黑人，也把未来还给黑人。

总而言之，黑人奴隶叙事记录的是美国蓄奴制时期黑人的真实生存状态，为解读美国黑人的历史提供了客观、翔实的资料，是文学与历史的结合，因而兼具文学的美感和历史的真实。黑人奴隶叙事因其自身包含历史信息的价值远远超越文学的价值和意义，因而越来越多地受到历史学家、社会学家和人文学家的关注。毕竟，历史是记录统治者声音的留声机，而被统治者的历史往往是边缘化或沉默的。

第二节　《弗雷德里克·道格拉斯自传》

一、引言

这是一部由铿锵的语言构筑成的生命故事，有色彩、有声音、有味道、有力量。色彩，是黑与白的肤色对比，是黑奴身上的斑斑血迹；声音，是蓄奴者声色俱厉的谩骂和鞭打，是黑奴的尖叫、吟唱和抗议；味道，是腥风血雨下黑奴酸涩的泪和受鞭刑后的血腥味儿；力量，则大多来自像 Rap 一样紧致急促的叙事风格所带来的节奏和震撼……这就是美国 19 世纪废奴运动的领袖，杰出的政治活动家、演说家、作家和人道主义者弗雷德里克·道格拉斯（Fredrick Douglass，1818—1895）的自传《弗雷德里克·道格拉斯自传》（1845）（*Narrative of the Life of Frederick Douglass, An American Slave*）的艺术风貌。

经验主义哲学鼻祖英国哲学家洛克认为，个体人格是"抗争、努力，战胜自我和世界"，是"解放、拯救，战胜奴役"，不管从自然、社会、历史还是文明的角度说，个体人格是主动性和抗争，它消解世界的累累重荷，以自由攻克奴役（约翰·洛克，2014：9）。而人遍历万劫痛苦，渴求知道的无非三件事：他是谁？他从哪里来？他将归依何处？（约翰·洛克，2014：3）。道格拉斯的首部自传，就是对这些本质问题的回答。他一次次地从苦难的生活中寻索答案。第一次顿悟，让他明白了身份之后的自我救赎。第二次顿悟让他看清自己"将归依"的地方——自由。而第三次顿悟，他明白了如何做自己。这部几乎是由汗水、眼泪和鲜血黏合起来的美国黑奴抗争史，基于传主生命中几次重要的觉悟、渐悟和顿悟，基于其"思想、意识、情感和创造行动"的历历印迹，传主完成了洛克笔下个体人格的舒展和完成。

文学理论家保罗·德曼说，"传记是一种解读和理解人生的修辞格"（赵白生，2008：145），而道格拉斯在这本个人自传中，用"修辞格"串联起自己的各种生命状态、形态和情态。张狂凌厉的文字，像锋利的小刀，处处露出锋芒。象征、反讽、隐喻、排比、形容词最高级等的广泛运用，大量对偶、递进、反向、互补的句式结构，尽管有时显得故意和做作，但无疑强化了蓄奴制反人权、反人性、反人道的极端和暴虐。毕竟，正常的语序、语汇有时无法精准地表达作者那时那刻的感悟和感受，所以他选择偏离（deviation）来增加情绪的力度，畅快淋漓地倾吐出郁积在心的激情和愤懑。菲茨杰拉德说，要想写出与众不同的作品，就得用区别于别人的语言。道格拉斯的语言风格正是他的自传区分于同时期奴隶叙事的标杆。

二、自我意识

道格拉斯的自我意识，初醒于对自己生日的质疑。他只知道自己的出生地是马里兰州塔尔博特县（Talbot）的一个种植园，像大多数奴隶一样，他不知道自己的生日，也没见过任何真实的记录档案。他想不通，"白人孩子都知道，我为什么不知道"？生日是生命开始，从根本上肯定了人的存在，但他的生命无从标识。他的第一次自我意识感就是对自我生命的存疑。直到1835年，"大概是17岁"（9）[1]是他从主人那里对自己年龄信息的了解。

道格拉斯的外祖父母、母亲都是黑人。从别人的传言中他知道父亲是白人。像基督教认定人类一出生就带有罪恶一样，道格拉斯生来就带着母亲曾经的屈辱，他泛着黄色的混血儿皮肤，让他的处境更艰难，命运更惨痛，需要面对的麻烦更多。自传中他

---

[1] 本节凡引自《弗雷德里克·道格拉斯自传》均只标明页码。

选用概说的形式，书写自己身份的尴尬：

> 对于女主人，他的存在首先永远是个罪过。她会千方百
> 计找他的错，他永远都别想取悦于她；男主人再怎样狠
> 心地鞭打他，女主人都不会不悦，尤其是当她得知主人
> 会对他的黑孩子有所保留时。主人为了维护他的妻子，
> 经常会把这些混血奴隶卖掉，这种变卖自己骨肉的行为
> 的残酷性可想而知，否则，他得亲自鞭打自己的孩子，
> 或是站在那里，亲眼看着他的黑孩子被白肤色的骨肉兄
> 弟打得皮开肉绽（12）。

按照马里兰州的习惯，孩子刚满一岁，奴隶母亲常常被主人雇到很远的农场去做工，以阻隔亲子间的情感联系。道格拉斯一生只见过母亲四五次，而且都在晚上。母亲受雇于 12 英里①外的农场，只能在晚上偷偷跑回来看他，天不亮又必须赶回去，否则等待她的只有皮鞭。"母亲躺在我身边，哄我入睡，而我醒来后她却早已离开。我们之间几乎没什么交流"（11）。实际上，他未曾真正享受过母亲的抚慰和呵护，因而 7 岁时母亲病逝，留给他的只是"心理波动无外乎一个陌生人"（11）。这里，母亲施爱的迫切和幼童的麻木，母亲的死亡和孩子的无动于衷形成反差，既揭露出蓄奴制反人道的罪恶，又把暮色孤月下那个为爱仓皇的母亲的孤单身影刻进了读者的心里。幼小的孩子不足以体悟母亲的怀抱，但母爱却如清风暖阳，弥散在文本内外。

道格拉斯七八岁时，被主人劳埃德将军送到巴尔的摩的亲戚奥德夫妇家做家奴，这是他记忆中第一次有裤子穿。按照种植园的惯例，但凡不能下地干活的孩子只有两件亚麻上衣，不管男孩

---

① 1 英里=1609.344 米。

女孩,7 到 10 岁一年四季基本都裸着身子。离开种植园去做家奴,为道格拉斯的生活开启了"一扇门",成了他生命的新起点。

女主人奥德夫人"善良,有天使般的笑容和平静得像音乐一样的声音",在变得"像老虎一样凶猛"之前曾教他识字,却受到丈夫的阻止和谴责:"教奴隶识字是违法且危险的,他们会得寸进尺,黑奴只需尊崇主人,学习会毁了世上最好的奴隶…… 对他也不好,会让他觉出不满意、不高兴的。"(35)奥德先生谴责妻子这番话,却让他明白了从奴隶走向自由的路径。"这正是我需要的,我在最意想不到的时候得到它。当我在为失去善良的女主人的帮助而伤心时,却因从男女主人的对话中得到了无价的启示而高兴。…… 从此我有了崇高的希望,有了固定的目标。……他最害怕的正是我最期望的,而他最热爱的确是我最愤恨的"(36)。道格拉斯第一次意识到读书识字的重要性,意识到知识是可以改变命运的力量。而具有反讽意义的是,这里主人的设防变成了启迪,阻滞变成了催化,从而成就了他生命中最重要的一次顿悟①。

在接下来的七年时间里,道格拉斯利用一切机会自修,凹凸不平的路面、废弃的报纸、造船厂的木板、小主人用过的练习本,还有用面包换来的街上白人穷孩子传授的知识,都是他心智成熟的见证。偶尔读到的《哥伦比亚的演讲者》(The Columbian Orator),"激发了我的灵魂,促发了我的思想,给我以启迪",…… "勇敢地谴责蓄奴制,维护人权",…… "让我看到一个悲催的环境却无可救药,一个可怕的深坑,但却没有可以爬上来的梯子"(41)。他羡慕嫉妒奴隶同伴的麻木和迂腐,不停地思想让他忧心

---

① 顿悟是禅宗的一个法门,即六祖惠能提倡的"明心见性法门",指人之思维的突变或飞跃。格式塔派心理学家指出,人类解决问题的过程就是顿悟。当人们对问题百思而不得其解时,突然看出问题情境中的各种关系并产生了顿悟和理解。

如焚。"自由的号角彻底吹醒了我的灵魂。现在自由出现了，永远都不会磨灭。它无处不在地折磨着我，我看到的一切，听到的一切，感觉到的一切都是它，它从每一颗星上观望着，在每一次风平浪静中微笑着，在每一丝微风中吹动着，在每一次暴雨中移动着"（42）。在这生命中最重要的时刻，他对自由的认识和渴望铺天盖地而来，势不可挡，他心中的梦想再也无法熄灭，他看到了希望，他激动、兴奋，同时也愤懑、忧怨、急切、无奈、无助……他被一种闪光的美好未来所吸引，但不知道怎样抵达，也无力抵达；他被这种矛盾的心理撕扯着，他甚至"希望自己被杀死"。梦想美好而遥不可及，现实残酷却无从摆脱，这一迫切而焦虑的心理活动被作者用简短、急促的语言陈铺在书面上，真实而真切，让人能够清楚地感受到一阵阵的喘气声和逼仄的窒息感。

三、生命的顿悟

主人劳埃德将军突然去世没留下遗嘱，为了分财产道格拉斯被主人的儿子安德鲁召回："男人、女人，老的、少的，已婚的、单身的，和马、羊、猪一起分配，按照评估等级，男人和马，女人和牛，猪和小孩分成一类。"（45）几行看似平淡的叙事，却把扫荡人类尊严的蓄奴制的丑陋揭露无遗。

万恶的蓄奴制也常常让白人的人格扭曲。主人安德鲁性情暴虐血腥，常常以打骂奴隶为乐，以警示那些有个性的黑奴。道格拉斯刚刚返回种植园不久，安德鲁就"当着我的面一把抓住弟弟的脖子将他摔倒在地，用皮靴后跟踩着他的头，直到血从弟弟的耳朵和鼻孔里涌出来"（46）。安德鲁还长期鞭打家里一位因烧伤而瘸腿的女孩，因为"她干不了多的活儿…… 一天好几个小时，每次都专打她刚刚愈合不再流血的伤处"，最后直接"让她听天由命去了"（54）。在此，听到黑奴的惨叫、体悟到他们的疼痛了吗？闻到苦腥的血味了吗？看到主人扭曲的灵魂了吗？

感受到作者的愤怒了吗？此处看似淡然的文字里，裹卷着沉重的答案。

然而，最让道格拉斯痛恨的，是主人对他年迈的外祖母的处置。外祖母养育了主人一家四代，"婴幼儿时抱着他，儿童时期照顾他，一生都在伺候他，他临死时替他擦去冷冰冰的额头上的汗，帮他永久地合上了双眼。但她却终身是奴，被扔给一帮陌生人，……没有得到任何感激。现在她老了，没有价值了，完全帮不上什么忙了，就被主人带到森林里，盖了一个棚屋和泥土做的烟囱，让她在完全孤绝中自食其力直到死亡"（47）。接下来这段想象性的文字，细腻真切，分明蓄满了作者的眼泪：

> 她在踉跄着摸索，想要一杯水。听不到孩子们的声音，白天是鸽子的呻吟，夜晚猫头鹰在哀嚎。四周一片昏暗。坟墓就在家门口。年老的疼痛压弯了身体，头快要碰到她的脚面，生命的开始和结尾相遇，无助的婴儿和耄耋之年的痛苦相容。这样的时刻，正需要孩子们以温柔和爱相待，而我那全心养育了12个孩子的可怜的老祖母，却孤独终老在小棚屋里，面前是一些黯淡的灰烬，……身旁没有一个儿孙能替她擦去饱经风霜的额头上冰冷的汗，在她的遗体下添一捧土。（48）

道格拉斯庆幸自己被分给了老主人的女儿，可以重返巴尔的摩。但没多久，因两家主人之间的矛盾，他再次被遣回种植园。9个月后，又被雇到臭名昭著的爱德华·考维先生那里干活一年。这是他第一次下地干活，不到一周就因不会赶牛耽误了时间，挨了顿鞭打，"颈椎上的血沿着手臂一直流到指尖"（56）。之后的半年内，他每周都得挨鞭打，后背上的伤几乎没好过。尽管有足够的饭吃，但没有足够的时间吃饱。这样的日子让他感觉"自己的苦难更像一场梦境而非真正的现实"（60）。

如果说前一次顿悟让作者意识到教育可以改变命运的话，这一次顿悟让他有了决心和信心，让他明白了自由要依靠自己来争取。有一天他站在河岸边，望着无数扬着白帆的船驶向大海，他满含眼泪，心生感叹：

你挣脱束缚，自由了；我被铁链拴着，仍被奴役！你喜气洋洋在微风中航行，我站在血腥的皮鞭下悲伤！你如长着自由翅膀的天使在天宇里飞；我被困在钢铁之下喘息！要是我也能自由该多好啊！……你我之间浊浪翻滚。远了，远了。要是我也能走！要是我能游泳！要是我可以飞！……它驶向了远方，我被留在蓄奴制的地狱无尽的火里熬煎！……我为什么是奴隶？我要逃跑。我不想忍受了！我只有一次生命，我不想生为奴死也为奴。……我是个男孩，所有的男孩将来都会成人。我做奴时的悲苦或许会提高我自由后的幸福度。更好的日子正在到来。（61）

文本页面上共出现了 34 个人称代词"我"（I），挺立在一个长达 350 多个单词的段落里，仿佛一个顶天立地的风华少年，在高耸的河湾处临风而立，心中的梦想扬帆起航。这种无心而为的书写方式，贯穿出一种我"写"故我在的存在感，激扬出"我主沉浮"的生命活力。

借由这次梦想的翅膀，道格拉斯对考维先生的无理和野蛮有了第一次回击，这也成了他奴隶生活的"转折点"。收割期间他病倒了，头痛得站不起身，残忍的考维用皮鞭打得他满身是血。当晚他跑回原主人那里寻求庇护，扫兴而归。周一的早上，考维手拿皮鞭来找他算账，他决心反击，两人厮打了两小时，考维只好作罢，此后的 4 年里，考维为了自己的面子和声誉，不再打他。这一仗"重新点燃起奄奄一息的自由星火，恢复了我内心中的男子汉气概，召回了已经远离的自信，再次激起我自由的决心"，让他"从奴隶变成了人"（67）。从此，"我决心不管还要做多长时间的奴隶，那只是形式上的，我永远不再做个真真正正的奴隶"（68）。

四、个体人格的形成

"没有超越的事物，就没有个体人格。在超越的事物面前，当个体人格实现自身时，它便超越着"（约翰·洛克，2014：41），而对于道格拉斯，超越也即超越奴隶身份，超越残暴环境，超越奴役制度。1835 年，道格拉斯离开考维先生家，转而被派到比较开明、颇具绅士风度的弗雷兰德（Freeland）家。他在干活的间隙教弗雷兰德的两个奴隶识字，还参与了一个主日学校，偷偷教黑人奴隶学习。这一年，他收获了友情和友谊，还有第一次勇敢出逃的经历。

奴隶出逃，关涉生死。作者把出逃前的惶恐、紧张和忐忑写得细致入微。作为整个事件的带头人，他担负着成功与失败的所有责任，深陷"to be or not to be"的困境：一面是荣耀，一面是窘迫；自由的诱惑、铮铮的决心，出逃的困难、失败的后果……他一直"积极地解释每一种困难，消除每一个疑惑，驱散每一个忧虑，用想成功就需要坚强鼓励大家"，还努力让大家相信"我们一旦行动就已经取得一半的胜利；如果现在不行动，我们永远也不会行动；如果现在不想行动，那就意味着我们愿意袖手坐下来承认自己只配为奴"（79）。掩饰着激动的心情，他们在兴奋而痛苦中等待周六的到来。

正如他预感的一样，有人走漏风声，他们被警察送往伊斯顿城（Easton）的监狱。一周之后被原主人托马斯领走，重新送给巴尔的摩奥德先生家，被主人雇给加纳先生的造船厂当学徒，学习填隙船板。这是他另一段生命历程，他在繁重的体力劳动中咀嚼着自己的个体人格。

因为造船厂老板急着赶任务，道格拉斯必须同时听从 75 个木匠的使唤，有时候恨不得长出十几双手，常常在一分钟内听到十几道命令。"弗莱德，来帮我…… 弗莱德，快点过来…… ，嗨，黑鬼，搭把手，…… "（85）叙写当时工作的繁重紧张状态时，作者连用 17 行长的句子，18 种不同的指令，简短的文字、重复而拥挤的标点，散乱地堆积出让人意乱心烦的紧张、聒噪和忙乱，白纸黑字里也传出造船厂机器的轰鸣声，人员的跑动声、阵阵不耐烦的叫嚷声、吆喝声和谩骂声…… 和白人学徒工的一次打架，他的眼球差点被踢了出来，他被迫终止了在那里 8 个月的工作，跟着主人在一家修船厂做工。一年后的道格拉斯成为挣钱最多的技术工，一周可以挣六七美元甚至 9 美元，但周末得如数上交主人，自己只得到 1.5 美元。后来，他可以独自找到工作、会签合同、能挣不少钱，但生活条件的改善并没有让他忘记受奴役的身份，反而刺激了他对自由的渴望，他又一次开始计划出逃。

1838 年 9 月 3 日，道格拉斯顺利逃往纽约。

相对于第一次对出逃前复杂心理的精细描述，道格拉斯为了保护相关人员的安全，也为了给其他黑人兄弟留条生路，只用一句话交代了成功出逃纽约城的经过，而把一路的风雨坎坷留给读者去想象。当被问及来到自由州是什么感觉时，他说"那是我从未经历过的激动。人们可以想象就像海员从海盗那里被救出，……就像逃离一群饥饿的狮子"。然而这种感觉很快就消失了，他担心身份暴露，不敢相信任何人。"看到每一位白人都是敌人，每一位黑人都不可信任"。他进一步解释说，若有人不相信，

那就让他成为身处陌生之地的逃奴——一个奴隶主狩猎
的地方——那里的居民都是合法的绑架者——那里他随
时可能因被同类出卖而被捕，就像凶残的鳄鱼抓到它的
猎物！——让他处在这样一种环境下——没有家没有朋
友——没有钱没有余额——需要地方住没人给——需要
面包没钱买，——同时让他想想自己正在被冷酷无情的
猎人追捕，完全不知道该做什么去哪里或住在何地，——
根本没能力保护自己也没有出逃的途径，……让他处在
我的情势下，他才能完全明白我当时的困苦，了解如何
去同情那些疲惫不堪、满身皮鞭伤疤的逃奴……（7）

作者在此用了一个长达260多个字的句子、近一页的篇幅，
描述了自己刚到纽约城后举目无亲的窘境。超长的句子，叠加的
定语从句，被重复、反复出现的标点符号粘连在一起，让人仿佛
置身于密不透风、暗无天日的黑洞，连阅读的过程也变得胆战心
惊。那种透不过气来的憋闷、压抑，直到下一段的"感谢上帝"
才敢松下一口气！这种对常规语法形式和书写形式的变异和创新，
也许是无意为之，但却偏离出一种"反常合道，奇趣横生"的语
义效果！

后来，善良的大卫·拉格尔斯（Ruggles）先生把他带回了家，
见证了他和妻子的婚礼，并且介绍他到马萨诸塞州（Massachu-
setts）的城市新贝德福德（New Bedford）找工作。废奴主义者
约翰逊先生从一本书里给他取了新名字，从此，多次更换过名字
的传主，成了美国历史上那位无人小觑的黑人弗雷德里克·道格
拉斯。

4个月后，尽管生活捉襟见肘，道格拉斯还是为自家订了份
《解放者周刊》，他如饥似渴地阅读上面的所有反蓄奴制的文章，

阅读这份周刊成了启迪他心智的又一个重要事件。它"成了我的肉我的酒。我的灵魂开始燃烧。它对我的奴隶同胞们的同情——对奴隶主尖刻的斥责——对蓄奴制真实的揭露——对机构维护者的有力抨击——都穿过我的灵魂给我带来巨大的兴奋,这是我之前从未有过的感觉!"(104)他领悟到了教育、知识的传播和信息的共享可以成为他为奴隶同胞谋解放、谋自由的途径和方法。

1841年8月1日,是道格拉斯生命中又一个重要的转折点——人生中第一次公开演讲,从此"他一直投身于为自己的奴隶兄弟们的事业,——至于什么样的成功、什么样的忠诚,我的努力说了算"(104)。

五、结语

个体人格"是我的整体思想、我的整体意志、我的整体情感和我的整体创造行动"(约翰·洛克,2014:9),而个体人格自我实现的前提是抗拒——抗拒世界奴役的统治,抗拒人对世界奴役的驯服融合。洛克说,"倘若遮蔽个体人格,躬行妥协,顺应奴役,则可缓解和减少痛苦;反之,则痛苦倍增。世界如此沉重,生命如此孱弱,人是很容易本能地趋乐避苦的"(约翰·洛克,2014:13)。但我们都知道,道格拉斯没有选择"顺从和妥协",他之后那个"说了算的努力"中,有他一以贯之的求自由求尊严的信念和豪情,有他投身的"反奴隶制协会"活动,有他上百场热情洋溢的解放黑奴演讲,有他1848年创办并促进了废奴运动发展的报刊《北极星报》,有奠定了他在美国文学史上重要地位的另两部自传《我的奴隶生涯和我的自由》(1855)和《弗雷德里克·道格拉斯的生平和时代》(1881),有他"第一个正确提出美国内战的任务是解放奴隶(而非联邦统一)"的心智,有"第一位举国承认的美国黑人领袖""美国历史上第一位优秀的黑人

思想家和政治家"等至高荣耀……①

第三节 哈利特·雅各布森《一个黑人
女奴的生活事件》

一、引言

打开书，一句"读者诸君，接下来的故事绝非虚构。我的一些经历听起来不可思议，但我确信它们都是真的……"（5），传主开始讲述自己的生命故事，个人恩怨，家仇民族恨，大事小情，大沟小坎，蚊子，毒蛇，甚至每一滴泪，50多位有名有姓的人物，27年具体到时刻的生活点滴，足迹纵贯美国南北，横跨大西洋的英国行……，典型的女性化叙事，浓郁的感伤主义气息，众多的感叹号，没有节制的全程叙说，阅读的过程就像面对一个苦大仇深的健谈的妇人，听她不厌其烦地 bla bla bla，你却不忍、不愿离开，甘愿陪她流泪，跟随她逃亡着，惊恐着，焦虑着，烦恼着，痛恨着，成长着……

想象一下，7年的时间，2500多个日日夜夜，提心吊胆地藏身在密不透风、四肢伸不展的小阁楼里。老鼠四处乱窜，夏天闷

---

① 1847年，在英国朋友的帮助下，他以150英镑正式"赎得"了他人身的自由。1862年9月22日林肯政府发表了著名的《解放宣言》，宣布从1863年1月1日起南方奴隶全部解放，并且在1863年初实行了武装黑人的政策。道格拉斯在内战后的重建时期，积极拥护激进派的重建计划。在土地问题上，道格拉斯没有提出无偿分配土地给黑人的主张，但要求给予黑人赎买土地的方便条件。战后的民主重建以南北双方的妥协结束。南方黑人在政治、经济和社会生活的各个方面仍无地位。此时的道格拉斯未能挺身而出，捍卫黑人利益，只是事后作了指责。南方重建时期结束以后，道格拉斯仍然不断批评共和党的反黑人政策，但是他只是依靠共和党去改善黑人的状况。

晚年的道格拉斯迷恋官场，1877年任华盛顿市法院执行官，后来又担任华盛顿的法院记录官，还于1881—1889年间，出任驻海地公使。1895年2月20日，道格拉斯在华盛顿去世。

热得连蚊子也不愿停落，冬天在寒风中发抖，春秋季节只能想象花开、落叶。恶劣的天气里病痛缠身，四肢越来越僵硬，精神时而恍惚，但她坚守着意志、灵魂的自由，以一种无可奈何的生命形式和生存模式，向蓄奴制挑战，向奴隶主挑战，向生命挑战，向自我挑战！19世纪初美国黑人女奴哈利特·雅各布森（1813—1897）为自由所付出的代价，何其沉重！

如果说从道格拉斯的奴隶叙事中，读者看到的是他站在讲坛上慷慨陈词，展示自己的果敢、力量和勇气，雅各布森的生命故事则是带着某种羞愧、懊悔、迟疑甚至唠叨，轻声诉说着她非同寻常的过去，而且始终不忘用晾晒自己的"罪过"来折换自己的苦难。当你为人性之恶而愤慨时，她却用事实证明这是制度的错；当你开始痛恨这个反人道的制度时，她却列举出同一制度下有些白人的美和善。墨分五色，良莠善恶有别。白人、黑人，男性、女性，北方、南方，哪一方面她都想顾及，不愿得罪，因而整个叙事透着明显的小心翼翼，左顾而右盼，布满纠结、顾虑和两难。

分明是自己的故事，却找来代言人琳达替自己言说；显然是民族（种族）的劫难，却竭力突出性别上的不公，把白人女性也诱入读者阵营。伦理与自由，价值和生命，善与恶、诗与真，孰是孰非、孰优孰劣，谁能评判得清？哪个更有意义？……作者把这一系列的疑问不经意间抛在文本内外，让读者在其张弛自如的叙说和性格弹性里，去亲身见证历史、发问制度、省察人性。

哈利特·雅各布森被誉为"播下当代黑人女权自传和黑人文学传统中女性小说种子的人"（Braxton，1986：302）。她用5年时间写就的《一个黑人女奴的生活事件》（*Incidents in the Life of a Slave Girl, Written by Herself*，1861）是第一部由黑人女奴创作的完整故事，第一部挑战男性奴隶叙事声音的作品，第一部"公开涉及白人奴隶主对于女奴的性剥削主题的"（Martin，2000：

204）奴隶叙事。作者突破 19 世纪奴隶叙事的模式，打破女性创作之禁区，以一个违犯女性道德标准的叙事者琳达·布兰特的身份，讲述了自己受到的跨种族、跨性别、跨代际的帮助，用智慧摧毁了奴隶主的阴谋诡计，为自己和孩子赢得了安全和自由。细枝末节中凸显了传记事实的真实，浓郁的伤感主义气息透着身心磨难的刻度，感恩和忏悔既是她宗教情怀和道德基准使然，更是其争取受众、求得谅解的讨巧方式，而最终浮出水面的，是制度的愚蠢和人性的卑劣。

二、顽强的生命意志

文本一开始作者就开宗明义写作目的，不在于"被人关注""同情"，而是"希望北方女性能够了解南方两百万黑人女奴正在忍受着和我一样的磨难，甚至有过之而无不及"（5）。她的童年生活分别以 6 岁、13 岁时母亲、父亲先后病故为节点。她的父亲曾是远近有名的木匠，每年除了上交主人 200 美元外，可以自由支配时间，只是没能挣到足够的钱买回一家人的自由；母亲全心侍奉善良平和的女主人，一家人生活算得上幸福，她没意识到自己是奴隶、是"商品"（merchandise）。

6 到 12 岁期间，她跟从女主人生活。女主人不仅教她读书识字，还教她"认识上帝的旨意、'要像爱自己一样爱邻居'、要懂得回报，但我是她的奴隶，她并没有把我当邻居"（11）。女主人死后，她和外祖母的 5 个孩子都成了拍卖场上的商品。

13 岁起，她成为女主人 5 岁的外甥女的奴隶，和新主人弗林特夫妇一起生活，她初尝身为奴隶的味道。"父亲的遗体还在一里之外的地方放着，女主人却让我为她晚上的聚会采花编花篮"。在女主人眼里，父亲"不过就是一件财产"（13）。第二天她才回到"冰冷的家"，看到"他人亦已歌"，觉得"其他奴隶孩子的笑声很刺耳、残酷"，随后却马上懊悔"不该这样自私看待他们的幸福"（13）。像随后很多类似的事件一样，作者每次表达自己的遭遇和心情时都没有一泻千里的痛快，而是瞻前顾后，唯恐"言过"而受人指责。但她却知道劝慰弟弟"鼓起勇气！光明终有一天会到来""我们还有希望，我们在慢慢长大，会自己挣钱买回自由"（13）。初露端倪的信念成了她日后成长的原动力。

传主从小就不缺乏反抗的斗志和力量。14 岁起她就揭开了人生反抗战争的序幕。弗林特医生对她早已心怀不轨，"伺机告诉我：我生来就是为他用的，生来就该在任何事上听命于他"（18）。而"我 14 年为奴的日子不是白白度过的，我感悟到、看到、听到的太多了，懂得它的性质，怀疑它的动机。我生活的战争已经打响；尽管我是上帝最无力的造物，我下决心永远不屈服。…… 我瘦弱的胳膊有了从未有过的力量"（19）。

她受到的第一次惩罚非常莫名其妙。外祖母给她做了双新鞋，新鞋的脚步声却惹恼了弗林特夫人。夫人命令她脱掉，永远不要再穿，否则会扔到火炉里；还让她光着脚在几寸厚的雪地里走了很久，去很远的地方做事，晚上脚冻得僵硬，她以为自己会生病或者死掉，醒来后发现自己还活着很是失望（20）。

外祖母用 800 元赎回了舅舅菲利普自由的那天晚上，被作者写出了温暖、气度和希望，还有母性的坚韧和力量。"那一晚两人坐在家里，为彼此感到骄傲，他们想告诉世人他们能够像照顾他人那样照顾好自己。我们一同喊出：'让那些愿意为奴的人做他的奴隶去吧！'"（25）。

15 岁对于奴隶女孩来说，是噩梦的开始。如果她还有美貌，那一定是"上帝对她的诅咒"（26）。比作者大 40 岁的弗林特医生经常在她耳边说些低劣的脏话，为达目的，软硬兼施。而本可以保护她的女主人却只有嫉妒和发怒。"我无法描述这些源于蓄奴制的堕落、邪恶和罪恶，这远比你想象的大得多。无疑，如果你相信了一半有关无助的成千上万被奴役的女性所受的苦，北方的你一定会神经紧张。你自然会拒绝为南方的这些猎狗们做任何这样的事情"（26）。那一刻，她意识到这是源于制度的罪恶；而第二人称"你"的反复运用，则一再拉近了和读者的关系。

16 岁时，弗林特医生一直找各种机会接近她，但从不动手打她，也不让别人打她，为此他们夫妇经常吵架。第一次对她动手，是弗林特医生得知她有了男友而且期望赎回她的自由。虽然结果不言而喻，但逃亡的念头和决心却从此在她的心中扎下了根。

弗林特夫人对丈夫起了疑心，背后逼问她实情，答案让她恼怒不已，"她丝毫没有想到我的委屈。她大概同情我，事后她安慰我并答应保护我"（30）。在此，作者没有对同是受害者的女主人做绝对的道德判断，她甚至对"彻底挫败、完全不知道接下来怎么办的女主人"（31）表达出些许同情。"北方人总愿意把女儿嫁给南方的奴隶主，岂不知等待这些可怜女孩的是丈夫的背叛，各种肤色的小孩会和她们的孩子一起玩耍，她明白他们来自哪里。于是嫉妒和憎恨就进了家门，成了可爱的掠夺者"（32）。当她提及有些南方白人女性常常把混血儿当财产变卖时，又不忘补充上"我认识两位女士让自己的丈夫给这些奴隶孩子以自由。最终隐瞒了真相，信任代替了怀疑"（32），就这样从自己的经验里直接对接正面的肯定的事例，一方面安抚南方白人女性的自尊，一方面把同是受害者的北方白人女性拉到自己的旁边，以期获取更多读者的关注和同情。

17 岁，出于对弗林特医生的报复和受白人男子宠幸的"荣耀和虚荣心"，她接受了白人未婚男子桑德斯"不以强制和占有为目的"（47）的"同情和兴趣"，19 岁时她成了两个孩子的单身母亲。

20 岁，她对自由的渴望在春天里绽放。"冬去春来，自然恢复了可爱，人心复活。我凋零的希望跟随花儿一起开放。我一遍遍地计划，一次次地受阻，似乎没什么可以克服它，但我还在拥抱希望"（68）。弗林特医生儿子的婚礼是她逃跑的绝佳机会，她"有了自己秘密计划，但只能一人完成。我有女人的骄傲，有对孩子的母爱；我断定走出这一刻的黑暗，黎明将会在他们面前出现。我的主人有权利和法律，而我有坚强的意志。每一个因素都是力量"（70）。然而，母爱给了她力量和勇气的同时，也给她带来犹豫和牵绊。但"因他们所受到的每一次磨难，我所做的每次牺牲都将拉近我和他们之间的情感距离，给了我更多的勇气去抵抗无尽的暴雨夜在我头顶上卷过的黑色的浪潮"（74）。为了孩子，她吻别孩子，开始了长达7年的逃亡生活。

传主逃亡的过程，荆棘丛生，险象环生。她先藏身在河边的竹林里，"成群的蚊子叮肿了我的脸，身边毒蛇爬来爬去，我忍受这一切，在我的想象中，它们怎么也没有文明社区里的白人更可怕！"（91）之后她藏在一位白人朋友家的地窖里，外祖母家9英尺①长、7英尺宽、3英尺高的的阁楼，又成了她蛰伏7年的地方。"可以听见孩子们的声音、能感知到被关心、被爱护"，可以从三个小洞里窥见外面的世界，她很知足，因为她"不会被残忍地逼迫干繁重的体力活，不会被打得遍体鳞伤睡觉不能翻身，不会被带上脚镣以防逃跑，不会被铁链锁着从早到晚在地里干活，不会被烙铁烙上标记，不会被猎狗追赶"（92）。从这些知足和满意中，恰恰可以对比出像人类社会残肢一样的蓄奴制的罪恶。

然而，知足不等于甘愿接受。"冬去春来，我问自己还要禁锢在这里多少个冬夏。渴望呼吸新鲜空气，渴望伸展四肢，渴望可以站立，渴望再次感受脚下的土地。亲戚们也都在想办法，但似乎都不理想。夏季又到了，连蚊子都不乐意光顾我待的地方。最可怕的还是夏天的暴雨，常常全身湿透，衣服一干又冻得瑟瑟

---

① 1英尺=0.3048米

发抖。……长期的禁锢，肢体因欠活动而麻木，头疼，脸部、舌头僵硬，不会说话。有时精神错乱，躺在床上6周，……感谢上帝，最终好了"（96）。

这7年里，她还和弗林特医生斗智斗勇，用机警和智慧一次次地摧毁了奴隶主的阴谋诡计。最终在朋友皮特的帮助下，她和同样藏身在自家的朋友范尼一起乘船出逃北方。在甲板上，她看到了自由之地上的第一次日出。然而，"我们逃离了蓄奴制，逃脱了追捕。但却成了这个世界上孤独的人，远离亲戚家人，和他们的亲情关联被魔鬼蓄奴制一刀斩断"（125）。在费城停留的五天里，自由州的一切陌生让她眼花缭乱，而最让她"心乱"的，是北方自由州里去纽约的火车上，黑人不能坐一等车厢。"南方容许黑人坐在白人后面肮脏的包厢里，但不用买票，而这里白人原是这样模仿蓄奴制的规则的"（127）！来自有色人自身的劣根性，是她的另一个失望："坐在破旧的车厢里，……各色人种都有，到处挤放着床和摇篮，小孩子们哭叫着，男人的嘴上都叼着烟，威士忌酒瓶传来传去……耳边是粗俗的笑话，下流的歌。"（129）

传主到达纽约的那一年是28岁。她终于和先前被孩子的父亲桑德斯先生带到纽约的女儿相见，还找到一份保姆的活儿，与和善温和、没有肤色偏见的女主人布鲁斯太太关系融洽，"身体渐渐恢复，心情轻松愉快"。她唯一担心的是女儿的未来。桑德斯先生没有履行给女儿自由的承诺，把女儿送给了他的表妹，以便将来回到南方帮表妹照看孩子。不过桑德斯先生买回了儿子本尼的自由，让她激动不已。

1849年，她跟从布鲁斯先生和女儿去英国探亲，历时9个月的"人生最值得纪念"的英国之行，也是她"从来没有因肤色受歧视"的时段。但1850年的整个冬天，她却是在焦虑中度过的。美国国会发布《逃奴法案》，允许南方奴隶主到北方自由州追捕逃奴，一时间纽约城成了"绑架城"，黑人陷入了惶恐，"许多在纽约生活了 20 多年的家庭妻离子散。许多洗衣工通过艰苦劳作挣来的舒服的家业被迫丢弃。…… 去加拿大陌生的人群中碰运气。许多妻子发现丈夫是逃奴，…… 许多丈夫发现妻子是逃奴，按照'孩子跟从母亲的身份'的规定，他可爱的孩子们有可能被抓走带回到蓄奴制里。…… 到处是惊慌和痛苦"（148）。

为躲避弗林特医生的追逃，她先后在波士顿和纽约之间逃亡过三次。弗林特医生死后，其女婿来纽约登报追捕她。布鲁斯先生好心的新太太情愿为她买自由，但"这一想法不像我期待的那样让我心情舒畅。思想越是轻松，我越是难以接受自己成了一件财富；破费给无情地剥削过我的人，给我磨难中胜利的喜悦大打折扣"（155）。其实早先在收到弗林特医生的女儿提议她要么回南方，要么买回自由的信后，她就曾坚信，"我挣的钱是为孩子们的教育和我们的家准备的，我们已经为她家无偿干了那么多，让我出钱不仅有难度更是不公平"（145）。所以她起初回绝了布鲁斯太太的好意，因为"从一主人卖给另一个主人太像奴隶制了，这样的债务我负担不起"（155）。

1852 年，她终于摆脱了 27 年的奴隶身份，她的自由等量是布鲁斯太太的 300 元钱。为此她心怀感激，但自身作为商品被买卖的命运却在她获取自由的那一刻重现，形式与内容相对撞，方法和目的互悖谬。这一颇具反讽意义的结果给传主历尽磨难后所获得的自由蒙上了一层暗灰，"…… 那么，我终于被卖了！在自由的纽约城，一个人被卖掉了！…… 我知道那张纸的价值；但我不像看待自由一样地看待它。我深切地感谢朋友的慷慨，但痛恨不法分子要求一个本不属于他的付出"（155）。诚然，她拒斥的只是获得自由的方式，她欢迎结果，她感到"肩上一颗沉重的石头落了地"，想起了父亲在她小时候曾努力买她未成的失望，想起了外祖母曾倾其所有想买回她的自由的计划一次次受挫，想起亲戚朋友们曾做过的那么多努力！"但上帝却在陌生人中送给我一个朋友，是她给了我宝贵的期待已久的恩泽"（156）。

"和孩子们一起坐在自己的家中"是作者一直渴望的生活场景，但直到文本结尾仍然没能实现，她为改变自己和孩子生存环境的求索仍"路漫漫其修远"。"回忆那些阴沉沉的受奴役的日子对我来说很痛苦。如果可以的话，我情愿快乐的忘记。然而，回顾也不是没有慰藉；因为随着这些昏暗的回忆一起浮上心头的，还有我善良的老祖母，就像光，像松软的云，漂浮在昏暗的不平静的海面上"（156）。结尾处作者在揭开伤疤让别人看的痛楚和悲剧中，用对老祖母的温馨回忆无奈地安抚自己，温暖自己，进而慰藉读者同样冰凉的心。

三、浓郁的伤感主义气息

文本中浓郁的伤感主义的气息，体现了 18 世纪末到 19 世纪早期文学的印记。只不过这一手法，不仅帮助作者完成了情感发泄，还缓解了深仇浓情尽数表达的急切。毕竟，既然是痛陈个人的悲惨，痛斥蓄奴制的罪恶，也就无须顾忌修辞、技巧，节奏、留白。苦水蓄满心海，闸门一打开，但求喷涌而出的痛快，哪管涓涓细流出优雅，飞流直下出高度，因而涕泪纵横、事无巨细的唠叨也在情理之中了。

每逢新年第一天是雇工日，也就意味着奴隶将被随意买卖，是个妻离子散的日子。奴隶母亲的新年，常常伴随着特殊的痛。"她坐在冰冷的木地板上，看着第二天早上就会被带走的孩子们发呆。她或许无知，制度从她孩童时候起让她变得粗蛮，但她有母亲的天性，能够体悟到一个母亲的苦痛"（17）。作者不禁感叹："啊，你们这些幸福的、自由的女人，把这些苦难的女奴和你们的新年比一比！对你们来说，这是快乐的季节，美好的愿望相互传送，礼物像雨点一样飘向你们，那些疏离的人心会融化，沉默的人也张口说'新年快乐'。孩子们会送上小礼物，粉嫩的小嘴等着被亲吻。他们是你们的孩子，除非死亡把你们分开！"（17）母子亲情浓于水，骨肉分离是人类不分肤色难以承受的情感之重。

她看到两个小女孩一起玩耍，笑声嘤嘤，一个是白人，一个是奴隶。一想着她们完全不同的未来，她不忍心看。"同样美丽可爱的奴隶女孩，对鲜花和阳光的爱不属于她。她饮过罪恶、羞辱和苦难的毒酒，而这是她被迫害的族人不得不饮的酒。…… 看到这些，你还有什么理由沉默，北方自由的男男女女？我多想有更大的能力！但我决心满满，我的笔力太弱！…… 愿上帝保佑他们，保佑那些奴隶推动人道主义事业的人们"（28）！

写出逃前复杂的心境，"或许这是最后一天生活在这个充满爱的屋檐下！或许这是最后一次和年老的忠诚的朋友外祖母聊天说话！或许这是最后一次和我的孩子们在一起！…… 我明白蓄奴制下等待我可爱的孩子们的命运是什么，我下决心拯救他们出深渊，要么在这次尝试中毁灭"（74）。

孩子永远是母亲心上的痛点，写到对孩子的牵挂，她感叹"我的老天！她没有过孩子。未曾有孩子的小手臂搂着她的脖子；她从来没见过他们温柔的眼睛看进她的眼里；没听过甜甜的声音叫她妈妈；她从来没有把自己的婴儿搂在怀里，感觉就是带着脚镣也总会活下去！她怎么能理解我的感受"（83）？

说起作者对传记细节的关注，读读下面两段代表性的文字。弗林特医生来找作者，她的朋友贝蒂机智应对，作者对她的神态、话语、动作、脚步声一一做了叙说，组合成动态流动的画面，让人忘了叙事语言的繁琐。

　　不愿意惊动她的女主人，贝蒂决定亲自处理我。她找到我，让我赶紧起来穿好衣服。我们跑下楼，穿过院子，跑进厨房。她锁上门，抬起地板上的一个木板，铺上一块牛皮和地毯，扔给我一床被子。"待那儿别动，"她说，"我看他们现在还怎么知道你在哪里。他们还说赶正午前抓住你。如果他们原先真的知道，现在可不知道了"。我藏身的地方，空间只够用双手捂着脸以防尘土落入眼睛；贝蒂一小时内从我的头顶上走过有二十多趟，从梳妆台到火炉旁。她独处时，我听得见她对弗林特医生的诅咒和他的所有恶行。时不时地，还低声笑着叨咕着"这个聪明的黑鬼他们可逮不住了"。女佣们靠近时，她会以狡猾的方式把他们引开，她反复跟他们讲着听说我在这里、那里的故事。他们则回应我不会笨到藏在附近；我之前曾在费城、纽约……（84）。

叙事者带女儿一起出逃波士顿，在船上有这样一大段讲述：

船很快启动了，带我离开友好的、我曾希望找到安全感和休息的地方。我弟弟离开我去买票，他觉得我成功的几率比他大些。船上的服务员走过来，我按照她说的付了钱，她给了我三张从边上钉在一起的票。我用最为质朴的方式说，"你是不是搞错了，我们要的是卧铺票。我不能和女儿在甲板上过夜吧"。她说没错，有些线路有黑人卧铺，这条线路不行。旅客大多是富人。我让她带我去船长办公室，她说等茶歇后再说。茶歇过后我牵着艾伦的手去见船长，很礼貌地请求他帮我们换票，因为甲板上很不舒服。他说这是违反习俗的，他说看看下面有没有卧铺，还说尽量给我们找个有座位的汽车，但他不确定能不能找来，但等船靠岸他会和售票员说说情况……（141）

其实这种对生活事件讲述的方式和节奏，在文本里经常出现，拖沓啰唆的细枝末节里，尽管有时的确少了传记的"诗"和"文"，却写着传记的"史"和"真"。

用忏悔和感恩，和自己的磨难讨价还价。

频频的忏悔和感恩，是雅各布森自传的另一特点。作者总是用语言之"涌泉"，回报来自生命各方的滴水之恩，自然与其个人的道德基准和宗教情怀有关。

父母离世后，外祖母和姨母南希的护佑和爱，儿女们的支持和理解，两个舅舅的无私付出，朋友皮特冒死相救，范尼的同舟共济，恋人的慷慨爱情，邻居的大义帮扶……作者都一一表达了感恩和祝福。对于白人，她也从不吝惜认可和感激：为自己买回自由的布鲁斯夫人，"不敢想象没有他们的爱，我连呼吸到新鲜的空气都带着惊恐和心跳"（151）；为外祖母买回自由的老太太；教她读书认字的第一位女主人；"不以占有为目的"的孩子的父亲桑德斯先生；逃往北方途中的白人船长；在费城为自己提供食宿的白人牧师；纽约布鲁斯夫妇的白人朋友……甚至那个她痛恨到骨子里的弗林特医生和夫人的小小善举，她也给予不失时机的肯定，尽管也暗含讽刺，"他从不打我，也不允许别人打我"（30）；他们甚至在姨母南希的病床前湿了眼眶，承认她的勤劳忠诚，愿意把她埋在自家的祖坟。

如果说叙事者的感恩更多的是宗教和道德情感的需要，那么她的忏悔则是接受美学上的考量了。如前所述，她出于报复和虚荣和白人男子交往并成了两个孩子的单身母亲，在当时的社会、阶级、文化、种族环境里，是一件有损于白人形象、黑人自尊、女人自爱、家人蒙羞的行为，无疑会给她"自述"的接受带来阻力障碍，所以她从一开始就为此行为做了长长的注解，后来还专门以"忏悔"为标题，向女儿敞开心扉说过去。对于自己和白人男子的交往，做了大段大段的铺垫、解释和忏悔，而对于两人的来往过程，只用了"我有孩子了"一句话带过。

"…… 讲出实情我会很痛，但我发誓讲实话。我不会拿主人当挡箭牌，说是他威逼的结果；…… 我也不会推脱给无知或轻率。几年来主人不断得给我灌输一些龌龊的印象，以便破坏外祖母和前女主人从孩童起就教诲给我的贞洁的原则。…… 我明白自己做了什么，那是我精心计划的结果"（46）。

> 读者诸君，请不要站在道德的制高点上评价奴隶女孩。如果没有蓄奴制，我也会嫁给一个自己选择的丈夫；我也会有一个受法律保护的家；我早就讲出现在才说出的过去的苦痛；然而我的前景已经被蓄奴制阻滞。我想保住我的贞洁纯洁；…… 我曾努力保持我的自尊，但我孤身一人在和邪恶的蓄奴制抗争；魔鬼太强大。我觉得自己像是被上帝和人注定一样，我的一切努力似乎必遇阻力；我在绝望中变得鲁莽（46）。
>
> 同情我吧，原谅我吧，善良的读者。你永远不知道做奴隶的滋味；不受法律或习俗的任何保护；…… 我知道自己错了。没有人比我更清楚。那种痛苦的受辱的记忆将会伴随我的一生。然而，如今平静地回想过去，我仍然觉得不能用同样的标准评判一个奴隶女孩。（48）

这里，叙事人既请求白人女性对女奴各种困境的理解和同情，又明白讲述自己性犯罪，并为自己牺牲女性贞操做辩护，这是对男主人企图控制女奴身心意愿的严重打击。毕竟，她和弗林特医生之间斗智斗勇，更多关涉的是她不愿屈从他的意愿而非仅仅是性。所以她给自己选择了一个不同于其他黑人女性的平台，为黑人的自由而斗争。她的忏悔因而既是一种真正意义上的道德悔恨，又是一个求得他人理解和自我谅解的机会，更是一种接受意义上的期待和讨巧。从某种程度上说，自我忏悔至少满足了白人男女的虚荣、自负和尊严，给曾关心她身心成长的外祖母以告慰和安慰，她也从中找回自己的道德据点，弱化了自己的道德污点，进而让男性、女性比肩，让白人、黑人靠近，让家人朋友靠拢，让善人施善，恶人向善。据此，她的忏悔一举多得。

四、结语

村上春树说过，每一个故事都写在灵魂深处。作者曾把孤独咀嚼成狂欢，把磨难幻化成动力，用和自己的信念沟通而激发出的勇气和韧性，成就了一曲女奴求自由的胜利之歌。然而，自传结尾处的这段话，却让我们读出了另一种味道。

> 我的故事以自由结束，不是传统意义上（大团圆，本书作者加）的婚姻。我和孩子们都自由了！……但我的梦想还没有实现。我和孩子们还没有一个自己的家。我还在努力期待一个有炉火的地方，不管它多么简陋。但出于爱、责任和感激，我还和布鲁斯太太一起生活，我很荣幸能够为她服务，……她给了我和孩子们无法估量的自由的恩泽。（156）

显然，叙事者的身体获得自由之后，精神上却又承担起她也许终其一生也还不清的情感债务。而这样的债务正是蓄奴制带给她的，本不该属于她的，无药可治的心理创伤。这是另一种不公平！朱光潜说："人生最可乐的，就是奋斗成功而得的快慰。"我们只想祈祷，解放了的雅各布森能够真正享受到得益于自己奋斗成功后的真正的快乐！

第四节　所罗门·诺瑟普的《为奴十二年》

一、引言

美国非裔作家所罗门·诺瑟普（Solomon Northup，1808—

1875）生来就是一位非洲裔美国自由民，1841 年，在华盛顿特区被人绑架，贩卖到南方为奴。12 年后的 1853 年，他从路易斯安那州红河附近的种植园出逃而获得自由，后来成为一个废奴主义者。他的回忆录《为奴十二年》（*Twelve Years a Slave*）（1853）在发表之初曾引发强烈反响。在 2014 年的第 86 届奥斯卡金像奖颁奖礼上，改编自同名作品的电影一举荣获最佳影片、最佳女配角、最佳改编剧本三项大奖，从而让这一奴隶叙事文本再度走进读者的视线，使人们对美国蓄奴制的荒谬和残酷有了更深层次的认识。

　　《为奴十二年》叙写的是一位普通黑人自由民被绑架变卖为奴后，惨遭苦刑和苛虐，但却从未放弃希望，且学会在苦难中寻索意义的小人物、大命运的故事。所罗门·诺瑟普以农耕和演奏小提琴为生，与妻子和一双儿女生活得安然无忧且怀揣梦想。后被两个白人奴隶贩子以给马戏团伴奏为由骗到华盛顿后变卖。在随后的 12 年里，他亲历、目睹了黑奴悲惨的生存、生命、生活状态。最终在自己的不懈努力和好心人的帮助下重获自由。在 12 年炼狱般的奴隶生活里，传主诺瑟普竭力保全性命，以对家人的至爱、对上帝的信仰、对大自然的顾盼来消解身心的屈辱和劳困。面对"存在的挫折"（维克多·弗兰克，1991：85），诺瑟普成了"痛苦的战胜者"（罗曼·罗兰，2013：26），在"一种无明确期限的暂时生存"（provisional existence）（维克多·弗兰克，1991：61）中，依凭内在的力量和精神的自由历练意志，感悟生活，塑形命运。

　　无独有偶，人本主义心理学家、精神医学家维克多·弗兰克（Viktor Frank，1905—1997）在其具有"文学与哲学的双重价值"（维克多·弗兰克，1991：4）的《活出意义来》（*Man's Search for Meaning*）一书中，也曾回顾了他被关进奥斯维辛集中营饱受磨难的生死经历。弗兰克的控诉并未止于个人的悲苦，而是致力于对自己的内心体验及其他受难者的心理现象的探究。他还发明了

"意义治疗法"①（logotherapy），"为一个个伤心人编织出意义和责任"（维克多·弗兰克，1991）。弗兰克站在肯定人生的层面，深刻诠释了"存在的意义以及人对此存在意义的追寻"②（维克多·弗兰克，1991：82）。美国当代著名心理学家舒尔兹曾这样评价弗兰克的思想："弗兰克体系的真正功效，或许是强调意义存在的重要性，这种意义存在于每一个情景之中，而且在发现意义上，我们是自由的和完全可以信赖的…… 他的著作有令人非信不可的明显的正确性。"（舒尔兹，1986：263）弗兰克强调，寻求生命意义有不同途径：一是创造，做有意义的工作或实事，以实现内在的精神能力和生命的价值。二是体验，体验世间亲情友情，体验大自然、艺术中的真善美。三是肯定苦难在人生中的意义③（维克多·弗兰克，1991：95）。弗兰克在苦难中寻求意义、提升精神价值的哲学思想，为深入探究《为奴十二年》中传主的生存状况提供了崭新的视界和方法论指导。作者在创造、体验和在苦难中追索意义的过程中，如何寻得生存逻辑和生命意义，把个人的心志和精神颐养，并如何考量存在的意义将成为本文考察的重点。

二、在创造中实现生命的价值

人所拥有的任何东西都可以被剥夺，唯独人性最后的自由——也就是在任何境遇中选择一己的态度和生活方式的自

---

① 参见《活出意义来》（93）：意义治疗法会使病人深深体会到他自己的责任，因此必须让他自由抉择为了什么，对什么人或什么事负责。

② 参见《活出意义来》（85）：存在意义一是指"存有"本身，例如独特的人类存在形式。二是表达存在的意义。三是在个人的存在中努力去寻找具体的意义，即"求意义的意志"。

③ 参见《活出意义来》（96）：弗兰克说，"苦难本身毫无意义，但我们可以通过自身对苦难的反应赋予其意义"，也即当一个人遭遇到一种无可避免的、不能逃脱的情境，或当他必须面对一个无法改变的命运，如罹患了绝症或开刀也无效的癌症等，他就等于得到一个最后机会，去实现最高的价值与最深的意义。

由——不能被剥夺（维克多·弗兰克，1991：56）。当人只剩下所谓最后一件自由，即"在既定的境遇中采取个人态度的能力"时，他可以选择创造和体验，使自己"苦得有价值，以证实其超越外在命运的能力"（维克多·弗兰克，1991：57）。传主诺瑟普在意识到自己已失去自由，且逃跑的机会微乎其微，一味地反抗只是意味着死亡时，他选择将希望埋在心底，凭借自己的智慧和技能，在不同的奴隶主手下埋头干活，在不同的工种中努力探索，从而在卑微的苦力劳动中为自己赢得了尊严。艰苦的外在环境给了诺瑟普某些不得已的"机会"，让他在劳顿与痛苦中用主动积极的创造超越自我，感悟生命。

在被卖往南方的新奥尔良的轮船上，诺瑟普用小刀在发给奴隶的锡杯上刻下自己名字的首字母（64）[1]，让同行的伙伴们羡慕不已。他还主动帮同伴们分别刻上他们的名字，借此收获了感激，强化了自我生命的存在。

在贝夫河两岸，他成了传说中"松树林最聪明的黑人"（99）。他娴熟的木筏技术让"那些头脑简单的木工们大吃一惊"（98），且赢得主人福特的赞许；他亲手为善良的福特夫人制作了一台织布机，大大提高了工作效率（102）；他还为另一位主人艾普斯制作了南部少见的"曲柄斧子"，被主人当成新奇之物给到访的人炫耀（176）。

为解决奴隶们吃不上肉的问题，他精巧构思并制作了捕鱼的鱼笼，成为"这一带历史上从未有过的发明"（202）；他用白色的枫树树皮制成墨水，用鸭子的羽毛做成笔，用偷偷藏起来的一张纸，借着火光写求救信（230）……

诺瑟普在自传中跳出悲情叙事框架，没有像传统的奴隶叙事那样充满阴郁沉重的怨恨，只流于控诉制度的罪恶和白人奴隶主

---

[1] 本节中引文凡出自《为奴十二年》皆只标明页码。

的残忍；而是以理性和平缓的语气，淡淡地道出那一历史时期蓄奴制的荒谬和残酷。当人"置身在某种情境当中，有时候必须以行动来塑造自己的命运"（维克多·弗兰克，1991：66）。12年里，诺瑟普选择在被动的生活中积极地生存，因为他"看透了痛苦的奥秘…… 不愿再以忽视、幻想或矫情的乐观态度来减轻或缓和种种折磨所带来的痛苦，反而把痛苦看作是值得承担的负荷 。…… 因为痛苦暗含成就的机运"（维克多·弗兰克，1991：67）。身为奴隶，他没有像历史上大多数的黑奴那样消极被动，逆来顺受，而是选择在艰苦的环境下创造性的劳作，让自己卑微的生命发散出存在的意义的光束。

三、在亲情和大自然的体验中揣摩生命的意义

远离家人，回味过往的美好时刻成了诺瑟普体验亲情的唯一方式；而远离亲情，他能够亲近的只有自然。正是在对亲情和自然景观的体悟中，诺瑟普触摸到生命的意义，且将其凝练成其他奴隶叙事文本中少见的温情。

"在荒凉的环境中，人们不能畅所欲言，唯一正确的做法就是忍受痛苦，以一种令人尊敬的方式去忍受，在这种处境中的人们也可以通过回忆爱人的形象获得满足"。因为"爱，是人类一切渴望的终极。…… 人类的救赎，是经由爱而成于爱"（维克多·弗兰克，1991：31）。关在华盛顿的威廉奴隶监狱，当诺瑟普被打得"疼痛难忍，浑身布满水泡""情绪极其低落"时，"对家中妻儿的思念占据着我的头脑"，他的"精神并没有垮掉"，他仍"期待逃跑"（42）。受酷刑鞭打时，"孩子是珍藏在心底的甜蜜期待"（114），"对妻儿的思念成了他之后几乎每个夜晚的必修课"（97）。"备受侮辱、奚落和嘲弄"时，他希望自己死去，但又无法割舍对孩子的亲情，捶胸感叹"上帝给了我挚爱的孩子们之前怎么没让我死去"（124）？诺瑟普常常通过回味亲情来稀释眼前

的疾苦，温暖自己，滋养精神的成长；在对亲情的回味和不舍中他多次竭力保全性命，顽强地活了下来，让存活本身张扬出"活着"的意义。

诺瑟普对大自然的关注，构成这一奴隶叙事文本中的特殊内涵。对宽阔的土地河流、茂密的森林树丛、随处可见的野兽鸟禽等自然现象的描述，连同对残酷奴隶生活的痛陈，共同构筑成文本中一幅幅有自然意境、有声色况味且不乏哲学堂奥的图画，其间流淌着他对大自然的审美、敬畏和热爱。然而，这里的自然景观描述并非普通文本中的背景铺陈，而是作者心中根植于大自然中和谐、平等的观念，更是作者获得理性启悟和生存力量的精神实体。弗兰克说过，"内在生活一旦活络起来，（俘虏）对艺术和自然的美也会有前所未有的体验。在美感的影响下，有时连自身的可怕遭遇都会忘得一干二净"（维克多·弗兰克，1991：33）。正如弗兰克所认可的那样，既然文学表述可以在"自然的、幸福的、理想的世界与可怕的、悲惨的世界之间作出选择"（许志伟，2007：4），作者身处悲惨的此岸人文世界，其灵魂与精神则游离于彼岸和谐的自然世界之中。正是这种不自觉地移情于自然的事实，让其获得一种"原初的、混沌的、自然的精神"（苏鸣，2003：128）。

被奴隶贩子变卖，从华盛顿被押往南方的船上，诺瑟普倍感激愤和无奈，但仍看到"一个舒服的早晨，河两岸的田野郁郁葱葱……温暖的阳光普照大地，林间的鸟儿在欢唱"（58）。

傍晚被主人和猎狗追杀，他逃到"至今人类的足迹尚未到达的沼泽凹地"（139），周围毒蛇遍地，鳄鱼随时会钻出水面，但在他的眼里："太阳落山，夜幕降临把这一大片沼泽地笼罩在黑暗中……月亮升起，柔和的月光爬上枝枝蔓蔓，上面吊着长长的苔藓"（140）；"鸭声嘎嘎一片"，他从中"听到了生命"，意识到"地球上的蛮荒之地依旧生机勃勃。即使在这片阴霾的沼泽腹地，上帝仍为数以百万的生命提供了避难和栖息的地方"（140）。

刚逃脱被追杀的危险，诺瑟普依然看到自然中的生机与祥和："在寒冷的季节，群鸟安静，树木退去了夏日的繁盛，但各色玫瑰依旧盛开着…… 在这片恒温地带，一年到头都会有树叶落下，嫩芽开花。"（146-147）在整个摘棉季节，尽管"每晚从天黑到入睡前，一直能听到抽打鞭子的声音和奴隶们的惨叫声"（179），但他竟也能观察到自然之美，"宽阔的棉花地开花时是难得的美景，像一片片一望无际的新落下的白雪，轻盈而纯洁"（166）。

在主人的威逼下，他不得不鞭打同伴女奴帕茜直到其皮开肉绽，而正当读者因他入微的描述几乎能闻见血腥味之时，他却感叹"这天是主的安息日。田野在温暖的阳光下微笑着，鸟儿在树叶之间发出欢快的唧唧啾啾的叫声，到处是平静和幸福的景象……"（257）。作者在此把自然的大美和人间的惨剧并置在一起，把"善"与"恶"并置在一起，把"众人心中暴风骤雨般的剧烈情绪与那天的平静安宁之美"（257）并置在一起，让自然之美和人性的扭曲形成意象的反差和意义的反讽，从而使文字间的意义张力喷薄而出。

诺瑟普对大自然的描述显然无意于美化为奴的生活，他是把自己一颗渴求自由的心连同希望，放逐于静谧的自然之中，在能看到自由、公正、公平的自然地带，悉心体验着他在人间看不到的自由、公正与公平。这何尝不是一种迷心于山水、草木的心灵感受和向往自然的精神追求，一种凄苦的生活状态下对大自然的浪漫态度（浪漫的痛苦）？也正是在这一孕育神话的大自然中，诺瑟普走出了自己生命的神话。

四、在苦难中肯定存在的意义

12年九死一生的为奴生活确实让诺瑟普身心备受磨难，但当他选择以尊严的方式承受苦难时，这种苦难也就幻化成弗兰克笔下那一"实实在在的内在成就"（56），这种"成就"不仅彰显出他"不可剥夺的精神自由，更有比任何苦难更有意义的人性的高贵和尊严"（周国平，2010：35），使他的"生命充满意义且有其目的"（维克多·弗兰克，1991：57）。苦难，帮助他领悟到精神的能力和存在的意义。

从带上脚镣手铐被卖的那一刻起，诺瑟普的心中不是没有反抗和逃跑的计划和行动，但他仰望上苍，守望着梦想。在奴隶主和监工的鞭刑、棍棒、枪口和刀刃下，在猎犬的追杀中，在饥饿和疾病的折磨中，在夜以继日的繁重的体力劳动中，他以有尊严的方式把没有尊严的奴隶生活过得坚韧、倔强且尊贵。

第一次被奴隶贩子用扁板和九尾鞭打得"体无完肤""皮开肉绽，感觉仿佛置身于烈火"（44）时，他依然坚定地称自己是自由民；监工提毕兹无理取闹、挑衅，他愤然反抗，结果"四肢被捆，在烈日的暴晒下站了一整天""绑在胳膊和腿上的绳子深深地嵌进肿胀的肉里"（116）。又有一次，提毕兹狂怒之下拿斧子砍杀他，他反身将其摔倒在地然后逃跑。前面是不知深浅的沼泽河流，野兽出没，鳄鱼毒蛇乱窜，后面有提毕兹带着枪和猎犬疯狂追踪，可他始终清楚"生命对于每个活物都是宝贵的。地上的爬虫也有求生的欲望"（112），他宁愿在沼泽地里做个"游魂逃犯"也不愿要现在的生活（113）。

在弗里曼监狱感染了天花时，他"整整三天睁不开眼""希望自己死掉"，但因"曾想过在家人的怀抱里放弃生命，如今在这一情形下，在陌生人中间咽下最后一口气，该有多么苦涩"（83），因而愿意在病痛中坚守生命。

在为"奴隶阎王"艾普斯的棉花种植园干活期间，他经常和其他奴隶一起被随意抽打，因为主人"喜欢听到鞭子重重落在奴隶后背的惨叫声"（163）。在送棉花到轧棉场的路上，他们"浑身打战，担惊受怕，多了意味着明天的任务更重，少了被认定为偷懒难逃鞭刑"（164），"休息"竟成了他们渴望的天堂（259）。但这种非人的生活并没有磨损他们心中对美好的向往。到了晚上，他们"常常还会以信任的口吻谈论着珍藏在心底对生命、自由和幸福的向往"和"对自由的热爱"（207）。

"人类的生命无论处在任何情况下，仍都有其意义。这种无限的人生意义，涵盖了痛苦和濒死，困顿和死亡，我们坚信与命运的抗争纵然徒劳亦无损其意义与尊严"（维克多·弗兰克，1991：71）。诺瑟普和他的奴隶同伴们正是通过对生命的顽强坚守，一次次地明证着苦难的意义。

"能够负责"（responsibleness）是人类存在最重要的本质（维克多·弗兰克，1991：93）。诺瑟普通过文本中血淋淋的事实呈现，发起对蓄奴制残酷本质的拷问；而通过对苦难的为奴生活的感受和领悟，自然也肩负起了对种族、对人性、对命运、对良知、对存在的意义的思考。尼采说过，"打不垮我的，将使我更加坚强"（维克多·弗兰克，1991：70）。诺瑟普在苦难中获得的精神价值必将成为他一笔特殊的精神财富。我们相信，这笔精神财富定会让其对苦难意义的思考包蕴厚重的生存内涵。

五、结语

斯宾诺莎在其名著《伦理学》里说过："我们只要把痛苦的情绪，塑成一幅明确清晰的图像，就不会再痛苦了。"（维克多·弗兰克，1991：63）其实，诺瑟普在自己的传记文本画卷中，岂止抚慰了自己的痛苦，他还用自己的精神自由完成了对苦难的意义的寻索。为奴12年之后，他找到并回归了他的家；而他对苦难意义的肯定和对自由的热爱，使其最终找到了语言这个"家"（"语言是存在的家"，海德格尔，1996：375），并在此把个人的意志和精神颐养，把存在的意义考量。

第 三 章

哈莱姆文艺复兴时期的作家自传

第一节 概 说

　　"哈莱姆文艺复兴"（Harlem Renaissance）又称哈莱姆运动、新黑人运动或黑人文艺复兴，主要是指 20 世纪二三十年代，以纽约的哈莱姆区为中心，以老一辈黑人知识分子以及年轻的新黑人作家和艺术家为主体，以复兴美国黑人民间文化遗产、表现种族自我、反对种族歧视和振兴美国黑人文化为主要内容，在保持黑人尊严和个性的前提下，以融入美国主流社会为宗旨的文化思想启蒙运动。哈莱姆文艺复兴大致兴起于 1919 年，于 1925 年到 1928 年达到巅峰，1932 年逐渐寂灭。哈莱姆文艺复兴期间，涌现出大量的黑人文学作品，同时伴随着重要的社会运动与思潮，成为美国黑人在文化意义上的转折点。

一、起源

　　第一次世界大战后美国工业的迅猛发展和对大量廉价劳动力的需求，加之南方黑人佃农大量涌入北方城市，出现了美国历史上著名的黑人城市化大迁徙，颇似一次封建落伍的农民向着现代化的美国迁移的动态的历史。然而，美国北方的种族歧视和城市中心区的衰败，迫使黑人集中地聚居在一些固定区域，纽约的哈莱姆就成了大量黑人聚集的地方。仅 1900 年到 1920 年间，哈莱姆的黑人居住人口翻了一番，成为世界上最大的黑人居住区。

大量黑人的聚集天然形成一种文化的靠拢和集中。而世界大都会纽约市宽松、自由的社会环境为文学的繁荣提供了肥沃的土壤；其相对开放和世界主义的氛围无疑促进了黑人文化的发展，黑人文化精英们有机会近距离接触如百老汇、格林尼治村等以美国文学、音乐和戏剧为标杆的文化之场及最前卫的文学团体和知名作家。这为此后文艺的繁荣在智识、眼界和机遇上奠定了不可或缺的基础。

黑人文化精英们还成立了许多民权组织作为抗争的组织力量与后盾。其中影响较大的有 1909 年成立的"全国有色人种协进会"、1911 年成立的"全国城市联盟"和 1942 年成立的"争取种族平等大会"。19 世纪末到 20 世纪 40 年代，一些黑人作家以笔为刀枪，在黑人争取民主权利的抗争中也发挥了重要作用。查尔斯·契斯纳特用现实主义的批判精神去揭露和反映当时社会中的种种压迫和种族歧视，对激励黑人的斗志产生了极大的作用。布克·华盛顿重视黑人职业教育，领导塔斯基吉运动，宣扬黑人应提升自己的生存本领，使自己成为在各方面与白人相当的人才，继而获得平等权利。与华盛顿持相反态度的杜波依斯是 20 世纪美国最有影响力的黑人知识分子和黑人文学的精神领袖。他一生坚持不懈地致力于反对种族隔离和压迫的斗争，1905 年他发起了著名的尼亚加拉运动，要求黑人享有一切公民权利和社会福利，对美国黑人解放运动产生了广泛的影响。20 世纪 20 年代"哈莱姆文艺复兴"中的一些优秀黑人作家对黑人争取平等公民权的斗争也起到了积极的推动作用。其中最具代表性的是兰斯顿·休斯。他曾经指出："我的诗歌是为解释和说明黑人在美国的状况而创作的。"他的作品贯穿着反对种族隔离、维护黑人权力的主题，在当时种族歧视问题严重的美国社会起到了积极的革命性的效果。

1909 年全国有色人种协进会的成立和 1911 年全国城市联盟的创办，在促进哈莱姆文艺复兴运动的过程中功不可没。这两大特色明显的黑人组织，不仅吸引、围拢了大量的黑人青年参与其中，也成为黑人争取社会正义、经济公平和种族平等的斗争摇旗呐喊的阵营。由全国有色人种协进会主办的期刊《危机》是哈莱姆文艺复兴运动的重要阵地之一，由哈莱姆文艺复兴运动的重要领袖之一 W. E. B.杜波依斯任主编达 23 年之久，这一时期很多黑人作品都是发表在《危机》上。而由全国城市联盟主办的《机会》杂志从 1929 年开始持续了 20 年的时间，该杂志以激发年轻黑人作家的自我表现为宗旨，社会学家、菲斯克大学第一位黑人校长查尔斯·S.约翰逊曾担任 5 年的主编。约翰逊在《机会》杂志上举办过各种竞赛活动，以吸引广大读者群和文学批评家对天才黑人作家的关注。

二、文学特点

哈莱姆文艺复兴重新定义了黑人文学、音乐、戏剧与视觉艺术（主要是绘画与雕塑）。黑人的创作重新受到重视，黑人的宗教音乐灵歌、布鲁斯音乐、爵士乐受到了美国通俗文化的认可。黑人的民俗音乐也成为美国流行音乐的主要发源地。黑人的成果通过美国主流社会的杂志刊物和书籍在白人读者中广泛地传阅，传统的黑人形象也借此得以改观。黑人文学经历了前所未有的繁荣，且取得重大突破。哈莱姆文艺复兴主要呈现为以下几个特点：一是把关注的对象转向普通民众尤其是下层民众的实际生活。二是新的文学形式和文学人物开始出现，对传统的黑人形象提出挑战和否定。三是语言上的大胆实践和创新，黑人方言尤其是城市黑人的方言进入了作品。四是作家们不再一味地诉苦叹怨，而是更关心对黑人文化的诠释和传播。

三、代表人物

在这一时期的作家当中，克劳德·麦凯在写作中发现了自己的黑人自我。他将自己的创作分成了两类：黑人散文和标准英语诗歌。他发表于 1928 年的《到哈莱姆去安家》成为第一部出自美国黑人之手的畅销小说。他鼓励同胞为自由而战的激情洋溢的诗歌，成为新黑人斗争精神的绝唱。他的作品有《橡胶村》（1933）和《哈莱姆：黑人的大都会》（1940），并著有自传《远离家乡》（1937）。

兰斯顿·休斯享有"哈莱姆桂冠诗人"的美誉，是文艺复兴时期最杰出的黑人诗人、小说家和剧作家之一。他创新性地把黑人音乐的节奏和旋律运用于诗歌的写作中，从而形成独具黑人特色的诗歌特性。除了其自传《大海》（1940），《我徘徊，我彷徨》（1956）之外，休斯著有 17 部诗集、两部长篇小说、10 多卷剧本，短篇小说集《白人的行径》（1934），讽刺小品集三部曲《辛普尔倾吐衷情》（1950）、《辛普尔的高明》（1961）、《辛普尔的汤姆叔叔》（1965）及一些儿童文学作品。休斯深入刻画了美国黑人的苦难生活和悲惨命运，抨击白人的种族歧视。

阿兰·洛克、詹姆斯·韦尔登·约翰逊（James Weldon Johnson，1871—1938）和卡尔·范维克顿被称为哈莱姆文艺复兴运动中的精神三巨头。阿兰·洛克博士是第一位获罗兹奖学金的黑人，他编辑的哈莱姆专刊《文学概观》，大力推介年轻黑人艺术家的文字作品，1925 年后半年，专刊被扩充成了一本名叫《新黑人》的书，里面首次提出了新黑人的概念："较年轻一代的黑人有新的心理状态，一种新的精神在黑人群众中觉醒"（刘海平等，2002：78）。詹姆斯·约翰逊是哈莱姆文艺复兴的先驱者、参与者、鼓舞者和编年史者。他通过《美国黑人诗集》和《美国黑人圣歌集》这两本诗集大大提高了黑人诗歌的地位。其中《美国黑人诗集》的序言和再版序言论述了美国黑人诗歌和音乐的成就，指出了其以后的发展方向，是两篇杰出的文学评论。他的自传《走这条路》（1933）至今仍受美国黑人读者热捧。约翰逊作为全国有色人种协进会的领导人之一，为推进黑人文艺复兴运动贡献非凡。而白人作家、文艺批评家和摄影家卡尔·范维克顿是一位有见识、有良知、有正义感的白人知识分子，是为哈莱姆文艺复兴作出最重要贡献的白人。范维克顿对黑人文化一往情深，他资助了不少黑人作家和艺术家，鼓励其保存并坚守黑人文化。他于1926年出版的小说《黑鬼楼座》曾引起人们对黑人文化的广泛关注，为哈莱姆文艺复兴作出了杰出的贡献。

哈莱姆文艺复兴是美国黑人文化史上的一个转折点，它标志着非裔美国人文化意识和种族意识的觉醒。怀揣艺术拯救、提升美国黑人民族的远大理想，老一辈黑人知识分子与青年黑人作家和艺术家，勇敢地尝试用黑人文化和文艺来改善黑人处境、争取种族平等和公正待遇。从这个意义上来说，哈莱姆文艺复兴也是一场美国黑人的思想启蒙和社会、政治运动，为后来黑人文化文学的发展铺平了道路，并激励着一代又一代的黑人作家和艺术家走进了美国主流社会的艺术之门。

第二节　布克·华盛顿《从蓄奴制中崛起》

一、引言

美国19世纪的后半期，有这样一位黑人青年，生在南部种植园四面透风的小木屋，出生年不详，白人父亲不知是谁。内战结束后他获得自由，随母亲去了继父所在的弗吉尼亚州，一边读书一边在盐厂、煤矿打工讨生活。他一直有名无姓，老师点名时灵机一动，给他选了开国总统的姓氏华盛顿。十四五岁时他只身步行 500 英里，怀揣母亲和哥哥给的零钱，心里装着对知识的崇尚，风餐露宿十几天，追梦到了传说中的黑人大学汉普顿师范农业学院，凭悉心、专心和耐心把一间教室打扫得一尘不染而被学校录取。入学后他才第一次有床睡，根本不知道床单的用场。头一晚把两张床单都盖着，第二晚把两张都铺着，第三天才明白其实一次可以只用一个。在校期间，他积极参加实践活动修炼人格精神，刻苦读书积累知识学问，主要靠给学校看门和打扫卫生补贴学费，完成了学业。这就是 18 岁之前的美国黑人布克·华盛顿（Booker T. Washington）的故事。一位生而为奴但却改变过美国历史的政治家、教育家、演说家和作家，也是第一位走到台前面向白人演讲、第一位走进白宫、第一位获得哈佛大学名誉硕士学位、第一位头像被铸成了纪念币、第一位出现在美国邮票上的美国黑人。1881 年，华盛顿受邀在阿拉巴马州的塔斯基吉创办学校，他连续工作 19 年无休假，苦心焦思，敝精劳神，把起初由一名教师、30 多名学生组成的黑人学校，扩展成占地 2300 英亩①、拥有 66 栋大楼、30 个专业院系、170 万美元的资产，来自不同州、不同国家 1400 多名学生、110 名教工的塔斯基吉学院。

　　1901 年，华盛顿发表了自传《从蓄奴制中崛起》（Up From Slavery，1901），旨在"为自己的孩子留些记忆，鼓励他们成长"（Washington，1928：34）②。作者平实、精炼、朴素的语言里，智、情、魂并存，真、善、美贯通，精神性、真实性和艺术性相融，在 20 世纪初美利坚的大地上，大写出"黑色"的精神品质和力量。本文基于自传的基本属性，分别从精神性、真实性和艺术性三个层面，阐释传主的精神坐标、诗性特质和真实性本色。

---

① 1 英亩=0.404686 平方千米。
② 本节中的引文凡出自《从蓄奴制中崛起》皆只标明页码。

二、人格故事，凸显精神坐标

"自传不是一幅肖像画，而是透视里的变化过程。…… 行为不仅发生过才被叙述，而是因为它们代表了精神成长的阶段"（赵白生，2008：23）。华盛顿生命历程的每一个阶段，都泛出醒目的思想、精神之光，折射出了传主顽强、拼搏、乐观、豁达的精神力量。

19世纪中后期的黑人文学，大多以沾血带泪的控诉、怨恨和敌视的奴隶叙事为主。华盛顿在他条分缕析的传记叙事中，却从未忽略过白人的善意，从未"讳"过对白人的感激，且常常以自己加倍的努力报之以桃李。例如，北方白人对黑人的无私奉献和帮助、前主人的豁达、矿工夫人生活的严谨、汉普顿大学的阿姆斯特朗将军的慷慨赞助（51、96、106、129、136）。他反复强调，"内战后北方白人对南方黑人基础教育所给予的帮助，一定会成为这个国家历史上最精彩的内容之一"（51）。他对白人的一些行为表达出足够的理解，"我不喜欢那些谴责富人、抱怨他们不做慈善的人，他们其实并不了解，这些白人每天要面对多少以讨钱为目的的拜访、电话和信件。如果他们全答应，必然会让他们自己陷入窘境"（129）。

华盛顿对蓄奴制的态度，不可谓不理性。提起美国长达200多年的蓄奴制，读者的想象中大都会是一些模式化的"大"叙事、是非判断和情绪感慨，恨不能替黑人"谈虎色变""咬牙切齿"，但华盛顿却以冷静、耐心、客观的描述分析，让读者从伦理、制度和人性的高地，反观蓄奴制事件本身。"黑人尽管有各种磨难，但他们从蓄奴制中得到了和白人一样的好处——他们掌握有一定的手工技巧，且从不以此为耻"，而白人却因此"失去了自主生活的能力，养成蔑视劳动的思想"（23）。在种植园里，"劳动成了白人、黑人都试图逃避的颓唐、低等事儿。前者不屑于做，后者没兴趣做好"。因而白人的"篱笆待修缮，大门关不严，房门坏了一半，窗框只是个样子，墙皮脱落，院子里野草丛生"。尽管"白人、黑人都不缺吃食，但白人的餐桌上却不见精致、高雅，家根本算不上最温馨、舒适的地方。…… 而且不珍惜粮食，不爱护物资的现象也令人痛惜"（23）。华盛顿认为蓄奴制也会给白人带来不利，会给黑人捎带着好处："生而为奴有时还益于黑人的成长，因为黑人青年为了得到他人认可，必须比白人表现得更优秀，不懈的努力和非同寻常的斗争可以给他们带来力量和信心，而这正是一帆风顺的白人青年所不易达到的。"（37）华盛顿这一来自于自身生活实践中的认识，让传统黑人书写中蓄奴制的"万恶"，裸露出丝丝"伪现实"的成分。

　　华盛顿坚信"种族的偏见迟早会得到改善"（111），他对种族关系高屋建瓴式的思考，即使在黑人获得政治平等50年后的今天，依然可以借鉴。他的种族思想不是白人向"右"，黑人向"左"的背驰，而是互看对手"瓦上霜"、前嫌尽弃后的携手共进。1896年华盛顿受邀在亚特兰大展览会上做演讲，面对白人他不卑不亢，慷慨陈词："你们了解他们的习惯、检验过他们的忠诚和爱心。……请帮助、鼓励他们接受脑、手、心的教育吧！…… 你们也将因此在未来看到我们这样一群最耐心、最忠诚、最守法和最没有嫉恨的人。我们曾忠心耿耿，抚育过你们的孩子，侍奉过你们病榻上的父母，眼含伤心的泪水送他们去了天堂；将来的我们还会以卑微之身，以他人难以企及的忠诚，站在你们身边，也随时准备着牺牲性命保全你们的安全。社交活动时，我们可以像分开着的五个手指，但在互惠方面，让我们团结成一个拳头……"（153-154）寥寥数句，铿锵有力，真情激荡着文字，激情澎湃出文本，把颜色分明的"黑"与"白"，温和地系在同一条命运之绳上，将过去、现在和未来自然地联结在了一起。

办好黑人教育是华盛顿的终生愿望，其教育思想和中国文化大家胡适的教育理念异曲同工："要想有益于社会，最好的法子莫如把自己这块材料铸造成器。"（胡适，2014：103）华盛顿强调，"一个种族要想繁荣，必须懂得种田和写诗同样珍贵"（100）。"如果白人主管的教育机构失败了，伤害的是黑人教育；但若黑人主管的教育机构失败了，不仅意味着一所学校的消失，很大程度上意味着他人对我们族群能力和信心的丧失"（132）。建校之初，他鼓励学生自己动手造砖瓦，建校舍。建校 20 年后，校园内 66 栋大楼中的 62 栋都是由学生自己建造的。他还教育学生注意个人卫生，教他们洗澡、刷牙、整理衣物，教给他们吃什么、怎样吃、怎样用寝具、怎样穿睡衣……因为"人们会原谅我们的贫穷、困苦和艰难，但绝不会原谅我们的脏"（124）。他的教育成果——一群高素质的黑人学生，在 19 世纪末活跃在美国南部建筑业、服务业等各个领域。

《从蓄奴制中崛起》是一部典型的黑人自传作品，作者并没有揭开黑人的历史伤疤，控诉蓄奴制给黑人带来的种种精神创伤，也没有一味强调一般的弱势群体所诉求的公平、公正和自由，而是以大量具体、客观、详实的时间、地点、人物、事件和数据，得出黑人想要"从蓄奴制中崛起"就必须自尊、自强、自立、自爱的思想，整个自传文本中始终洋溢着一种乐观豁达，凛然正气。

三、自传的诗性特质

"风格是人的性格肖像"（吉本语）。华盛顿的自传语言，正如他倡导的生活方式一样，节俭、节约、朴实、朴素（93），真正实践着他"让每一个字都富含意义"（Give them an idea for every word）的理念，更如同他一生中上百场的演讲内容一样，生动、简洁、精炼，隽言警句随处可见：

伟人耕种爱，小人哺育恨（191）。

信誉是王牌（140）。

成功不仅取决于人的地位，还取决于他曾经克服过的困难（37）。

世界上最幸福的人是那些为别人奉献最多的人（54）。

没人可以羞辱我的灵魂（75）。

……

华盛顿写家庭亲情时，侠骨柔肠，一副田园牧歌式的浪漫笔触，文笔生动成画。晚饭后一家人一起读书、讲故事，是他心目中"世上最幸福的事"："周日午后，花个把小时在林中散步，没人叨扰，四周是纯净的空气、绿树、灌木丛和野花，上百种植物散发着芳香，泉水叮咚，百鸟和鸣。"（181）而当他谈及事业，文字里又透着男人的坚韧力量："在接下来的半个世纪里，我们将接受更大的考验，我们会用我们的耐心、耐力、坚韧和权力忍受误解、承受诱惑、节俭生活、学习和运用技术；在我们力所能及的范围内在商业上竞争、争取成功，去忽略虚伪追求真实，拒绝肤浅追求实质，成为伟大但却渺小、有学识但却朴素、做一切高尚但却身为奴仆的人。"（202）亦柔亦刚里，情智兼得。

著名传记理论家 Mark Longaker 说过，"并不只有那些突出的成果才能展现一个人的善与恶；通常情况下，一篇短函，一句话，一个笑话可能比最伟大的围城或最重要的战争更能展现一个人的面目"（Longaker，1971：24）。华盛顿并不忌讳黑人同胞在解放之初的落伍、愚昧和劣根性。他经常用幽默、诙谐的笔触，叙写身边那些打动过自己的小故事。他描写办学之初教师队伍里鱼目混珠现象，"问一个想当教师的人'地球的形状是什么样的'，他回答要么是扁的要么是圆的，这得看大多数赞助者的喜好了"

（64）。他曾问起一位60多岁的黑人的家事，"他说自己出生在弗吉尼亚，是被卖到阿拉巴马的。而问及当时卖了多少人，他竟然答："5个，我，我哥哥，还有3头驴。"（86）塔斯基吉大学建校之初以重视学生的个人卫生而闻名。华盛顿前往女生宿舍检查卫生，问三位女生她们有没有牙具，一女孩指着桌上的一个牙刷说，"有，先生。我们昨天刚买来的，准备合着用呢"（124）。再来看看华盛顿自传中另一幅生动的画面：他去做实地考察，在一所地方学校的教室里，5个学生叠罗汉似的看着一本书："前排坐着两个，书放在中间；后面的两个透过前两人的肩膀瞅，第五位不得不在前面四个人的肩膀缝里找机会。"（86）这些动感十足的生活画面，幽默里含着深情，嗔怨中夹着心痛，而萌动在传主心中无奈之后的动力和信心，像潮水一样从文本中漫出纸张。显然，作者对这些现象的认识和态度，更多的是一种弱者追求上进的起点和策略，而不只是"向白人文化低头，并甘愿认同和屈从于白人文明的实实在在的证据"（杨国政，2005：160）。毕竟，向文明看齐，似乎没有必要先辨别这一文明的发源地的国家、民族和"黑""白"吧。

"传记应该是一幅画，如果它特有的质素被省略，那就算不上好作品"（North，2000：168）。英国18世纪著名传记家罗杰·诺斯的这番话，贴切地描述出了华盛顿自传里的精彩。而正是这些精彩，让一部以精神性特质突出的传记文本多出了不少"诗意"的氛围和情调。

四、坚固的事实性本色

《从蓄奴制中崛起》文本中除了优秀自传所特有的"文"的色彩，更有淋漓尽致的"史"的真实。真实，即历史的真实和文学的真实，是传记文学的生命线。而"历史真实，也叫事实真实，……即人物必须实有其人，时间必须确有其事，时间地点都要实事求是"（全展，2007：9）。"传记作品要达到历史的真实，从而表现出文学的真实"（全展，2007：13）。《从蓄奴制中崛起》中的真实性本色，是最毋庸置疑的"刚性事实"。

塔斯基吉大学的选址、建设和扩展过程，构成了本自传中浓墨重彩的事实的真实。每一笔他人的捐款和赞助，每一批新生的来源和去向，每一种新的思路和方法，每一个意想不到的困难，每一个小小的进步和惊喜，每一栋教学楼的创建，甚至每一砖一瓦的制造过程……都被作者详尽地记录了下来。毫不夸张地说，如果有人想创建一所新的大学,这本自传简直可以作为工作指南。

文本中另一个凸显自传真实性的事实，是多达 26 处、具体到年、月、日的剪报、来往信件（134、183）、演讲稿、总统讲话（207）、邀请函、精细到分钟的学生作息时间表和传主的行程安排等。例如，《波士顿报》有关传主在 Robert Gould Show 纪念碑落成典礼上演讲的报道,《芝加哥时报》报道的美国和西班牙战争结束后庆祝活动上传主的演讲盛况，传主在巴黎期间收到的查尔斯顿众议会的邀请函，传主和儿子间的通信（195），1896 年被哈佛大学授予名誉硕士学位时的发言稿（202）等第一手资料，都透出本自传毋庸置疑的历史感和生命时空感。

文本中所涉猎的 106 位有名有姓的历史人物，构成了本自传的另一种真实。上至美国总统、英国女王（193）、国务卿、公爵（193）、大使、市长、财务长（177）、秘书（177）、著名作家，下到记者（187）、编辑、听众、学生、孩子、奴隶和乞丐。这些各色各样、各行各业的真实人物，把传主的大半生衬托得全面、鲜活而立体，而这些细节的呈现和详尽的数据资讯、档案材料，共同强化成这部自传的"生命线"，包裹出一部逼真的个人生命史。

五、结语

传记大家理查德·艾尔曼说过，"传记离开档案寸步难行，但最好的传记需要有思想、推断和假说"（赵白生，2008：76）。布克·华盛顿头上诸多的"皇冠"和皇冠之下大量客观事实，足以标识并支撑着他深刻的"推断、假说和思想"。事实上，美国 7000 多字的立国文献里，并没有给黑人留多少空间，但布克·华盛顿的一生却承载着冒险、创新、实干、个人奋斗的美国精神，更有"美国梦"中被忽略的个人尊严。美国体制之父、理想主义者托马斯·潘恩说："那些试图享受自由的人，必须同时忍受肩负它的疲惫。"（刘瑜，2014：29）华盛顿用他积极、忙碌的一生，不幸地诠释了这一说法。他于 1915 年因过度劳累而离世，被埋在了他为之奋斗了一生的黑人学校的礼堂旁。而他的这本自传，曾是美国第一位黑人总统奥巴马的枕边书。

第三节　佐拉·尼尔·赫斯顿的《路上的尘迹》

一、引言

　　佐拉·尼尔·赫斯顿（1891—1960）（Zora Neale Hurston），20 世纪美国最著名的作家、人类学家和民族志学专家，哈莱姆文艺复兴中期到 50 年代初美国最重要的黑人女作家，毕业于巴娜德女子学院，著名学者佛兰兹·博尔思的得意弟子，出版了 4 部小说：《他们眼望上苍》《约拿的葫芦藤》《山人摩西》《苏旺尼的六翼天使》，3 本民间故事集：《骡子与人》《告诉我的马》《骡与人》，1 部自传及 50 多篇小品文。在《路上的尘迹》（*Dust Tracks on a Road*，1942）这部"用盛大的幽默和傲慢的创造力写成"（玛雅·安吉洛）的自传里，赫斯顿以 7 岁时梦里看到的 12 个生活场景为主线，预知、框定出自己的生命轨迹，如同蹲在自己的墓碑旁，无助、无奈地反思着生命的来来往往。随后则带着唯心主义

者的猜疑和胆怯，战战兢兢而又轰轰烈烈地走完了一生，把自己
的生活"辩证"成唯物者"矛盾"的统一体。欢快时她挥毫泼墨，
长情处却惜墨如金；有时简约到对 10 年岁月的有意忽略，有时繁
复到路边的石子、湖边的草。赫斯顿以文字的声、色、味，把一
个时代女性的挣扎努力、喜怒哀乐，写得生动活泼，惟妙惟肖。
幽默、诙谐、聪明、机智并置，共同铺就了一部"诗"与"真"
竞相峥嵘的个人生命历程。

二、艰辛与荣耀

　　生活淬炼出赫斯顿不屈的意志，也擦亮了她看世界的眼睛，
尽管她的思想有时没有人们期待的那样敞亮。她用三分之二的篇
幅，写童年、少年时期家乡伊顿维尔的自然风景，写黑人社区里
的民风民情，写个体意识的懵懂成长；后一部分则用简明、直白
的语言勾画自己的后半生和对世界的思考,张扬出一位恩怨分明、
我行我素的特立独行者的形象。

　　赫斯顿出生在佛罗里达州伊顿维尔市一个幸福的家庭,父亲
是美国唯一一座全黑人行政区的行政长官，曾三任市长，母亲温
柔贤淑，用勤劳和爱经营着一大家人的幸福。家有 8 间屋子，8
个孩子，月光下姊妹间的嬉戏玩耍是赫斯顿童年的主色调。她总
是选用一些温暖的字眼描画父母之间的恩爱有加：父亲人高马
大，200 多磅[1]重，但常常被人笑话害怕只有 90 多磅重的母亲。
每当这时父亲都会机智地说："如果他愿意，他能拗断母亲的脖
子，不过她太小了，没处下手。"（Hurston，2005：68）[2]她用
形象的语言写父母迥异的性格，"在母亲看来永恒之城罗马必须
一日建成，然后再让其永恒，而父亲的看法是，一天就垒几块砖，

---

① 1 磅=0.4536 千克。

② 本节中凡引自《路上的尘迹》皆只标明页码。

你有足够的时间去慢慢完成。有的是时间,干吗这么着急"?(69)

不到 7 岁时,赫斯顿在梦境里看到了 12 个奇特的场景,从此"背上了重负,提前知道了自己的命运"(42):会成为孤儿[1];会无家可归[2];无助时家已零散[3];会在冷酷无爱的世上流浪至死[4];绝望时会在一个黑色池塘边看到一条缓缓游动着的巨大的鱼[5];带着疑惑、担忧匆匆赶火车去一个地方找安慰,结果愿望落空[6];会穿过很多轨道坐上一列列的火车[7];会来到一间简陋、没有粉刷的屋子,那里藏着命里注定的磨难,但必须走开[8];爱会被背叛,但必须忍耐、理解,没有回头路[9];会走进一间大屋子,两个女人在那里等候她,看不到她们的脸,但知道一个年轻一个年长,一个在摆弄着她从未见过的形状奇特的花[10];走近这两位女人,朝圣之路就要结束,但生命还在[11];最终会明白什么是平和,什么是爱,还有与它相关的一切[12]。从此以后,"我感到无比得孤独,无人交流。没有什么比曾经失去生命的地方更荒凉。我站在一个没有海浪的孤岛上"(43)。

正是这 12 个"形而上"的生命片段,构成了作者事实上的人生切面,在她后来的人生里一一找到了巧合和对应。

赫斯顿 9 岁时母亲去世,时间是 9 月 18 日。"临死前母亲跟我说不要让人拿走枕头,不要蒙上镜子和钟表"。她从那一刻起迅速长大,为没有完成母亲的遗愿痛苦不已,从此"开始漫游,不是地理上,而是时间上;也不完全是时间上,而是精神上的漫游"(67)。母亲去世第二天的半夜,她就跟哥哥去外地上学,不久后付不起食宿费,只得在食堂帮忙刷碗、清扫楼梯养活自己。

父亲死后,赫斯顿无家可归,没人照料,陷入"冰冷、绝望的孤独、死寂"。10 岁起她被迫离开学校,饱尝"像死亡一样贫穷的味道",感受到"死亡的梦想像干旱季节里的落叶一样在脚下飘零，冲动在地洞腐臭的空气里变得窒息。灵魂活在病态的空气里，人成了鞋子里的贩奴船"（87）。她从一个亲戚到另一个亲戚，学业时断时续，物质上一无所有。14岁时起，她开始当保姆养活自己，在废墟里发现的那本《失乐园》让她从中读出希望，陶醉在这本无韵诗的节奏里，尽管不知道这部史诗的作者是最伟大的诗人之一。

之后，她在一个流动剧团里做后台工作，开始在不同的城市间奔波。来自不同阶级、种族的30多个成员一起工作、生活，团队里没有歧视、嫉妒和斤斤计较，有的是遇到困难时的互帮互助。这一时期是赫斯顿"成长最快的一个时期"，让她"对种族不再敏感，以至于之后不管在哪里都不太能意识到自己的种族身份"；让她意识到"爱可以弥补事业的失败。……事业可以填补爱带来的空虚、掩盖内心的伤痕"；也让她悟出自我约束或许是解决种族矛盾的最好办法，因为"拥挤的街道生活本身并不危险，除非你的裤兜里经常揣着刀。路人不会伤害你，但你这样出出进进，会伤害到自己的"（118）。

为了攒钱重回学校，赫斯顿尝试打不同的工，但总是力不从心，她"梦想着跑，但膝盖却不断地陷入松软的泥潭里动弹不得。"这种泥潭不仅让我的脚感到污浊，也让我的鼻子嗅到肮脏。怎样才能抽出来"（122）？困难、失落和绝望被她写得入木三分，她在困难的泥潭里踯躅独行。

天纵英才，在好心人的帮助下她上了黑人大学霍华德大学。课余时间在一家美甲连锁店打工挣钱，有机会结识了社会各层人士，包括议员、记者、公务员、学者，从他们的对话中学到了知识，认识了社会，也学会了认人和做人。

带着"写作的冲动和很多希望"，还有身上的1.5美元，1925年的赫斯顿到了"没有工作，没有朋友"的纽约，同年5月获得短篇小说奖，继而上了著名的巴纳德女子学院。1928年毕业前两周，Boas教授为她争取到古根汉姆奖金，她去了南部搜集黑人民间故事（141）。

30年代初，赫斯顿4次出入巴哈马首都拿骚，用诗性的语言描述了那里的民情、民歌、民谣和民间故事。随后，她的事业逐渐进入高峰期，接连发表5本书，两次获得古根汉姆基金资助，7周时间内完成了《他们眼望上苍》的写作。在"非同寻常"的1941年，她在加州完成了这部自传的写作。

至此，本应是自传的结束，但作者却用接下来的五章写"my people"（我的同胞）、写同时代的两位女艺术家朋友、写爱情、写宗教、写未来。尽管缺乏确定的自传事实和自传文本中的"非时间性"特征，但也正是缺少这样一些特质，这部分读起来更像一篇篇抒情散文，含混、深刻且美丽。这种"不传事迹，只传精神"的"抽象的抒情"，是赫斯顿自传中一个重要的特色，并为她的生命、生活添了一层"空灵的美"。

在赫斯顿的眼里，"我的同胞"既不比白人好也不比白人差，因此谈种族的自豪感"太奢华"。

爱情"像是唱歌，人人都可做到自足，尽管他人并不那么看"（204），而且"爱很有趣；爱是一朵花；想受伤就靠近它。如果你想要指尖儿被咬，就指向负鼠"（214）。

宗教在她看来好似"天国在天上永远无法达到……，达不到因而不为外人所知，所以才是神圣的，宗教也是如此。在巨大的力量面前，人脆弱而无能，所以需要想象某种无所不能来寻求帮助和安慰"（225）。

至于未来是什么，她说自己不知道，只"希望充实，因为经验告诉我，工作是离幸福最近的东西。……如果没有工作，我很快会崩溃。……活着的时候每一个小时都是陌生的。我想要一个

忙碌的生活，正义的思想和适时的死亡。(231)

赫斯顿这样回顾她的生活，"我曾身处痛苦的厨房，舔舐过所有的锅灶。如今我站在高高的山岭上被彩虹包裹，左手拿琴右手拿刀"。她说"痛苦不是我的避难所……痛苦是对失败不知耻的认可。我不愿向生活让步，至少现在不会。我手拿刀剑迎战，我不会跑开除非你走开。当我刀剑在手奋勇拼杀时，绝不屈服于棚屋下散发出的死亡味道！我不愿向生活让步，至少现在不会"(227)。

她还说，"我不期望上帝给予我特殊的照拂。祈祷是弱者的向往。……我不愿意选择软弱，我接受责任的挑战。我不惧怕生命，因为我已经和宇宙讲和，我愿尊崇它的法则"(225)。

她甚至高喊，"我知道世上没有什么是可以摧毁的；物质只是改变了形式。当生命的意识停歇，我知道我仍是这世界的一部分。……我想和地球一起回归太阳，随着太阳在其失去光芒后成为一种物质，迸裂成宇宙空间旋转着的碎石。有什么可怕？我是个物体，永远在改变，永远在移动，但却从不会消失……宇宙宽宏的腰带是不需要戒指的。我就是无限，不需要任何担保(226)。

至此，在我们的面前，顶着历史、传统的逆风，在20世纪40年代的美利坚，站着一位已经全副武装、刀枪不入、无坚不摧的赫斯顿，她这道坚韧、豁达的生命之光，足以照亮美国黑人200年昏暗曲折的历史和并不怎么光明的未来。正如评论家 Phil Strong 所言，这部自传"充满了幽默、色彩和知觉；想要压迫她的人必须穿着厚底的皮靴"(Hurston，2005：封底)。

1943年，赫斯顿的故事出现在《周六评论》杂志的封面上，她的声望也随之达到了顶峰。然而接下来，她却从这顶峰跌落。从1950年起，她在佛罗里达作女仆，靠政府救济维持生活。10年之后的1960年，她悄然离世。30多年后她被另一位黑人女作家爱丽丝·沃克从历史的尘迹中挖掘了出来，从此成为一颗再也无法被人忽视的文学之星，闪耀在美国文学，乃至世界文学的夜空里。

三、自传的艺术性

独特的艺术性是闪耀在《路上的尘迹》中的亮点。赫斯顿常常用大自然的芳香熏染童年的故事，让童年里的每一个时空都住着一个唯美的故事，唯美的人，唯美的景，发生着唯美的事，直到母亲离世。

她以超常的想象力驱除内心里的孤独感。她会和小鸟对话，陪湖水散步，身边的面包、香皂、玉米棒等都成了故事的主人公。物质的世界里没有对等的玩伴，她会去自然、精神的天地里恣意想象。"毕竟有一个时期，儿童适合和灵魂一起玩耍"（58）。

她曾爬上门前的樱桃树梢看世界，渴望骑着白鞍黑马去远方。那时候的赫斯顿，完全沉醉在大自然的怀抱里，看远树含烟，波光粼粼，听春风松针，鸟虫争鸣。她"对动物会讲话一点儿也不觉得奇怪"，因为"生活早已为一切做了安排。我从所听到的内容里提取点点滴滴光亮储存起来为我所用。风穿过高高的松树冠和我交谈，我为这些声音填上词。我常常坐在树下没有玩具也可以玩几个小时，我跟树讲自我世界里的一切，有时直接唱歌"（52）。作者赫斯顿像一只快乐的小鸟，在文本的字里行间欢乐地跳动唱歌："当佛罗里达迷人的春天带着狂喜从海面上踏步而来美化了全世界时，我待在树林里兴高采烈。那时的我，会藏在晃动的橡树枝叶后面，嚼着橡树甜甜的茎秆，听着从高傲的松树树冠春风的飒飒吟唱。"（41）

赫斯顿或许更应该是个不错的画家，用线条、用色彩，甚至味道，描画自然天地，临摹人世滔滔。"人们很少注意到自己的变化。就像春天的早晨去采花，你只顾走着采着然后突然发现天色已暗，手里的花也蔫了"（53）。"天空湛蓝，微风四起，云朵舒卷成英雄般的形状，我会盯着它们看，再次确认时光的安然"（58）。连如此这般地说理也带有自然的芳香，这无疑是自传文本中少见的散文华章。

说到情感的抒发，赫斯顿把9岁时母亲离世的情景，描述成为美国文学中最感人的片段之一。

> 我离开妈妈在外面玩了一会儿，看见几个女人匆匆走进妈妈的房间没有出来。我觉得有点奇怪，跟了进去。爸爸站在床尾看着呼吸吃力的妈妈。我挤了进去，他们把妈妈的床抬起来转了个方向，让她的眼睛对着东方。而我觉得床头掉转后妈妈是看着我的。她的嘴微微张着，呼吸已经用完了她所有的力量，她讲不出话。但她看着我，或者我觉得她看着我，想让我跟她说话，想看着我发出点声（65）。

母亲是日落时分走的，至此，"世界变了，那个由她的身心构建的世界，变了。就是那些物质的因素也带着闪亮的突然，轰然倒塌"（67）。这里，赫斯顿把悲痛强压在简明扼要的文字里，锤炼成倔强和力量。母亲的离世对于一个9岁的女孩来说，几乎是毁灭性的。所以，世界变了，变得荒凉冷酷、变得陌生狰狞。

赫斯顿在校期间曾看到篱笆墙外的摇椅上，坐着一个酷似母亲的人。"或许那就是她，她压根就没死，只是回老家伊顿维尔了，他们却说她死了。我真想走过去。我不敢告诉任何人，哪天我一定逃出去，找到那间房子，让妈妈知道我在什么地方"（71）。生活颠沛流离、生计难以维持时，赫斯顿这样写道，"妈妈知道我在外面找活干吗？有时候夜里躺在床上我问着这样的问题"（88）。这里没有煽情，没有文字拖沓，语言节制到吝啬，情感却能溢出文本，在读者的心里蔓延。

　　然而，写到对继母的憎恨时，赫斯顿却丝毫不吝笔墨。母亲离世一周后，父亲再婚，贪图父亲地位和身份的继母无心照料母亲用爱呵护过的家，被父亲视为掌上明珠的姐姐 Sara 也被赶出了家门。15 岁时赫斯顿和继母之间那场痛快淋漓的厮打，被她写得剑影纷飞，血光四射，读者不仅能从文字里读到她的"气急败坏"，听到她粗粝的呼吸，甚至会担心她愤怒的拳头随时会伸出文本。"直接开打，一切后果我负责。她的长相、气味、声音和她之前干的事搅和在一起，她该这样受到惩罚""6 年来所有的感觉像阀门里的蒸汽一样喷薄而出，不用多说，直接开始肉搏""连踢带打，再加两颗丑陋的门牙，不一会她就躺在地板上——像太阳下的狗一样号叫着……如果我死了，就让我的手浸泡在她的血泊中吧"（76）。然而，这次"肉搏"，显然还不足以稀释赫斯顿对继母的愤恨。她毕业后又去找了她，扬言要"老账新账一起算"。她开车20 英里①去完成心愿，却发现继母已经成了慢性病人，脖子上长了疮。"因为不能在这种情况下和她较量，内心带着失落和沮丧返回，只希望她多长几个脖子慢慢腐烂"（78）。笔墨何其浓，怨恨何其深，一个性格刚烈、爱憎分明的赫斯顿被自己的文字写红了眼，而读者从中看到的却是童年的创伤在她心里的刻度。

　　民风民情是赫斯顿所有艺术作品里的文化乡愁，这部自传也不例外，从头到尾都散发着浓郁的黑人民俗文化气息。小时候她最感兴趣的地方是 Joe Clarke 的商店和那里的长廊，人们在那里嬉戏打闹，讲故事，谈天地，说八卦，传谣言，当然也有劝慰和责备……"每个人的香料盒里都装着属于自己的食物。我用自己的方式理解着我周围的世界"（45）。黑人文化的星星点点被自然地聚拢在一个个热热闹闹的门廊下。"Joe 的走廊上没有小心翼翼

①　1 英里=1.609344 千米。

的废话，一切直来直往，正大光明的善良。恼怒、嫉恨、情爱、嫉妒等，但所有的情感都直白、直接，纯属一种'自作自受'式的情形"。(46)。

属于男人们的"谎言"会常常让赫斯顿"乐不思蜀"。上帝、魔鬼、兔子兄弟、狐狸兄弟、棕熊兄弟、猫姐姐、狮子、老虎、秃鹰，所有树林里的动物都像人一样地活了起来。当讲故事的男人家的女人从院子里喊他们回家挑水劈柴时，他们根本不理睬，说什么"别理她，你劈多少柴，她就用多少，不劈柴他们也能凑合"。故事在继续，小时候的作者听得入了迷，直到妈妈扯着嗓子喊她回家，"等米下锅"(48)。而这样的时候，也是读者痴迷的时候，谁会在意面对着的只是白纸黑字，谁又会在意"等米下锅"?

民间故事"蜗牛姐"是小时候的赫斯顿听到的最有趣的故事之一。蜗牛姐生病了，想让丈夫帮她去请医生，结果丈夫去拿个帽子就花了7年时间，所以蜗牛姐很不满意，决定离开丈夫环游世界。因为花了3年时间过马路的蜗牛姐认为，"不是所有的事情都可以等待"(49)。

黑人之所以成为黑人，也是其民族本性造成的。这是黑人民间故事对上帝造人的解读：上帝造人时不是一次性完成的，他只利用闲暇时间、分不同的时辰完成人各个部分的创造。有一天上帝准备给人上色，一部分睡在海边的人来晚了，急着挤近上帝要颜色，上帝喊，"Git back!""Git back!"结果他们听成了 black，于是有了黑人。看来黑人自己的故事里，疏忽、马虎、懒惰是他们难以摆脱的胎记。

这样的民俗故事，在赫斯顿的自传里比比皆是，再加之作者幽默俏皮的语言描述，既仿佛镶嵌在作者成长的每一步中，又如同长在她的记忆里，融在她的骨血里。

事实上，风趣幽默简直就是赫斯顿的名牌。

是母猪教会了她走路。在母亲担心她被母猪吃掉时，她却觉得母猪感兴趣的不是她，而是她手里的玉米饼，反倒是母亲更想吃掉母猪的孩子（22）。自从学会了走路，她便开始四处游走，常常到树林边上独自乱跑，这让母亲很是不安，总认为"一定是我出生的时候有人在我家门口撒了些'出行尘土'"（23），《路上的尘迹》之名由此得来。无不巧合的是，赫斯顿的一生基本是在漂泊中度过的，当然也包括她灵动的精神和不安的灵魂。

舅舅和舅妈之间的明争暗斗就被赫斯顿写出了喜剧的色彩。舅舅常说他手里只要拿着斧头或缰绳，一定能从体力上打过舅妈，而其他时候都是她赢。看到舅舅出轨的迹象，舅妈一直"没有声张。一个周六下午，看见他拿双新鞋盒走进家门藏了起来。太阳刚刚落山，他走了出去，带着那个盒子，穿过橘子树，走进一家商店。停了好长时间，买了包花生、两根甘蔗后，悄悄走向树林边上的一个小屋，那里聚着某个短暂的爱情之光"（14）。舅妈肩扛一个斧子，悄悄跟在舅舅身后。而商店内知道事情缘由、等着瞧热闹的人，如坐针毡。

> 个把小时后，天黑了下来，人们看到一个白色的影子鬼鬼祟祟地从树丛穿过…… 不一会儿，只见舅妈从黑影中淡定地走出来，一个肩膀上搭着舅舅的裤子、衬衫和大衣，斧头把上用鞋带绑着一双女人的皮鞋，另一个肩膀上扛的是舅舅先前买的两个甘蔗。经过商店门口时只撂下一句"晚上好，先生"，便朝家走去（15）。

这对冤家夫妇在赫斯顿的自传里，成了一幅幅充满喜感的画面。

在"我的同胞"一章，赫斯顿还不惜用黑人民间普遍传说的猴子的故事，表现黑人的缺陷（黑人性？）。黑人往往认为它们和猴子是近亲，也许是"从非洲遥远的记忆中传承下来的，又或许是对我们模仿天赋的认可"，但结果东施效颦，有时还会闹出很多笑话。毕竟，能做不等于会做，会做不等于能做好。例如，白人在求婚时会给女友说你的眼睛像鸽子一样明亮有神，黑人赶紧学着给自己的女友说：你的眼睛真像狗眼。

另一个经典的猴子寓言故事是"我的同胞"：一只猴子在高速路上玩耍，一部坐满白人的凯迪拉克车经过，小心翼翼地绕了过去；一辆坐了更多白人的别克车路过，同样小心地绕着开走了。猴子继续在路上玩耍，一辆坐满黑人的福特车径直冲着猴子开过来，猴子赶忙躲闪到一边，看着飞驰而过的车子叹息道："我的同胞！我的同胞啊！"（184）

更令赫斯顿费解的是，"既然黑人有这么高的荣耀，为什么黄肤色的人在我们中间有那么高的声誉"？读读这个有趣的解释：据说黑肤色的女人连睡觉时都攥着拳头。如果你半夜叫醒一个黄肤色的女人，她会告诉你她在梦里正给你烤面包，还一起共进晚餐，就坐在你的腿上，然后吻着你入睡。但若半夜叫醒一位黑肤色的女人，她不由分说先扇你几个耳光，说梦见你挥着拳头打她，而她正拿着斧子砍向你的头，"然后她一脚踢开你，扭身卷走所有的被子，再次攥紧拳头睡去"（185）。

这些看似趣味十足的事情，实际上需要作者很大的勇气。因为40年代初，哈莱姆文艺复兴过后，美国黑人对自身文化的自豪情绪持续高涨，"黑即为美"被黑人像爵士乐一样地普遍传唱在美国的大江南北，而赫斯顿却冷静异常，以勇气、魄力和冷峻的理性，用趣味十足的语言包裹着自己的见解和认识，给那一时代美国黑色的火焰浇上一瓢瓢清冷的水，而且让她说得调皮、活泼却又不无道理。

四、赫斯顿的种族观念

对种族问题的思考传达了这本黑人女性自传中最特立独行的观念。评论家 Larry Neal 说这本自传"有时表现出强烈的民族主义表情，有时对黑人的解放斗争有着不怀好意甚至反动"（Hurston，2005：封面）。种族意识、种族身份、种族荣耀、种族团结等是美国黑人（女性）文学文本的基本主题，然而在本自传中却被传主的坦诚、耿直变成另一种版本。

1929 年赫斯顿开始写书时，就有过这样的困惑："人们都期望黑人写关于种族问题的书，我很讨厌这样的主题。我所关心的是不管男人、女人，也不管他们做什么，都与肤色无关。在我看来，人类对于同样的刺激物反应是基本一致的。我不愿这样做，所以害怕按照自己的方式讲故事。"（171）在霍华德大学上学期间她遭遇到的一件事，是她对种族话题持纠结态度的开始。她曾经亲眼看见一位黑人在自己打工的一家美甲店里遭受歧视，也意识到自己应该反抗而非纵容，但若反抗则会直接威胁到同是黑人的店主的利益，所以她总结道：

> "自我利益高于一切生活。…… 对此我做过深刻的思考，自己本应和其他黑人一道起来反抗，且借此上报纸头条，但这位黑人店主开的连锁店会因此而关闭，也就意味着很多人因此而没法生活，没法上学，没法生存。再说老板是黑人，他很善良，也经常给需要帮助的黑人提供机会，哪怕是几个小时的打工挣钱机会"。所以她搞不清"这件事最终的权利应该是什么，但我知道我当时的感受。总有人以一种残忍或令人厌恶的形式危及到你生存的方式。我认为，人就是这样。"（124）

　　赫斯顿去巴哈马做人类学的调查之后，曾像那个指认皇帝根本没穿衣服的真诚的小孩一样，大胆地讲出了她从 1859 年运奴船上唯一的生存者那里揭穿的另一个历史事实，"白人去了非洲手里摇动着红色的手绢把他们诱惑上船然后运走，但是一个不可回避的事实是，是'我们的人民'出卖了我们，是白人把我们买回来的"。她还看清是"文明化的金钱搅动起非洲人的贪欲"，意识到'我的人民'为了利益，在陌生人涉足之前，就开始屠城、枪杀和灭绝整个部落民族，拆散一个个家庭。这是一件严重的事情，让我看到贪婪和荣耀的普遍特质"。她不知道"如果将来有一天我成了西半球人的国王，我该怎样界定正确和公正？我会为我的野心披上公正的外衣，在政府之后把它们当妓女一样出卖？想起来都可怕"（165）。

　　在她看来，黑人既不比白人好也不比白人差。黑人做了好事她当然高兴，但不是因为他是黑人，而是因为他为人类谋了福利。这本身就是个很偶然的事件。谈种族的自豪感"太奢华"。她认为种族意识没什么用，"我不在乎你属于哪个种族。为什么要浪费时间记住你的神态和特征（250）？白人和黑人之所以不能和平相处，唯一的原因是双方的种族意识和种族自豪感。它是种族间误解、磨难和不公平的根源。她还认为种族团结只是一个虚构，是海市蜃楼（181），在美国这样的合众国谈何容易！而种族歧视不是美国的专利，它存在于任何一个一定数量的群体中。

　　谈到黑人文学中的共命题甚至母题"公平"，赫斯顿却说，世上没有绝对意义上的公平（228）。"我也渴望普遍的公平，但怎样实现是另一回事"。

　　在她的黑人同胞们高喊勿忘历史的口号声中，赫斯顿选择"不回头去谴责已经在坟墓里死了好久的白人"，因为"没有任何意义"（229）。她承认"过去确实很不幸，我的祖先们中死者已死，靠劳作和生命谋取利益的白人也已死去。我对那个时期没有个人性的记忆，也对他们没有责任"（229）。所以她"不会傻到把过去当新闻一样讲给蓄奴者的子孙听……也不会缺乏幽默地想象着这群子孙从我面前的人行道上跑出来，带着悔恨、自责，因其祖先曾拥有奴隶"，也"不想去浪费时间去敲打一个古老的坟墓。我知道我无法撬动时间那紧紧攥着的手。所以我会把我所有的思想和能力倾注到当下，且从现在开始"。在这里，赫斯顿想要的其实既实际又功利：不要让历史成为负累，不要被过去所牵绊，应该像白人一样去争取生存的机会。

即使到了自传的结尾处，赫斯顿还不忘带着真诚和深情，为自己的思想争得谅解或理解。

> 我没有种族偏见。我的家人和同胞也都被深深地爱着。我自己的日常生活环境就是如此。……我愿伸出友谊和爱的右手，希望能握住你们同样的手。……我会把你们所有人想得很好，也恳请你们不要把我想得太坏。不只是我，那些有呼风唤雨能力的人，也请为那些走在泥泞道路的人想想吧；身处卑微环境里的人，也请为他人考虑。……世界上没人可以证实，你若大权在握，就该趾高气扬。让我们成为无话不说的好友吧。想一想，有了宽容和耐心，连虔敬的恶魔都可能在几个世纪后建起一个崇高的世界。或许今生我们不幸而不得相遇，将来没准还能一起吃烧烤。（232）

我们姑且不去妄议赫斯顿对种族问题的认识和看法，也许这来源于她从小生活环境的特殊性，也许是因为她自己强大的人文和性格气场，也许有属于自己才能解释得清楚的缘由，毕竟，这样的认识偏离所有黑人文学的主旨，难怪她认同布克·华盛顿的观念：你有的东西，迟早会呈现出来；如果没有，不管你的肤色是白、是黑、是绿或红，都无济于事。

五、结语

真诚、坦率、直白，是这部自传的特色，机智、诙谐、幽默是赫斯顿的名牌。或许她出生的时候，真有远游回来的人撒了些"dust tracks"在她家门前，所以注定了她在有限的生命里，不仅放纵脚步，在历史的轨道上丈量美国黑人的民俗、民风和民情，还放纵自己的思想、灵魂和情怀，飞扬出不屈不挠的意志和精神，更有那些不为"她的人民"所完全领悟和理解的种族观念。

客观、真实是一切自传作品的命脉，而这本自传虚掩着一些重要的个人信息。赫斯顿写自己出生于1901年，但记录表明她至少少写了10岁。自传写于1940年到1941年之间，但大部分内容都是对20世纪初期生活的记录，赫斯顿应该经历过种族暴乱时期，记录一些针对黑人的残暴行为，但对于草菅人命的三K党横行于南方，她只字不提。她也确实说过，年轻时她遇到的最好的人是白人，从帮助她母亲生产，到带着8岁的她一起钓鱼并教给她一些做人道理的老人。他告诉作者，"只要我在，谁也别想欺负你，否则我会和他拼命""不要去惹那些你不想打架的人"（31）。他还教导道，"要守信。不要在乎被人恨你，不要在意你做了些什么""很多人害怕受伤，但必须知道，受伤是打架的一部分，把别人伤得最重的人才是胜者。不要通过骂人赢得胜利，如果想骂人，打过架后再骂，那才是最佳时机""我明白他说这些话时考虑的不是种族而是阶级。他经常给黑人学校捐钱"。（32）为此，另一位黑人女性传记作家安吉洛在前言里重复着他人也是她自己的质疑："她为什么要写自传？她唱的是谁的歌？又唱给谁听？这些故事和系列故事是想取悦于白人吗？是想显摆自己是个受到白人王子亲吻的公主吗？"这样的质疑不无道理，赫斯顿对白人的感激大于愤恨，对"我的同胞"有太高的期望和苛刻。

尽管玛雅·安吉洛无不遗憾地说过，"语言真实，对话可信，但作者站在文本和读者之间，让人难以走进传主本人"（Hurston，2005：封底）。然而，在赫斯顿自传的真实里，我们读出了她爽快、耿直的秉性人格；而对于虚构和掩饰，我们看到了她想成为的样子。她的年龄、她的信仰，她的近乎完美的感情生活，还有那些已然成为过去式的信息和细节，刨根问底又怎样？她对黑人民俗文化的挖掘、整理和传承是真实的，她小说作品中美的力量和质感是真实的，她爽快、耿直的秉性是真实的，她在逆境中图强的魅力人格是真实的。亚当斯说自己的经典自传《亨利·亚当斯的教育》只不过是"坟墓前的一个保护盾"（亚当斯，2014：216）。那么对于赫斯顿自传中的种种幻想、虚构和隐瞒，我们能否只将其视作一个并不透明的社会环境里的作者的"保护盾"呢？

第四节　理查德·怀特的《黑孩子》

一、引言

理查德·怀特（Richard Wright，1908—1960），1908 年 9 月 4 日生于密西西比州纳切兹附近的一个种植园里。祖父是奴隶，父亲是种植园工人，后弃家出走。母亲是乡村教师。怀特 5 岁玩火时烧毁了家里的几间屋子。6 岁时在酒吧门口游荡，被白人戏弄利用，成了酒鬼，"先学会骂人才学会了识字"（204）[1]。在 12

---

[1] 本节凡出自《黑孩子》皆只标明页码。

岁接受一年正式教育之前，他就有了对世界的感觉，有了任何教育都改变不了的生活的概念，有了一种信念：生活的意义在于人们努力从无意义的折磨中书写意义（210）。15岁起他独立谋生。16岁时才上8年级，在一个乏味烦躁的下午，他坐在教室里拿出作文本写故事。他在3天之内完成的这篇故事被当时黑人办的《南部报》编辑认可并发表。17岁时他利用工作之便贩卖电影票，靠偷邻居家的枪和学校食堂仓库里的食品得来的钱，攒够路费，逃往北方。

怀特离家后曾在孟菲斯、芝加哥等地从事各种体力劳动，同时勤奋自学，立志成为作家。通过自学，发展个人内在的精神能力，从而在外部现实面前获得自由。当然，这只是一种内在自由，但蒙田说，正是凭借这种内在自由、这种独立人格和独立思考能力，那些优秀的灵魂和头脑对于改变人类社会的现实发生了伟大的作用。20世纪30年代美国经济萧条时期，怀特长期失业，对美国贫富悬殊、种族歧视的社会有了进一步认识。1932年他加入美国共产党，学会运用马克思主义的观点体察黑人民情，观察社会种种，因而他在后来的创作中才可以比较深刻地发掘生活，揭露社会的矛盾和黑暗面，向社会提出控诉和抗议，也因此成为30、40年代美国左翼文学中所谓"抗议小说"的创始人之一。1937年怀特去纽约任美共机关报《工人日报》驻哈莱姆区编辑。1940年他的代表作长篇小说《土生子》问世，他一跃成为享誉美国文坛的黑人作家。这部深受读者喜爱的小说，后又被改编成戏剧在百老汇上演，并拍摄成电影。有评论家认为只有在《土生子》出版之后，黑人文学才在美国文学中取得地位，开始受到评论界的重视，并在民众中产生一定的影响。怀特成名后，逐渐与美国共产党的观点和政策发生分歧，最终于1944年退出共产党。1946年起他迁居巴黎，1960年11月28日去世。

　　怀特一生著有《局外人》（1953）和《今日的主》（1961）等5 部长篇小说，《汤姆大叔的孩子》（1938）和《八个男人》（1961）两部中短篇小说集，与人合作写了两部剧本及其他著作近 10 部，也发表过一些诗作。

　　怀特的自传《黑孩子》（*Black Boy*，1945）原名为"黑色的忏悔"，开始写于 1943 年，后又改名《美国人的渴望》，出版前的1944 年 8 月才被作者正式更名为《黑孩子》。

　　阅读《黑孩子》，读者几乎需要有一颗强大的内心，否则随时会被淹没在作者的各种沉郁和困顿里，堵截在颇似卡夫卡的"心墙"内，和那个瘦弱身体和焦渴的灵魂一起，渴望吃食，渴望生存，渴望理解，渴望表达，渴望交流，渴望一个能读懂的世界，渴望寻求一切的答案，最终把渴望凝聚成一种向上的力量，在一个平等缺失的社会文化环境里，建构起精神世界里的富足。荣格的"那些向外看的人都在做梦，那些向内看的人终将觉醒"，仿佛是给作者量身定做。"既然我没有能力让外部客观世界里的事情发生，我就让自己内心世界里的事情成为可能。因为我的环境贫瘠而荒凉，我赋予它无尽的可能性，以我的饥饿和模糊的渴望去补救"这是作者怀特心路历程的精神底色。

　　《黑孩子》是一部典型的精神、心理自传，共分两部分，"南方的黑夜"描写了传主 1927 年之前在南方的经历；"恐惧与荣耀"描述的则是作者 30 年代在芝加哥的生活。而在"黑夜"（night）、"恐惧"（horror）这类透着灰暗的语词中，站着一名美国社会真正的土生子：他性格内向，沉默寡言，酷爱读书，善于思考，愤世嫉俗，犹如美国南部种植园里的一株甘蔗，竭力把根扎进贫瘠的土壤里，吸食给养，历练内功，兀自节节高升，日日向上。

二、南方的黑夜

南部的黑夜，没有田园牧歌，没有瑰丽山水，只有密西西比河岸的一片荒寒。"冬天的傍晚，屋外刮着风，只要有一堆明亮的火，痛苦的心灵就会同时追忆自己的往事并倾吐苦痛"（巴什拉，2005：9），哲学家巴什拉似乎早已为怀特的自传开头做了最贴切的注解，从而为整部自传奠定了迥异于火之明亮的灰色基调。

几乎是带着普罗米修斯的火之情结，5 岁时的怀特亲自导演的那场火灾，揭开了他回忆的篇章，也映照出他骨子里永远的不安分，一种社会的、文化的、种族的、家庭的不安分。他不仅烧毁了半个家，也烧醒了自己对社会禁忌的认识。

大火过后，怀特发觉，"每一件事都神秘莫测"（7）。接着作者以散文抒情诗般的色彩和笔调，描摹了 22 种不同的生活情态和情景，而在这些美与丑、善与恶、具体与抽象、自然与社会、身体和精神、物质和意识的相互碰撞中，我们读到了作者童年里的惊恐、困惑和饥饿。

> 在秋季荒凉的天空下南飞的野鹅的叫声中，我听到了怀旧的声音。
>
> 在乡间红土里燕子的小骄傲里，我明白了什么是可望而不可即的愿望。
>
> 在负重行在神秘旅途中蚂蚁的孤独中，我体会到渴望被认同的渺茫。
>
> 在生了锈的罐头瓶里惊恐地挣扎在泥水里的蓝粉色的龙虾，我体悟到什么叫鄙视。
>
> 在绿叶婆娑中我听出了疲乏。
>
> 在腐朽的毒蘑菇黑色的影子里藏着无法理解的秘密。
>
> 在父亲拧着的鸡脖子上体会到没有死亡的死亡。

在猫和狗用舌头舔舐牛奶的动作中我看到了上帝的笑话。

在从甘蔗里挤出的清亮甜甜的汁液中我知道了什么是饥渴。

躺在太阳下慵懒无力的蓝色眼镜蛇，让我感到了每个细胞里的惊恐。

在野猪被刺破心脏丢进开水中刮洗干净、开膛破肚、张着血盆大嘴的场景里，我体会到无言的惊慌。

在夏日阳光下变形了的小木屋里的木材上，我了解到来自上天的残酷。

在刚割下来的青草的味道里，我体悟到混沌的饥饿。

寂静的夜里从天空一泻而下的金色雾霭让我感到静静的恐慌。

……（9）

16 岁之前的怀特，父亲不知去向，他跟随多病的母亲颠沛流离，徘徊在酒吧、破屋、大街、孤儿院、姨妈家、外祖母家，曲曲折折讨生活。那时候的他，不明白"为什么饿了却不能吃"？不明白"白人怎么会毒打无辜的黑人孩子？不理解洗澡时自己不经意间的一句 "When you get through, kiss back there"（41），却被祖母、母亲无情地追打？想不通为什么白人、黑人相邻而居却从不来往，似乎除了打架，从不互相碰撞？想不通母亲为什么一再地病倒，遭这么多的病痛折磨？想不通开酒吧的姨夫被白人嫉妒并枪杀，为什么他们不还击？一群像野兽一样的黑人带着枷锁在路边劳动，人数比白人多得多，却为什么不反抗？他疑惑是什么让白人如此憎恶黑人且习以为常？想知道这种恨来自何方？不理解人们为什么要向错误的事情屈服？想知道在人的思想和认知无关紧要而权威和传统至上的世界里，到底该怎么生活？他质疑文字是否能成为武器？惊讶于地球上怎么有人具备这样的勇气说这些？

除了疑问和困惑，"南方的黑夜"里还盘踞着怀特摆脱不了的饥饿。饥饿让他"第一次停下来思考我怎么了"（15）；在孤儿院他"饿得发昏而失去知觉"（29）；在姨妈家他才知道吃饱是什么感觉，偷藏食物的习惯很久后才得以摆脱；圣诞节前的那个橘子，他是一点一点舔着吃完的；在外祖母家，他再次"尝到"饥饿的味道，"可怕的饥饿。让我毫无目的地焦躁，快要崩溃、脾气暴躁；饥饿让我的恨像眼镜蛇的舌头一样从心里吐出来，饥饿让我产生了一些奇怪的渴望。再也想不到比香精更好吃的食物了。因为饥饿，学会了喝水让自己感觉暂时吃饱了的方法，不管渴还是不渴。从来没有肉吃"（102）。16岁了，他还在挨饿，"饥饿让我身体虚脱，走路摇晃不定，心脏突然狂跳，身体打战呼吸困难；但自由带来的欣喜使我越过饥饿，能够训诫我身体的感觉直到它暂时忘掉"（127）。17岁时，他依然幻想着能吃饱，"晚上坐在屋子里看书，闻着从邻居家飘来的烤肉味道，忍不住想象有朝一日想吃多少肉就吃多少是什么样的感觉，还把自己想象成邻居家的孩子，每顿饭都坐在放着肉的桌子前"（137）。

当然，在这些饥饿的间隙，也少不了童真童趣和年少时的懵懂。草长莺飞，天澹云闲，蜜蜂蝴蝶、花鸟虫鱼、阴晴圆缺、喜怒哀乐、酸甜苦辣……，作者再次用细腻的笔调和浓重的感情色彩，接连描画了17种自然、情感与意识之间的神秘关联。每一次意识的觉醒，每一次情感的悸动，每一种新鲜的体验，每一次新的生命感悟，都被作者以感觉、听觉、嗅觉、触觉、味觉、视觉大融合的形式，渲染成其心性成熟的精神养料和有质感的童年、少年时光，凝结成本自传中稀缺的暖色和独具特色的叙事亮点。

夏夜的萤火虫，带来无尽的欢乐；木兰花的芳香有无法拒绝的热情，风和日丽下绿色草坪里滚动着无限的自由；看到棉桃张开，白色的花从中挤出来，总有非个人的充裕的感觉（98）。

作者还选用"对话加短评的形式"，速写出少年时期的逆反心态，还有黑孩子们心目中的白人。在这些浅淡的笔墨，浓烈的情感，深情的回忆中，我们不难看到黑孩子们天真得可爱，幼稚得可怜，但终究是一种少年老成的无奈、幻想和梦想。

他们认为和女孩玩是掉价，并且以此作为"性别作用的精神，集结成一个共同的道德团体，用男低音自吹自擂"；用"黑鬼"来表达粗狂的情绪；用很多的脏话证明自己已经长大；对于父母的戒律装作不屑；努力彼此证明自己的认识没有错，但却总在拼命地隐藏彼此之间的依赖（165）。

"他们让你去打仗，去打德国人，教你怎样打，等您归来了，又害怕你，想要杀死你"——一边吹牛一边抱怨的口气①。

"妈妈说一个白人老妇人想扇她耳光，妈妈就说'何琳小姐，你敢打我我就杀死你，去地狱得报应去'"。——延续、扩展、带有牺牲性的吹牛。

"妈的，她要这样跟我说，我非得杀了她不可。"生气地嘟囔着，带着某种崇高种族信心。

……

"白人确实不是什么好东西"——抱怨道。

"所以这么多有色人种要离开南部"——添加了信息。

---

① 强调部分为本书作者所加。

"伙计，他们其实是不想让你走"——暗含个人、种族的骄傲（80）。

……

"你说白人会改变吗？"<u>有些不好意思，询问希望在哪儿</u>。

"见鬼！才不会呢。他们生下来就那副德行"。<u>否定了希望因为害怕希望永远不会实现</u>。

"去他妈的，我长大后去北方"。<u>反击无效的希望，渴望奔赴</u>。

"北部的有色人种挺不错的"。<u>证实了奔赴的必要性</u>。

"听他们说在北方白人打了黑人，黑人进行回击，也没人敢说什么"。<u>渴望表达相信奔赴的意义</u>。

"那里可以以血还血"。<u>乞求相信公平</u>。

"什么让这些白人这么混蛋？"——<u>又绕回到老问题</u>。

"我一看见他们我就吐唾沫"。——<u>情感上对白人的反感</u>。

"哎，你不觉得他们很丑吗？"——<u>情感的反感加剧</u>。

"你靠近过白人，闻出他们的味道了吗？"——<u>期望认可</u>。

他们还说我们臭。我妈说白人闻起来像死人"——<u>恨不能让敌人死去</u>。

"俺们黑人只有出汗时才有味儿，白人什么时候都有味道"。<u>恨不能把敌人当面杀死</u>（81）。

这类无方向的对话就这样延续着、滚动着、起伏着、迸发着、膨胀着……"钱、上帝、种族、性别、肤色、战争、飞机、机器、火车、游泳、拳击等，都是他们谈论的对象"（83），没有方向，没有目的，但关涉生活的方方面面，显现出童年时的试探性的冲动。"那个时候，夜幕降临，蝙蝠在空中盘旋，蛐蛐在草丛中鸣叫，雾色笼罩着四周，星星开始眨眼，露水打湿了大地。而当屋子里的煤油灯点亮，能看到远处黄色的光。然后我们各自回家，替母亲做些家务"（82）。

黑孩子们少年时期的懵懂、幼稚、冲动和想象，被作者临摹得真切、真实和自然。但其中的酸甜苦辣，恐怕只有身临其境的黑孩子们能够体悟。作者在此巧妙地将种族问题平移到孩子们的日常对话里，没有哭诉，没有悲愤，没有怨怼，甚至还带有戏谑式的做作和虚假，从而引导读者去思考种族问题的症结和后果，事半功倍。

然而，母亲的病痛始终占据着作者童年时的回忆之场，成了他起伏不定的生活轨迹的起因，是他心中"贫穷、无知、无助、无奈的象征"（100）。他无奈地发觉，母亲的生命"框定了我生命的情感基调，预定了我未来遇到的人的颜色，决定着那些尚未发生的事件和我的关联，决定了我对于还未面对的情势和环境的态度"（100）。借此，作者一生都没有摆脱的沮丧性格形成了，"这种沮丧让我带着疑惑远离幸福，让我有了自我意识，促使我奋力向前，仿佛逃离一个企图战胜我的不知名的命运"（100）。

但有时候，他所听到的会改变他"对世界的看法，迫使我放弃意志和冲动。若我错行一步，死亡的惩罚就对我虎视眈眈，我想知道还值不值得前行"（172）。因为影响到他个人行为的"不只是直接发生在眼前的事件；而是那些只需听说就完全感觉到它在我意识深层的威力"（172）；因为"事实上正在发生的事情会让我看清这些事情的真实过程，但那些可怕和遥远的暴行的恐惧和血腥，却可以随时降临到我头上，迫使我去想象整个事件，从而阻滞了我的思想和感情，形成我和生活的世界的距离感"（172）。

但促狭的文化环境，也让怀特有机会洞察错综复杂的生命，努力在书中开阔视界，寻求打开世界之谜的钥匙，还孕育出他逃往北方的梦想。至此，各式各样的纠结再次占据着他的内心："若我偷窃，可以早点去北方；若选择诚实，只会延迟我去北方的时间，被抓的几率就会提高。"（251）他可以像外祖父那样组织起黑人和南方白人抗争，但"白人多而黑人少，白人强而黑人弱，直接的斗争方式黑人永远也赢不了。如果我公开斗争我会死去，可我不想死"（252）。他可以屈服进而像一名真正的奴隶那样生活，但"不可能。我的生命决定着我得按照自己的感觉和思想生活"（252）。他可以选择打架来排遣焦躁，但"我不想那样做，永远也不会"（253）。他还可以"选择忘记读过的书，把白人从我的思想里抹掉，忘记他们；从性生活和酒精中稀释我的焦虑和渴望。但父亲的行为让我憎恶那样的做法。既然我不想让他人破坏我的生活，我怎么能自愿地自我破坏"？于是，作者"千万遍地问自己怎样才能自救，但没有答案"（253），他"被高墙圈着"，踯躅而行……

"过了儿童时期的惊恐，有了回顾的习惯后"，怀特对于小时候的各种恐惧、饥饿、纠结、彷徨，选择在文本内的括号里，做了自省性的总结：

> 黑人真正的善良是那样的缺少，我们的温柔是那样的不稳定，我们真正的尽情是多么的缺乏，我们伟大的希望是那样的缺稀，我们的幸福是多么的羞怯，传统是那样的贫乏，记忆是那样的空洞，联结人与人之间那些无形的感情纽带是那样的缺乏，就连母亲的绝望也显得那样的肤浅。……那些认为黑人的生命充满激情是一种无意识的反讽。……我曾经认为属于情感力量的东西，其实是我们消极的混淆，我们的逃避，我们的惊恐，我们压力之下的疯狂。（37）

如果说"南方黑夜"里的焦虑、焦躁和饥饿促成了怀特的敏感、多疑、警醒的基本性格、精神维度和价值取向的话，后半部"惊恐和荣耀"记述的则是他对共产主义信仰的认知过程。从开始的满腔热忱，到中间的犹豫、怀疑，再到后来的失望和放弃，思索、思考、实践、检验、对比、抉择等心理活动的描写构成了这部分自传的核心。读者只需跟随他跌宕起伏的心理困顿，就可了解 20 世纪 30 年代共产主义运动在美国的起源、发展、宗旨、目标和它的偏激和盲目，了解信仰危机如何成为作者放弃政治的根源。

三、城市里的昏暗

来到北方城市芝加哥，怀特意识到自己想象性的努力中好像缺少点什么，"我想象中的困境太主观，太缺乏社会行为。我渴望抓住现代生活的概貌，渴望有关我自己生活方式的认知，渴望看清人格结构的骨骼，渴望有理论能点亮行为的阴影（284）。

通过接触《左翼前言》杂志及其编辑们，怀特发现"世上真有人在为压迫者和孤独者寻找生命的意义"（317）；意识到"人类的团结比面包、比身体的生存更重要，因为没有相互的团结，没有一个社会制度下流通着的思想觉悟，就不会有被称之为人的生存价值"（318）；意识到共产党员有抱负，有理想，有热情，且富有自我牺牲的精神，但不理解"他们声称反对压迫，却花大量的时间内斗"（322）；他们"充满对被压迫阶级的爱，愿意牺牲性命，但组织内部却存在这么多的仇恨、怀疑、愤恨和内讧"（368）；他们不憎恶黑人，没有种族偏见，但却憎恨所谓的"知识分子"或"那些为自己着想的人"（369）；意识到美国共产党人"对漫长的过程不够耐心，对不能一夜间达到的结果不够耐心，对不能在一天内完成的行动不够耐心"（373）……但他始终坚信，"一旦这个制度在地球上确立，不管好与坏，所有欧洲及其盟国都不会摧毁苏联，共产主义赋予人们自我牺牲的精神会响彻全世界"（372）。

　　他打算写一些黑人传记，希望可以借助语言做一些探索和探究，找回其中的意义，"想替他们发出他们发不出的声音，见证他们的生命"（338-339），让黑人民众的"生活通过正常交流的形式而被接受"（372），让他们知道"他们有同盟者，比他们料想的人数多得多，而且都在以他们不懂的方式，做着他们的朋友"，但却被怀疑和警察有瓜葛，被同志们警告不要重蹈托洛茨基的覆辙，最后还被诬陷为"叛徒"。而且越是想与白人党员解释，他们越是不理解，因而他失望地意识到"语言失去了其平时的意义。简单的东西染上了邪恶的颜色。态度在进行着快速吃惊的转化。……感到在南部时未曾体验过的情感上的孤独（339）"。

　　当怀特发现"必须听从党交给的任务，即使你知道它不英明，即使你知道它终究会伤害到党的利益"（344）时，他想退出共产党组织，因为"在党内我从没有感觉自由过。我一直以为将来会有，但我始终不知道和我一起工作的人的目标是什么，他们似乎永远也不知道我的。我的同志们了解我，了解我的家庭，我的朋友；他们也知道我的贫穷。但却从来没有停止过害怕我的行为方式——那个生活写进我骨血里的个性"（363）。于是他成了党内的"叛徒"，成为一个"有不稳定的人格，没有什么信仰"的人。（363）怀特陷入新一轮的困惑中：自己为什么受到警告？揭露黑人身心受残害怎么就成了嫌犯？探究黑人之苦和其他人的困苦之间的关系为什么是危险的？……无奈之下，他最终决定退出党组织，不再关心政治，开始"关注人心"。

　　自传结尾处，时间到了1935年的五一节，芝加哥共产党人组织了一次公开游行，怀特被一名白人党员赶出了游行队伍。走在回家的路上，他决定"用语言文字和外部世界之间建一座桥梁，因为这个世界如此遥远、模糊、不真实"，决心"把词语抛进黑暗，等待回声，如果有，不管多么微弱，我会用其他的话语去诉说，去前行，去战斗，去创造对生活的渴望，去保持我们心中那无以言表的人性"（383），而"我要尝试，不是因为我想而是因为我必须这样做"（385）。所以我们有幸看到了他那部充满了极度的紧张、贫穷和死亡的经典小说《土生子》，还有他"用语言创造的一些宗教形式，犯罪类型，反常的、消失着的、困惑的……"（284）。

四、结语

然而，作者对自由平等的追求和对信仰冷静理性的思考，都没能掩盖住他不自觉流露出的性别歧视和种族歧视的思想，使这部自传文本里多了一些不和谐的杂音。

1927年，怀特来到芝加哥找了份饭店服务员的活儿，和一群忽视他肤色的白人女孩们一起工作。"她们想从生活中得到些什么，……我怀疑她们压根就没有这个概念。她们过着肤浅的生活，脸上带着肤浅的微笑，连眼泪似乎也那么肤浅。就连黑人也比她们生活得更真实、更有层次"（271）。"她们从来不谈感受；没有谁具有理解自己或他人的洞察力或情感方式。我一生唯一的追求就是感知和修正我的感受；而她们所有的生活无非是努力追求一些小小的目标和美国生活的小小的物质奖励。我们拥有相同的语言，但我和她们截然不同"（272）……这些对女性赤裸裸的奚落似乎还不足以凸显作者的性别优越感。怀特接着强调，"我明白不单是肤色或颜色，而是赋予日常生活以意义的价值观使我和这些女孩们有差别。她们不断地向前看，……并把眼光盯在生活的垃圾里，不可能学会表达内心"（272）……

在作者自己还远没有摆脱白人的歧视甚或蔑视，当读者还在为他的困苦和饥饿唏嘘不止的时候，怀特却站在性别文化的制高点上，俨然以一个奴隶大翻身的身份和气势，评头品足女性的思想、理想和梦想，质疑她们生活的层次和价值观！我们不禁想问，人与人之间的这种特权意识究竟生成于制度还是人性？蓄奴制有待废除，也可以废除，但人性的救赎似乎前景茫茫，无日可待？

此外，《黑孩子》中黑人对待犹太人的态度问题也让我们担忧和惊愕。怀特小时候首次接触犹太人，就带着"从大人们那里听来的种族偏见，对着他们喊一些很脏、很残忍、很刻薄的话，没人想过我们有没有权利这样做，<u>父母们基本持认可的态度，既不怂恿，也不反对</u>"（62）。身为少数族裔、边缘群体的黑人，从儿童时起就有了对另一少数族裔的敌视和不信任的态度！作者竟还自觉地把这种态度归纳为"不仅是种族歧视，而是我们的文化遗产"（62）。不得不说，身受种族歧视之苦的美国黑人，骨子里原来也潜藏着种族的优越感，而这是人性使然抑或是"橘生淮南"的必然？

第 四 章

民权运动时期

第一节 概 说

美国民权运动（Civil Rights Movement）开始于 20 世纪 50 年代，70 年代结束，是美国黑人经由非暴力的抗议行动，反对种族隔离与歧视、争取民主权利的群众运动。美国黑人的历史及地域渊源使得民权运动的发生有着长远且深刻的历史背景。

美国黑人最初以奴隶身份被引进到美国南方，以解决当地劳动力的短缺问题，这就注定了黑人在美国极为低下的社会地位及长期被歧视与压迫的命运。19 世纪 60 年代的南北战争，黑人的命运开始改变。战争中，黑人奴隶纷纷拿起武器参战，为内战的胜利和奴隶制的废除做出了重大贡献。这一时期的黑人作家以传记和小说的形式，记述黑人奴隶的遭遇及其反抗意识，为废奴运动提供了形象的见证，以自己的方式推动了废奴运动的进程。1863 年的《解放黑人奴隶宣言》从法律上废除了黑人的奴隶身份，但黑人奴隶尚未获得公民权，他们为争取自己的经济、政治权利进行了种种抗争，但成效甚微。

战后重建时期，在共和党激进派和约翰逊总统就南部重建纲领不断斗争的复杂政治环境下，黑人仍然为争取民主权利和自由进行不懈的努力，最终使美国国会通过了第十四条和第十五条宪法修正案，从法律上保证黑人具有平等的公民权和选举权。黑人其他方面（如土地、教育、公共设施等）的权益也得到了一定程度的改善。然而，黑人民主权利的实践却遇到重重阻力。例如，一些旧势力如三 K 党等恐怖组织的威胁和阻挠。重建期结束，联邦军队撤出南方后，南方白人支持的民主党控制南方，南部各州和地方通过了一系列剥夺黑人民主权利的措施，开始了种族隔离时代。1896 年美国联邦最高法院作出"普莱西诉弗格森案"判决，确立对黑人实行"隔离但平等"措施合法，使种族隔离具备了法律依据。政治、经济、教育、法律、公共交通、婚姻住房等方面的种族隔离制成为美国黑人的新枷锁。

面对各方面的种族歧视和隔离，美国黑人进行了不懈的抗争。20 世纪上半期，处在经济发展变革洪流（即第二次工业革命）中的美国黑人抓住机遇，努力提升自身的经济能力，为政治地位的提高与政治权利的改善积累资本。

19 世纪末到 20 世纪 40 年代，一些黑人作家以笔为刀枪，在黑人争取民主权利的抗争中也发挥了重要作用。"哈莱姆文艺复兴"中的一些优秀黑人作家对黑人争取平等公民权的斗争也起到了积极的推动作用。

尽管黑人为反对种族隔离、争取民主权利进行了种种抗争，但是 20 世纪 50 年代以前黑人在美国社会受到各方面的种族隔离与歧视的状况并没有得到有效改善。于是在 20 世纪五六十年代种族矛盾空前激化的背景下，美国黑人掀起了一场声势浩大的民权运动。在全国有色人种协进会（CNNCP）的不懈努力下，1954 年，联邦最高法院对"布朗诉教育委员会"一案做出判决，宣布公共教育方面的种族隔离制违宪，推翻了长达 60 年之久的公立学校中的"隔离但平等"原则，揭开了黑人民权运动的序幕。

1955 年 12 月，阿拉巴马州蒙哥马利市在著名黑人运动领袖马丁·路德·金博士的领导下，发起大规模抵制公共汽车运动。经过长达一年的抗争，蒙哥马利市的公共汽车终于被迫取消种族隔离措施，这一运动标志着本次黑人斗争的开始。1960 年 2 月北卡罗来纳州格林斯伯勒城 4 名黑人大学生为反对餐馆种族隔离静坐抗议，之后的两年南方 20 多个州发起大规模静坐运动，迫使近 200 个城市的餐馆取消隔离制。1961 年 5 月初，种族平等大会又开展自由乘客运动，迫使南部诸州取消州际公共汽车乘坐上的种族隔离制。1963 年 3 月，金博士等人在南部种族隔离极严重的伯明翰组织示威游行，要求取消全城隔离制。示威群众受到残酷镇压，但由于金博士的坚持和美国联邦政府的被迫干预，该城种族隔离制全部被取消。运动的高峰是在 1963 年 8 月 28 日，金博士聚集 25 万人向华盛顿进军，并在林肯纪念堂前广场发表他著名的演说《我有一个梦想》，这次集会产生的舆论压力使国会在翌年通过 1964 年《民权法案》，宣布种族隔离和歧视政策为非法，并赋予黑人拥有平等选举权，这成为美国民权运动史的关键事件。金博士也因此获颁 1964 年诺贝尔和平奖。1965 年 3 月金博士等人由塞尔马向蒙哥马利进军，迫使美国政府于同年 8 月要求国会通过了《选民登记法》。1968 年 3 月，金博士组织贫民进军（又称穷人运动），途经田纳西州孟菲斯市时，被种族主义分子枪杀。之后，美国黑人民权运动渐趋衰落。

除了黑人群众和领袖，黑人作家也在此次运动中发挥了重要作用。他们为民权运动摇旗呐喊，在思想上启发和鼓舞黑人民众及白人自由主义者为争取平等公民权进行抗争。理查德·怀特通过塑造许多像《土生子》中比格这样的人物形象，向人们展现了黑人痛苦复杂的内心世界，对社会中的种族歧视提出控诉和抗议。拉尔夫·埃里森主张种族融合、文化多元，他没有像怀特那样创作抗议小说，而是致力于改变模式化的黑人负面形象、重塑黑人人性，在社会中产生了很大的反响。詹姆斯·鲍德温不仅亲身参加黑人民权运动，同时发表许多文章，就反对种族歧视、黑人解放的道路等问题发表意见，在黑人群众中产生了一定的影响。20世纪 60 年代，亚历克斯·哈利发表作品《根》，启发了黑人民族意识的自我觉醒，给白人和黑人世界都带来了强烈的震撼。

　　20 世纪五六十年代的美国黑人民权运动，是继南北战争之后美国黑人的又一次革命性胜利，取得了彪炳黑人史册的重大成果，其中最主要的成果是在法律上废除了种族隔离制。联邦政府颁布一系列民权法令，废除了在教育、交通、住房、用餐等方面的种族隔离制。在所有颁布的民权法中，1964 年的民权法最具有划时代意义，该法令标志着种族隔离制在法律上的终结。另一项取得的重大成果是黑人政治地位的明显改善。首先是选举权的扩大。1965 年民权法终止了对选民的文化和其他测验，黑人参加登记和选举的数量猛涨，黑人登记率占其合格选民的比例，1960 年为28%，1968 年就上升到 68%（乔安妮·格兰特，1987：569）。其次，黑人开始跻身于社会高层，一大批黑人在政界、体育界、娱乐界崭露头角。然而，种族隔离制在法律上的崩溃并不意味着黑人在现实生活中就实现了种族平等，更不意味着黑人问题得到了彻底解决。以教育为例，法律废除了隔离教育，但"就近上学"的惯例又形成了事实上的隔离。对于法律和现实的差距，马丁·路德·金早有清醒的认识："法律抽象地宣告了他（黑人）的平等，但他的生活处境依然远未与其他美国人平等。"（顾学稼，1992：649）时至今日，美国的黑人问题仍是根深蒂固的社会问题，这一问题的根本解决，仍需黑人长期不懈的努力。

第二节　詹姆斯·鲍德温半自传《向苍天呼吁》[①]

一、引言

　　詹姆斯·鲍德温（James Baldwin，1924—1987）的名气远比我们想象得大得多，他是 20 世纪著名的美国黑人作家、散文家、戏剧家和社会评论家。1924 年他出生于纽约黑人聚居区，一生著述丰厚，共发表 6 部长篇小说、4 部剧本和十几部散文集，作品内容涉及种族、政治、社会生活等方方面面。他是 20 世纪 60 年代美国黑人民权运动最为重要的文学代言人，是"二战后美国文学中最重要的作家之一"（Draper，1992：195）。他的半自传体作品《向苍天呼吁》（*Go Tell It on the Mountain*，1953）是一部充满浓郁宗教色彩的文学文本，充斥着诸多的狂欢节的形式、象征和感受世界的方式。鲍德温以深厚的宗教情怀和鲜明的狂欢化质素，借助种种不同的感性艺术场面，有声有色地凸显出巴赫金狂欢化理论的要旨，诠释了美国社会 20 世纪 30 年代存在的种族压迫、政治迫害以及宗教信仰问题，论证了美国黑人对自由与平等的信仰和追求、对权威和官方话语的颠覆与反抗，更重要的是我们看到了狂欢背后作者的孤独。

　　20 世纪最重要的宗教思想家、伦理学家和哲学家之一，俄罗斯文艺理论家巴赫金（Bakhtin，1895—1975）的狂欢理论是我们走向本文本最好的桥梁。狂欢节、狂欢式和狂欢化是巴赫金狂欢

[①] 这是本书中唯一一篇属于半自传体的作品，一是出于作者在文学史上的地位，二是我们确实能从中读出作者自己的生命生活状态和吁求。在第二次世界大战后的美国黑人文学发展进程中，鲍德温起着承上启下的作用，是一个"真正的必不可少"的作家。另，本章部分内容来自拙作《鲍德温自传〈向苍天呼吁〉中的狂欢化阐释》。

理论的三个关键词。其中狂欢节已经成为"容纳那些不复独立存在的民间节日形式的储存器"（巴赫金，1998：250），成为与日常生活形成鲜明对比的"第二生活"。在这种生活中，人们可以暂时摒弃官方的、权威的清规戒律而达到不受束缚的自由自在境界。狂欢的真正功效在于其"为下层秩序里被压抑的欲望提供一个控制性的安全阀"（巴赫金，1998：151）。作为一种反抗霸权独语的文化策略，狂欢化理论的重要价值表现为"颠覆等级制，主张平等的对话精神，坚持开放性，强调未完成性、变异性和双重性，崇尚交替与变更的精神，摧毁一切与变更一切的精神，死亡与新生的精神"（Draper，1992：614）。狂欢理论还具有明显的宗教文化基因和丰富的宗教内涵，"随着时间的推移，希腊罗马神话和狂欢民俗已经渗透到基督教节日中…… 基督教的民间节日都着上了狂欢色彩"（夏忠宪，2000：65）。宗教实质上是狂欢得以产生的基本渊源，而巴赫金的世界观"本身就凸显着一种'狂欢型'的世界观"（赵晓彬，2003：15），他的狂欢理论因此也升扬着一种宗教精神的诉求和乌托邦理想。

　　本节将借助巴赫金狂欢化理论的宗教之维，从狂欢化场景、狂欢化仪式以及狂欢精神诉求三个方面，展示作者在这部半自传作品中，如何把自己的宗教体验融合为生命本质的狂欢精神，展现出人类生命诉求过程中的原初样态。

二、鲍德温的生活情态

　　像《向苍天呼吁》中的主人公约翰一样，鲍德温出生在纽约市黑人聚居区哈莱姆，父亲是不受教区供养的穷牧师。他在9个兄弟姐妹中排行老大。家境贫寒并没影响到他对知识的渴望。他以自学为主，12岁起就发表有关西班牙革命的短篇小说，后来还尝试写作歌词和剧本。这些有违于父亲让其当牧师的愿望。14岁时鲍德温开始在教堂布道，3年后因"看透了宗教的虚伪"而离开教堂，不信宗教。但布道的激情和说教特点，却贯穿在他以后文学作品的字里行间。

鲍德温后来在他所谓的"美国工商业世界"中，当过饭馆侍者和仆役，只是利用业余时间写作小品文和书评，1955 年发表的散文集《土生子的札记》就是这一段时间文学创作的结晶。黑人作家理查德·怀特在他生命中的意义非凡，怀特不仅鼓励他积极创作，之后他还步怀特后尘侨居巴黎和欧洲。直到 1957 年美国爆发警察镇压黑人示威的小石城事件之后，鲍德温才意识到自己的"责任在美国"，从此回到美国从事写作和斗争。

《向苍天呼吁》以 20 世纪 30 年代居住在哈莱姆区的一个黑人牧师家庭为核心，以 14 岁的主人公约翰的思想和心理变化为主线，用跳跃性的时空叙述和多变的镜头，并置起约翰的姑姑、母亲、父亲及父亲的前妻共 4 人的回忆。不仅记述了约翰皈依宗教的思想变化，还勾勒出从南北战争到 20 世纪 30 年代美国黑人的历史和共同遭遇。这种遭遇是一种"无处话凄凉"的无助，也是一种"更与何人说"的无奈。这部作品的主人公们站在生命的高处（山顶），呼唤着难以企及的"远方的"幸福和自由。

三、狂欢式的场景：教堂里的孤独

巴赫金认为，狂欢化的广场在很大程度上是"低层平民大众的、节日文化的荟萃地"，在这里"杂语现象大行其道，而等级制和'单一的真理语言'土崩瓦解"。"只要能成为各色各样人相继和交际的地方，都会增添一种狂欢广场的意味"（钱中文，1998：169）。小说《向苍天呼吁》中对教堂活动的动情描述无不渲染出场景的狂欢化质素。

小说的第一部分"第七日"一开始，就让读者领略到一种颇具狂欢色彩的礼拜仪式。教堂里挤满了前来祷告的善男信女，人们在这里祈求借助圣灵启导，净化灵魂以摆脱污浊的罪恶的身体。

"以利沙（Elisha）兄弟一坐在钢琴前，身着白袍的修女们立马昂起了头，身穿蓝衣的男士们，头则向后仰着。女人们头上的白帽子闪耀着光泽，宛若一顶顶王冠，而男人们卷曲而闪亮的头似乎一下子被提了起来。喧嚣和窃窃私语声戛然而止，连孩子们也保持了安静"（Baldwin，1998：7）①。琴键响起，大家都开始起身击鼓，放声高歌，"两个臂膀像伸展开来的翅膀，嘴里发出长久的、无语的哭喊声"（13）。"头跟着音乐的节奏在晃动，脚随着鼓点踩着地板，拳头在身边舞动"（14）。"像火、像水、像审判"般的音乐席卷了整个教堂，"连墙似乎都要坍塌"（14）。祷告声、歌声、鼓声、叹气声、吼叫声连成一片，融为一体，杂糅成狂欢者的"语言"。教堂因"主"的在场而膨胀（13）成为一个狂欢广场，就连偶尔的寂静也仿佛是为了凸显喧哗的力度。黑人们平日里疲惫的身心难以容置激越的梦想，而破败不堪的住所更笼络不住他们狂躁的灵魂，于是他们把唯一的理想期待寄托于来世的精神解脱，祈望在对神的依赖中获得一种安慰和慰藉。女人们"似乎变得更有耐心，男人们则更趾高气扬"（13），隐秘的思想情感此时此刻得以霍然宣泄。教堂俨然变成人们求得救赎和人与神互文性对话的审美地域。上帝从神坛的天空步入人间，成为一种肯定人、拯救人的力量，而人从现实的"神"的奴役下解脱出来，与上帝进行自由、平等的交流和对话。尽管鲍德温在小说中表现的是狂欢活动中的物质外表，但他实则关怀的是黑人的精神存在、精神彼岸和终极诉求。在这种神圣的"狂欢"中，人们暂时打破了一切伦理道德规范和理性限制，摆脱了社会、神学、法律法规、习俗的种种桎梏和束缚，从而获得一种崭新的生存和片刻如同神灵般的自由。

《向苍天呼吁》的狂欢化场景，表现出的不仅是外在的狂欢

_____

① 本节凡引自《向苍天呼吁》皆只标明页码。

化特质，更渲染出狂欢化的世界感受。像其他圣徒一样，几位主人公皆跪伏于教堂的圣坛前进行祷告。为了逃避哈莱姆大街上可怕的堕落，摆脱继父的控制，约翰想通过摆脱贫穷、种族歧视和家庭矛盾来界定自我的打算失败了。他开始"眼望上苍"，想用宗教来彻底改造自己，控制他人；在约翰的姑姑佛罗伦斯（Florence）的回忆和祷告里，是她对死在战场上的丈夫弗兰克种种恶习的失望和对自己与理想相去甚远的 10 年婚姻生活的追忆；继父加百利则跪在圣坛前，努力回顾自己成为圣徒前后的罪与罚、得与失、功与过；母亲伊丽莎白的心中，流动着的则是对前夫理查德锥心般的怀恋和对现实生活惋叹……几位主要人物的祷告，在此变成了他们自由思想的借口，他们内心的狂欢许诺给自己一个永恒理想的诺言和暂时性的满足。他们从现实的废墟中走进理想的天堂，一面在回顾过往的苦痛，一面在展望天堂的幸福。而一个颠覆现有秩序的狂欢世界在教堂里、在黑人民众的心中恍然建构起来了。这是黑人民众思想的狂欢，也是精神的狂欢，更是他们排除压抑、寻求心灵安宁的梦想在狂欢。庄严、肃穆的教堂变成了狂欢广场，时间在狂欢[①]，历史在狂舞，而命运却在狂笑。在这理当弥散着爱的圣殿里，我们听到的是除了"爱"之外的一切，而作者则在一群人的狂欢里，独饮着属于一个人的孤独。

四、狂欢化仪式：加冕和脱冕

脱冕和加冕是狂欢活动的主要仪式，二者互为依托、相互转换，"脱冕仪式仿佛是最终完成了加冕仪式……正是在脱冕仪式中特别鲜明地表现了狂欢式的交替更新精神，表现了蕴含着创造意义的死亡形象"（钱中文，1998：165）。作者鲍德温在狂欢化的加冕和脱冕仪式当中，将狂欢式的感受转换为世界观性的体验，

---

① "狂欢是真正的时间盛宴。"（宋春香，2009：159）

让人们在绝望中重新建构起新的希望，在过去的死亡中孕育出生命的契机。《向苍天呼吁》中几个象征性的狂欢化仪式鲜明地表现出了对人物精神的加冕和脱冕，也寄托着作者自己的精神诉求。

小说开始时，约翰已经意识到自己将要面对的"狭隘"未来——像继父一样从事神职。生日那天，他揣着母亲偷偷给他的几个硬币，爬上了公园里的一个小山顶，"看着明亮闪耀的天空和远方的云层，瞭望纽约城的轮廓。不知道为什么心中升腾起一种狂喜和一种权力感"（31）。他感到自己"像个巨人"，能够"用狂怒击碎这座城市""像个暴君，可以把这座城市踩成碎末""像个期待已久的征服者，脚下洒满鲜花，众人在呼喊着赞美自己的'和撒那'（hosanna）"，他相信自己会成为"最强大的、最受上帝宠爱的选民"（31）。此时此刻的约翰仿佛登上了苍天赐予的宝座，在那里他可以纵恣欲望，让思想、理想和梦想自由奔放。有着"撒旦的脸"（25）、"撒旦凝视的目光"（130）、总是充满"恶毒的自尊"（100）、奇丑无比的小恶魔约翰的理想复活了，同时复活的还有他的原始生命力。他仿佛变成了"戏仿英雄的替身"，俨然承担起文化英雄的职责。"我会带上神圣的十字架直到死亡，然后回到家带回王冠为自己加冕"（147）。

然而，脱冕如影随形。当约翰想起"城市里那些对他不怀任何爱意的眼神""来去匆匆的无情的脚步和他们身上深灰色的衣服"，想起"他们从身边经过时对自己的视而不见，或者即使看到他，也只是假模假样地笑笑"，想起"城市斑斓的灯光下他如何只是个隐形人"，想起"父母会伸长胳膊把他从会毁灭人的灵魂的城市里拽回去，拯救出来"（31）等种种现实时，他精神的狂欢戛然而止。狂欢性在他的身上内化成一种形态，一种主观感受和话语思维的内在形态。这种昙花一现的象征性的狂欢方式，这种对自我的肯定又否定、对梦想生发与灭亡的两重性的体悟，表达出的何尝不是约翰心中懵懂的颠覆权势、地位的强烈理想和愿望。

如果说约翰的行为是自我精神的加冕与脱冕的话，他的继父加百利的经历则是上苍对他的脱冕与加冕。加百利出生后不久，生父逃往北方音信全无。母亲的溺爱使他从小就逃学打架，无恶不作。长大后他更成为"魔鬼的化身"，吃喝嫖赌无所不为。有天清晨，在懵懂中他来到了一片平静的圣地，那里有云、有风、有火、有血、有灿烂的阳光和新鲜的空气，有静谧的风景和矗立的大树。他瞬间被一种神秘的声音召唤着"跟我来""再高点，再高点"（107）。他顿悟到上帝的伟大和自身的渺小，继而成为一个虔诚的教徒，赢得周围人们的尊敬，当上布道的牧师。在那一特殊的场景下，是上帝给他过去的原罪脱冕，而给他"光明的"的前途未来加了冕。然而，由于他皈依的动机并非出于对神的虔敬，而在于获得某种权力和对他人的权威感，在于"对上帝统治权威的嫉妒和他想成为小上帝的欲望"（Lynch，2007：41），所以他经常以上帝的代言人自居，尽管得到天启，但依然没有找到理想中的平静。他在自己的神职中祷告了一生，期待了一生，也无奈地痛苦了一生。在单调、狭隘、艰苦、乏味的天路历程中，他如同加缪笔下挣扎在上下山途中的西西弗斯般的"荒诞英雄"，身心皆负荷着难以承受的生命之重，独享着无人能懂的"幸福"。

狂欢式可以使民众"深刻地领悟到人生的本质所在，不会在虚无主义和浪漫主义面前失去追求对话，崇尚自由的精神诉求，并在颠覆性的游弋活动中，进一步体会到蕴含其中的生死哲学，即'诞生孕育着死亡，死亡孕育着新的诞生'"（钱中文，1998：164）。作者在对这对父与子的加冕与脱冕描述中，将否定和消亡的意蕴赋予了父辈，却将肯定和新生的希望寄予不甘于被统治、受奴役、求颠覆、要反抗的新一代。

五、狂欢精神的诉求：颠覆与反抗

"生命本身是狂欢节的主题，它的法则即自由"（张冰，1991：122）。狂欢的必要性源自"被压迫者最终对屈服于社会规范的拒绝。所以狂欢的力量是从属者的日常生活中起压制和控制作用力量的对立面"（约翰·费斯克，2001：148），"其宗旨只有一个——向往自由……狂欢的本质问题，归根结底是人的自由问题"（宋春香，2009：154）。狂欢生活正是巴赫金为世人寻到的一种走出绝望和绝境、日益接近希望的避难所。莫里森曾这样评价作者，"他在以一种不卑不亢的态度，无怨无悔地致力于改变白人和改变社会，试图带领黑人走出种族主义压迫的困境"（Morison，1989：77）。《向苍天呼吁》不仅表现为对感性生命的执着追求和乌托邦式的幻想，同时也以其揭示、揭露和抨击现世生存境况的历史功能，张扬着一种显现生命本质的狂欢精神。

"只有开始忏悔的时候，精神才开始真正的存在"（宋春香，2009：111）。对自由精神的推崇是狂欢化理论的要旨。小说中约翰的姑姑佛罗伦斯因无法忍受南方的种族歧视，26岁时与卧病在床的母亲诀别，独自一人到北方谋生，结识了黑人工人弗兰克并结了婚。没有追求的弗兰克无法满足她内心的期待和梦想，两人经常吵架，弗兰克盛怒之下离家出走，死在法国的战场上。若干年后，跪在教堂圣坛前的佛罗伦斯，才开始理解丈夫的无能原不是他自身的问题，才开始缅怀对丈夫的爱。"如果说上帝是这部小说的反面人物，那么敢于爱就是对他的反抗"（陈世丹，2011：63）。佛罗伦斯用自己迟到的爱反抗着本不应属于自己的命运。

约翰的母亲伊丽莎白跪在圣坛前，"心中充满了狂喜"（146），但也有"恐惧"。她担心"从上帝嘴里阐释出的是悲伤，是谴责，是她必须承受的审判日预言"（146）。她8岁时母亲离世，姨妈认为她父亲人品不端，强行将她从所爱的父亲那里带走，使"她的世界顷刻间坍塌"（148）。黑人店员理查德带她离开了南方，来到"毁灭之城"纽约。后来理查德被警察怀疑抢劫杀人被逮捕，尽管后来因证据不足而获释，但他无法忍受拘押期间白人警察对他的侮辱和毒打，回到家后用剃刀割腕自杀。伊丽莎白忏悔自己犯了个致命的错误，她隐瞒了怀孕的事，"否则理查德也许不会自杀"（152）。她爱理查德，"假如她被迫必须在理查德和上帝之间作一选择，她也只能——甚至哭泣着——背离上帝"（152）。她带着儿子和过往的痛，满怀希望和喜悦嫁给了现任丈夫加百利，开始了她"艰辛的、无意义的西西弗斯式的向上里程"（180）。

小说中的各主要人物在教堂的圣坛前，内心独自诉说着不堪回望的过去和对未来的种种希冀，渗透着狂欢化世界感受的思想感情活动，具有节庆性、乌托邦式的思维和世界观的深度。这些思维和活动互为补充、相互照应，形成有机的文本整体，成为狂欢精神在真正尘世生活中的回声。假如他们的思想听得见，那将会是怎样的一种"精神"狂欢？而这种穿越时空的忏悔和祈祷、回想和展望，使人物狂欢式的内心活动早已幻化为一种政治诉求的文化符号，提升为一种人性解放的实践活动，宣达出一种自由诉求和人性解放的宣言，这又会是怎样的一种狂欢精神？

"理想世界是宗教和文学的永恒主题"（刘继保，2004：128）。巴赫金在其"肯定与否定""交替与更新"及"第二种生活"看似对立的内蕴中，赋予其精神解放的深刻内涵。而在《向苍天呼吁》中，作者鲍德温在人物的精神狂欢中寻找的是人的终极归宿，在人物的颠覆活动中期盼的则是人的精神解放。

六、结语

《向苍天呼吁》的写作是作者鲍德温的一次狂欢化的文化实践，他从宗教角度描写冷酷的黑人现实生活，在彼岸的世界里为其民众访寻一种心理的慰藉和精神的安慰，释放出一种生命的力量。狂欢理论倡导生命的力量和精神的永恒，本身追求的是自由、平等和精神解放，体现了对社会民众的由衷关怀。然而，尽管狂欢改变不了非狂欢的现实生活态势，但我们却从作者的狂欢描写中看到了黑人无法狂欢的物质生活和贫瘠的精神诉求，更看到了作者对人性的追问和对人类生命诉求过程中原初样态的描绘。

第三节　马尔克姆·X
《马尔克姆·X自传》①

一、引言

　　马尔克姆·X（Malcolm X，1925—1965），20世纪五六十年代美国著名的黑人宗教领袖。《马尔克姆自传》（*Autobiography of Malcolm X*，1965）一经问世就成为畅销书。根据《纽约时报》报道，1977年该书共销售了600万册。1998年，《时代》杂志又将该书评为20世纪最伟大的10部写实散文之一。

　　马尔克姆·X的生命故事，若用水火相容，风马牛相及、牛头马尾拼接描述，一点也不夸张。他39年的生命历程，把数字符号X的神秘和数值的不定性发挥到了极致，既贴着毒贩子、瘾君子、男妓、皮条客、入室抢劫者、赌徒、囚犯、种族主义者、"美

---

① 这是本书中唯一一部出自他人的作家自传，笔者之所以选择这本自传文本，一是因为其作者之一亚历克斯·哈利，根据自己家族史完成的小说《根》（*Roots: The Saga of an American Family*）而广受关注。在整个写作过程中，亚历克斯·哈利和马尔克姆·X俩人一边商讨一边写，即使在生命受到威胁，随时都有可能被穆斯林暗杀时，依然抽时间，审校终稿。二是因为黑人文学里少不了马尔克姆这样的宗教领袖。三是因为他和另一位历史上人人皆知的黑人英雄马丁·路德·金的思想截然不同，也许人们从中对后者的了解更多。毕竟，这是由一位著名作家着笔写出的他人的自传，所以笔者选择了这本书，似乎也符合本书的特征。

国最愤怒的黑人"（373）①、革命家、黑人中的特洛伊人（441）、病态世界里的巨人、"能终止或开始种族骚乱的唯一美国人"（318）的标签，又大写着自信、耿直、豪爽、热情、执着、勇敢、智慧、极强的感召力和影响力。他的人生轨迹在监狱里发生了反转，他在那里接触到穆斯林后，开化顿悟，把生命交给了安拉，埋头读书，用知识洗心革面，凭信仰支撑起后来12年活跃的宗教、政治生命。

文本中详尽的细节、数据，具体到城镇街道的地名，完整真实的人物姓名，都给本自传带上了鲜明的时代色彩、真实性和历史感；但传主有时的夸大、顽固和偏见，又凸显出自传的浮夸和杜撰。历史的文本性和文本的历史性在这部文本中狭路相逢，相互碰撞出他的疑惑："在如此快速发展的世界，怎么可能写出相对定型的自传文本？"（415）

二、颠沛流离是其生命的本质

马尔克姆·X是从相对富裕的黑人家庭走出来的混血儿，父亲是浸信会牧师，全球黑人促进会的组织者之一。他兄弟6个，还有3位同父异母的兄妹生活在波士顿。6岁时父亲被3K党成员杀害，34岁的母亲靠保险和救助养活一家，后因爱情受挫患上精神病，家被拆散，爱被撕裂，6个没人疼爱的孩子被送到不同的家庭和福利机构，从此每到周末，在通向他家的路上，总能看见几个衣着破烂的孩子，奔走在找寻爱、修补爱、重温爱的路上。

14岁时被同父异母的姐姐接到波士顿后，马尔克姆·X像成千上万来自南部乡村的黑人一样，觉得自己"低人一等"，选择穿灯笼裤、拉直头发、酗酒、抽烟、吸大麻来抹除自己背景的尴尬。他17岁来到纽约，在哈莱姆区一家酒吧当服务生，接受各式各样

---

① 本节凡引自《马尔克姆·X自传》皆只标明页码。

的教育，见识美国黑人的百态人生。他把毒品当食品，随身带枪像是打领带，以飞蛾扑火的疯狂邀请着随时驾临的死亡。

21 岁时被判 10 年刑期，这期间他在查尔斯顿的监狱待了 7 年，狱友 Bimbi 让他爱上了阅读。两年后他被移送到康克德监狱，他有幸可以自由出入那里的图书馆，读书让他享受到自由（176），并为他打开了人生的愿景。他靠抄写词典提高单词量，靠写信提高表达和思维，靠如饥似渴地读书，积累起足以给养其智慧和思想的知识财富。"我在监狱里就知道，阅读将永远改变我生活的路径"（182）。对黑人历史传统和文化的学习和认知让他变得自信：黑人是最早的人类，他们建立起王国、文明和文化时白人还在山洞里爬行。他还了解到白人历史教科书中的历史是被"刷白"的，黑人"已被洗脑了几百年"，进一步意识到人类历史上最大的犯罪是邪恶的白人对黑人肉体的运输。他们跑到非洲，把成千上万的黑人妇女和孩子杀害，并绑架黑人到运奴船上，用铁链运输到西方国家，像奴隶一样强迫劳动、受鞭打、受折磨。

他在监狱里接触到伊斯兰教后，逐渐看清了白人基督教的虚伪，坚信伊斯兰教的精神力量，意识到"美国需要了解伊斯兰教，因为这是解决其社会中种族问题的途径"（348）。"金发碧眼的白人让我们崇拜他们的上帝，崇拜一个白肤色的耶稣，为他而歌，祈祷我们死后进入一个看不见的天堂，而他们此时此刻此地却在享受着今世的奶蜜"（225）。他在一次宣讲中这样慷慨陈词："看看你自己和周围人的生活状态，再看看周围白人的生活！再去市中心看看他们的公寓，生意！再去曼哈顿岛看看蓝眼魔鬼白人用 24 美元从信赖他们的印第安人偷来的地方！看看市政厅，看看华尔街，看看你自己！看看他的上帝！"（225）

20 世纪 60 年代，美国黑人运动中出现了这样一种宗教思潮：在信仰上和毫无人性的美国白人优越主义决裂。这种思潮契合了美国黑人的气质和历史特点。针对白色人种的种族歧视，美国黑人激烈地宣扬黑色人种高贵的观点，而伊斯兰教成了宣传这一思想的最佳途径。

这就是当时在美国黑人中兴起的"黑穆斯林"运动的缘起。到20世纪80年代，由于这场运动美国已有百万计的黑人信仰或改宗于伊斯兰教，清真寺遍布辽阔的北美大陆。举世闻名的拳王皈依伊斯兰教并改名"穆罕默德·阿里"，是其发展史上最有名的一次事件。几乎与拳王阿里信仰伊斯兰教同时，马尔克姆·X也皈依了伊斯兰教，跟从安拉的生活。

三、被诬陷的生活

出狱后的马尔克姆·X带着对伊斯兰教的虔诚和信心，常常每天工作16小时，奔走在美国各大州之间传播伊斯兰教义，收纳扩充穆斯林，帮助建造清真寺。

黑人穆斯林认为，每一个混血的美国黑人，溯本求源，都可能出身于一个被白人强奸的黑女奴之腹。因此，黑人原有的非洲姓氏已经被剥夺和忘却，美国黑人的姓氏其实是不清楚的。在摆脱白人强加的烙印姓氏、重新找到自己"灵魂的姓氏"之前，黑人的姓应该是X。所以他宣布自己姓X，以表达对伊斯兰教的忠诚，代替白人强加给他祖父的姓氏Little。

正当他雄心勃勃随时准备为信仰献出生命时，却像古希腊神话故事里的男孩Icarus，因飞得太高，"炽热的太阳光芒"融化了黏合翅膀的蜡，重重地跌落到地上。他情愿用生命膜拜和跟从的黑人穆斯林首领伊利亚·穆罕默德，成了他最后的掘墓人，因为这位领袖嫉妒他越来越高的声望。

笔者在此必须叙写的小插曲、大事件，是他发表了对当时美国总统肯尼迪被刺的看法。当时的"黑穆斯林"运动领导人穆罕默德先生为了避免攻击，要求全体黑人对肯尼迪被刺事件保持沉默。但是马尔克姆·X 却恰恰被选中担任一次无法取消的、已经预定的讲演。他被推上了时事风口浪尖，无法回避记者的提问。当被问及对肯尼迪被刺事件的看法时，他不经意地说了句（"Chickens come home to roost."害人者害己，恶有恶报），被穆罕默德先生指示噤声 3 个月，不能接触任何媒体，也不能在清真寺住持工作。但真正打碎他信仰的，是穆罕默德先生一直在试图掩盖他的所作所为，这是他受到的最大打击。随后他有幸逃脱一次次暗杀，开始背离伊斯兰教。其实他想表达的并非对肯尼迪遇刺的幸灾乐祸，而是在美国白人之中充斥着一种对人的憎恨与恶意，长久以来发泄于残害黑人之上而不能餍足，这种罪恶，终于蔓延到了自己的白人总统身上。

四、麦加朝圣

6 个礼拜的麦加朝圣，让他意识到黑人穆斯林的狭隘。在著名的麦加通信里，他写到既然各肤色、各民族、各国别的人都用同样的节奏打鼾，那就有希望团结起天下所有黑人。为表达自己的决心信心，他改名为 Omowale（约鲁巴语，"回家的儿子"）。他的理想国是美国黑人"尽快建立起属于自己的企业，一个像样的家。像其他族群一样，让黑人赞助、雇佣自己的同类以建立起黑人民族的能力。这是美国黑人唯一赢得尊敬的方法"（281），号召二百万黑人每人拿出 1 美元在华盛顿建一座摩天大楼，还计划成立一家穆斯林清真寺公司，以宗教为基础，不再强调信仰差别，用必要的宗教力量避免成员犯罪从而破坏公司的道德力量。正当他雄心勃勃准备在哈莱姆建立一个新的穆斯林中心和黑人运动中心时，却被罪恶的子弹打死在讲坛上。

他主张黑人的彻底独立，主张以暴制暴，反对所谓的"融合"，认为那只是个"意象"，既毁灭白人也会毁灭黑人，是一种象征和白日梦，没有实际意义，是狡猾的北方自由党的烟幕，混淆了美国黑人的真正需求"。他还认为 1964 年那场著名的华盛顿万人游行视为北方自由派操纵的闹剧（farce on Washington），更像是郊游、远足、野餐、马戏表演，是所谓的"领袖们"给自己脸上贴金的机会，参加与否成了身份的象征（286）。他坦言自己和马丁·路德·金的目标一样，但方法迥然不同，他把金博士励志的追梦呐喊（I have a dream）说成作秀表演。他的质问掷地有声："有谁听过愤怒的革命者和自己本应反对的人手拉手肩并肩地行走，共同唱着'我们会赢……终有一天……'？有谁听过愤怒的革命者和自己的压迫者一起，在长满百合花的公园的池塘边上摇摆着光脚，周围是福音书和吉他，还有'我有一个梦想'的演讲？"（287）如此尖刻的讽刺，仿佛给多少陶醉在金博士热血喷张的演讲中的读者大众，泼了一地带腥味的雨水。

为了信仰，他把生死置之度外，提着脑袋闯"江湖"。他知道被谋杀是自己的宿命，早料到自己不可能寿终正寝，说自己终有一天会死在白人或是白人雇佣的黑人手里。他甚至预言自己不会活着看到自传的出版。"这本书出版时，如果我还活着，那才是奇迹呢"。自传写到 1964 年夏天，他次年 2 月被枪杀。

五、前瞻美国种族问题

其实，马尔克姆·X 不仅预见了自己的死，还预见了美国种族问题将会成为美国社会的顽症。他分析到，纽约白人杀了人是"社会问题"，而黑人青年杀了人，权力机构就会伺机绞死他。当黑人被处以死刑或被血腥杀害，总是"一切总会好的。当白人家里有步枪，宪法允许他们保护家和自己的权利；当黑人只是在家谈论到拥有步枪，那就是威胁"。2016 年 7 月初，明尼苏达州两名黑人被警察打死，得克萨斯州达拉斯 5 名警员被报复性的狙击手枪杀，美国第一位黑人总统奥巴马在两天之内发表演讲，谴责暴力的源泉。而马尔克姆·X "美国将会有更多更糟糕的暴乱在更多的城市爆发，因为美国种族主义的恶习从来没有被重视过"（387）的断言，听起来仍然掷地有声，回应着他半个世纪前的预言。

他曾在波士顿宣讲时说："文明的人类从来没有如此的贪婪和谋杀过"……"走出去好好看看邪恶的白人。他就是魔鬼！……如今世界上最富有的国家，态度邪恶和贪婪引起全世界人的憎恨"（217）。这些一针见血的意识、领悟和判断，是说给现代的美国人听的，还是讲的50多年过去了而历史一直停滞不前？

可以说，伊斯兰教让他告别了过去的"十恶不赦"，也因伊斯兰教，他倒在了宣传黑人解放思想的讲台上。他的死轰动了全球，《人民日报》为此还刊发了评论文章，赞颂他为人类文明和解放事业所做的努力！

六、英雄的遗憾和偏狭

马尔克姆·X几乎是带着忏悔和记恨总结自己的生活、信仰和希望的。他希望真实客观地记录自己的生活，或许能成为一些社会价值的证词。他相信"客观的读者一定会知道在这样的社会环境里，我进监狱几乎是不可避免的，成千上万的年轻黑人都如此"。他渴望客观的读者跟随他的生活——贫民窟产生的黑鬼，或许会对他有个不错的印象和理解，至少对影响了美国220万黑人思想的黑人贫民区有更好的理解，从而对自己表示理解和原谅。

不得不说，这部自传里也不全是深刻。马尔克姆·X趾高气扬地贬低女人的不堪，理直气壮地颂扬妓女对男人的理解和体贴，还把男性道德上的堕落和败坏归结为女性的过错。他说女人天生软弱，只不过是另一种商品。他甚至说有些女人"似乎乐于被剥削"（139）；并说自己不太会爱上任何女人，因为经历告诉他，"女人是一些太黏人，不诚实、不值得信赖的肉体罢了"。认为太多的男人毁于女人之手，或至少被女人所拖累或因女人而搞砸事情

（230）。他认为妓女们更了解男人们的命运，更知道所有丈夫们的命运，……会想到他们，安慰他们，包括倾听他们，而他也愿意告诉她一切事情（230-231）。而且，"不管男人的男子气概有多少，她们都会让其感觉自己是世界上最伟大的人……更多做妻子的只有意识到男人最大的需求是成为男人，才能够留住自己的丈夫"。我们且不去分析这些认识的迂腐和荒谬，唯想象一下如果男人把寻求感官刺激当成对自己"伟大"的认定，他一定非笨即傻，根本不值得妻子们费心留在身边。

　　我们必须强调的是，他曾无不遗憾地总结自己欠缺正规的教育。他曾这样总结他的求学之路："我在密歇根州的梅森上完 8 年级。我的高中是在马萨诸塞州 Roxbury 的贫民区上的。大学是在哈莱姆的街道里上的，硕士是在监狱拿的。"（288）他说自己对语言情有独钟，若有来生，想成为语言学家，而汉语是他最想学好的外语，"因为汉语看上去将会成为未来最强大的政治语言"（387）。当一生劫难重重，铁骨铮铮的硬汉带着诚恳说自己"对一切专业都感兴趣""喜欢学习"但可惜不再有机会时，我们不禁想问，是什么样的环境剥夺了他这么单纯而又简单的梦想？如果他恰好不是黑皮肤，如果他的父亲没有被白人杀害，如果他没有被穆斯林兄弟谋杀，他会成为怎样一位有学问的政治家，黑人如今的前景会不会变样？

　　文本的最后，当他强调"如果我的死能带来光明，能够揭示任何有意义的真实从而有益于摧毁操纵美国身体上的种族主义肿瘤的话,所有这一切都归功于安拉,只有那些错误归咎于我"（389）时，我们却忍不住心有戚戚，愿意选择忘记他之前的所有鲁莽、自大，甚至对女性的无理侮辱。毕竟，对于拿生命来追梦的人，我们除了敬慕，还是敬慕。

七、结语

《马尔克姆·X 自传》时而深刻，时而固执，有时可爱，有时可恶。全篇只有几段话叙写自己的婚姻家庭，几个句子概括自己的 4 个女儿，但却用大段篇幅描述阿拉伯文化里毯子的妙用，津津乐道自己当男妓、拉皮条的历史，如数家珍地叙说自己谋划、盗窃、分赃、销赃的细节，谙熟、精准、紧张、刺激，简直可以成为一篇偷盗指南，让人跃跃欲试。但更多的篇幅，罗列的是他的政治活动的内容和宗教思想，工作仿佛是他的生命，人间烟火只是其背景。

这就是马尔克姆·X！你可能会爱他，因为他的勇气、勇敢和坦然值得任何意义和程度上的崇拜；你可能会恨他，因为他对女性的一些侮辱性的言辞，确实招人厌恶。但 X 就是 X，注定有着我们解不开的灵魂密码！只是"所有过往的经历都将交织成我们的人格"（153），作者的这番话，也许有助于我们对他传奇一生的了解。

第四节 思想的行者：《W.E.B. 杜波依斯自传》

一、引言

《W.E.B. 杜波依斯自传》（ *The Autobiography of W. E. B. Du Bois：A Soliloquy on Viewing My Life From the Last Decade of Its First Century*，1968）是 20 世纪上半叶最有影响的黑人知识分子杜波依斯（W. E. B. Du Bois，1868—1963）在 90 岁高龄时对自己近一个世纪"如梦似的"生命、生活的反思和回顾，集思想性、学术性、科学性于一体，其高度和深度无疑占据了美国黑人作家

自传群中无可撼动的重要位置。文本分 3 部分，分别记述了对其思想影响最大的第 15 次出访、他个人的学习工作，以及为世界和平奋斗终生的事业。

他富足的生活阅历，空谷藏峰的志向，宏阔的视野，还有沉淀在他那一系列学术研究成果中的真知灼见，或许本可以推进世界的和平、全球社会民主的进程、美国黑人的解放和进步，但因某些狭隘逼仄的意识形态和种族偏见、社会权利的影响和压制而搁浅，如今却皆已凝练成一个时代的特征、一个特殊群体的集体意识、一位特殊个体的精神风貌，就如同一个静态的历史文物，虽则弥足珍贵，但却失去了原来的动态性和时效。

不同于大部分人物自传的特质，杜波依斯在自传中共时性地扫描了各个时期世界局势和各国大事，他的思想和行动远远大于他的日常生活内容，因而其个人生活的点滴，只能从字里行间摘取。阅读的过程更像仰视一片广袤的山林，其间太过茂盛浓密的参天大树，遮掩住了清清爽爽的小草小花，需要耐心和认真才能从中辨认出方位、真伪。例如，他什么时候出生，什么时候上学，什么时候恋爱、订婚、结婚、再婚，儿子的夭折，相伴半个世纪的妻子的过世，90 岁时有了重孙……

他用了专门的一章，极其精炼地总结了自己干干净净、坦坦荡荡的品性私德。睿智敏感，勤奋执着，自强自立，有天赋、有毅力、有抱负、有态度，还有些自卑带来的可爱的自负和自傲，无痕迹地论证出这样的个性所能成就出的一个人学术、事业的辉煌。

他信仰马克思主义，看好社会主义，崇尚工人阶级的领导，坚信共产主义一定能够实现。但高屋建瓴，时而也有"地基"的不牢靠；高瞻远瞩，有时也难免视野模糊。社会历史的车轮尽管始终超前，但也不免兜兜转转，开个小差偏离轨道，这一切远非一个个人所能预料预见的。他不是圣人，也绝非完人。变迁无常的时局世事，有时会僭越他的梦想蓝图。他也有缺陷、失误和偏见。他寄予无限厚望的社会主义国家苏联，没能在国家制度的悬崖上成功"勒马"。他期待看到的共产主义愿景随着苏联领导人戈尔巴乔夫的下台成了泡影，"柏林墙"的倒塌让民主德国和联邦德国成了一家，而只有他眼中创造了"巨大而光荣的奇迹"的中国，尽管"摸着石头过河"，但前景明朗，蒸蒸日上。

93 岁智者不惑，勇者不惧的生命长度，杜波依斯的每一步都行得扎扎实实，每一次成长都波澜壮阔，有些思想也难免抵牾，但限于篇幅，我们无法展现其丰裕的生命全貌，只能选取他生命历程中一些重要的时刻，以见证这位思想行者的醒悟、觉悟和领悟。

二、最后一次出行

杜波依斯在自传中把自己思想形成的过程展现在开篇的西欧、中国行部分。1958 年 8 月 8 日他开始西欧之行，把目的锁定在观察"欧洲帝国主义倘若消失，我们未来的希望在哪里，一个和平和种族平等的世界是否会出现"（杜波依斯，1996：6）[①]？这样的高瞻远瞩，瞬间抬升了这本自传的智识重量和质量，让人不得不自觉端正阅读态度，不敢像浏览一般虚构作品那样只想"拈花惹草"，而是肃然起敬于作者的生命精神格局。他的旅游带着使命，带着一种把未来、世界揽入怀中的气度。

在他眼里，英国在建筑业、商业、甚至风俗礼仪方面对美国越来越倚重，对世界的统治正走向尽头，而且无药可救。尽管德国是战争的始作俑者，但居心叵测的是美国。美国试图把自己变成垄断资本主义的中心，代替英国以武力阻挠社会主义，用私人资本和新的技术发明统治世界。而世界上肤色和种族偏见最少的法国，"恐怖、仇恨和失望笼罩着巴黎街头"，那里"存在着无休

---

① 本节凡引自《W.E.B. 杜波依斯自传》皆只标明页码。

止的斗争和矛盾，但永远不会灭亡"（11）。整个西欧国家"拼命地守着自己的财富和势力，还不想放弃殖民帝国主义"（18）。第二次世界大战后的波罗的海诸国和巴尔干国家，被他视为"被抵押的人们""被用来做恢复西方损失的投资"（15）。作者三言两语，就概括出第二次世界大战的缘由、结果和各个殖民帝国的丑恶本质。

杜波依斯站在劳苦大众的立场上，审视了 20 世纪五六十年代的苏联和中国，有深刻性、有预见性、也有偏颇。当看到苏联建国后的进步和军事实力的增强时，他认为"社会主义国家可能会失败"，但"努力去做本身就是一种社会进步。既不愚蠢，也不是罪恶"（21）。他坚持只要人民生活有所提高，又何必去追究"它建立的方法是否合乎道德规范"（22），从而巧妙地回避了社会主义国家建立的物质基石这一尴尬问题。

1959 年 11 月，他和时任苏共中央总书记赫鲁晓夫商谈美国和平运动、泛非运动和非洲的独立和统一，并建议在莫斯科的科学院校设立机构，研究宣传非洲历史和文化；后来这一理想得以实现。他还从马克思的"宗教是人民的鸦片"出发，认为"苏联不允许任何教会干预教育，公立学校不上宗教课"这一宗教政策，是俄国革命给现代世界最珍贵的礼物。他坚信"苏联是伟大的，而且越来越伟大""如果能够，苏联革命将席卷世界"（29）……

仅凭着杜波依斯赋予中国的满腔情怀和浓重笔墨，本自传也值得中国读者去关注和阅读。他在中国"看到了真理"，看到了"什么是共产主义"，尽管不完美甚至有"失败，短缺和迟疑"（39），但中国人民跟着领袖高唱"国际歌"（42），信心满满。

回忆起 1936 年第一次中国行，他深感中国人"永存的生命"之韧劲，和"面对灾难，沉着地争取胜利"的决心（34）。1959年受文化部长郭沫若和宋庆龄夫人之邀的第二次中国行，他行程

2500 千米，和毛泽东共处 3 小时，并和周恩来共用餐。他登过长城，到过"被西方列强明目张胆分割了的最大城市上海"和禁止华人入内的跑马场；他在 600 万人口的北京，体会到建设和重建的热火朝天；在重庆，他参观了忘了名字的伟大工程都江堰；在昆明，他受到少数民族载歌载舞的迎送；在广州的商业大厦，他看到了"美国能制造的中国也能制造，且物美价廉"的货品……而最让他诚惶诚恐、受宠若惊的，是受到来自全中国人民的生日祝福。他认为长征让中国人相信"是人民而非英雄创造历史"。他"访遍全世界，也没看见过像中国这样巨大而光荣的奇迹"（40）。

三、童年和少年

《杜波依斯自传》的第二部分是本自传的核心，重点记录了他求学、科研和工作的内容和成就，从"我的出生和家庭"写到"重返'全国有色人种协进会'"76 年的生活。

1868 年 2 月 23 日，杜波依斯出生在马萨诸塞州克希尔县大巴灵顿镇一个不算贫穷的黑人家庭。祖先是 1730 年左右被荷兰奴隶贩子从西非偷运到哈德逊河流域的，后来因在战争中服役被解除了奴隶身份。他从小跟有法国血统的母亲在外祖父母家长大，对父亲的家族知之甚少。他的父亲 35 岁时来到大巴灵顿和他母亲结了婚，因不讨外祖父母家人的喜欢，便出走外地讨生活，从此一去不复返。

大巴灵顿镇是个山环水绕的中产阶级城镇，居民以英裔和荷兰裔的白人为主，民风淳朴，大多数家庭有自己的房子，贫富差距不大，"富人靠的是工作和节俭"，而穷人穷是因为"好吃懒做"（62）。经济地位和所受的教育，让作为原住黑人的他和大多数人一样，从内心瞧不起肮脏贫苦愚昧的爱尔兰和非洲移民。

6—16 岁的他，勤奋好学，成绩优异，从未遭遇过种族隔离或歧视，"没有将穷困无知和肤色联系起来"，没有意识到"有些事情即使努力也无法解释或解决"（60）。进入中学后，他才开始感到"黑色面纱"的压力。他喜欢读书，在书店老板鼓励下，他写过小文章发表在当地的报刊上。家境不济，他靠干零活、为《纽约时报》写文章、卖报纸供养自己。他从镇上的居民大会中，对民主有了认识："倾听他人的意见，然后诚实、智慧地做出自己的决定。"（74）1884年，他作为唯一的黑人学生在中学毕业典礼上做了有关黑人解放事业的演说，开启了他为之奋斗一生的事业。

四、求学之路

17岁时，他暂时放弃赴哈佛大学读书，带着对黑人种族的使命感和责任感，带着象征这一身份和家庭文化的书籍、火钳、铁铲和几个青瓷杯，坐上了南下菲斯克大学的火车，因为他意识到"黑人南方在向我招手。那里需要教师。……黑人总有一天会在南方担当重任。他们需要受过培训的领导人。我就是去那里帮助培训的"（87）。第一次踏入同族人中间，他感受到的是一种踏实的归属感。几乎是带着些许的激动，他宣称自己是黑人，也宣示出他对黑人民族历史的理解，对黑人未来的担当！"一种新的忠诚和拥戴代替了我对美国的效忠。自此以后，我是一名黑人了"（88）。

大学期间，他重新思考和制订"关于争取黑人自由和进步的计划"（93），眼界从"以个人为中心转到以种族为中心"（93）。暑期他连续两年深入南方乡村做调查，在山区一所只有30多个学生的公立黑人学校教书，接触到蓄奴制最阴暗的领域和人类最普通的生活。乡间小路上时而高亢时而忧伤的黑人歌曲，乡村教堂里恸哭呻吟的祷告方式，让他体会到"我们有个共同语言意识，有来自穷苦贫瘠之地和低收入的共同苦难，最主要的是我们都和机遇相隔着一层纱"（101）。他在南方还找到了一种黑人文化的魂和根。

1885—1894年，私刑在美国仍然猖獗，全国有1700个黑人死于私刑。针对世界范围内的种族问题，他开始思索"黑人如何能公开有限地获得必然、合理的民主，全球黑人能否设立自己的自治政府"等问题。他渴望去哈佛大学学习哲学，"探求真理"（110）。1888年6月，他秉着"必须记住我是作为黑人、处于被疏离的社会地位去哈佛的事实，决定从自己的社会地位中尽力为自己找到出路"（111），走进了哈佛的大门。4年的哈佛生活很快乐，但快乐的原因有些反讽——"是我接受了种族隔离的现实"（113）。尽管他相信"在精神文明指导下，黑人和白人最终会群策群力，打破种族界限"，但当时的他选择"把自己孤立起来，蔑视或尽量忘却外部的白人世界""被包围在黑人的世界里，自足狭隘，也许出自自卑，但对黑人的能力和未来抱有信心"（114）。

在哈佛期间，杜波依斯大多数课程都很优秀，但因只注重表达，从不考虑文法的准确、文字得体和文体的严谨，英语课一度不及格。直到后来他意识到"扎实的内容加上漂亮的文体，总比不讲文法和乱七八糟的句子结构会使文章效果更好"（123）之后，他的英语课才有了优秀的成绩。1890年6月，他被选为毕业典礼上演讲的5位学生代表之一，做了题为"杰弗逊·戴维斯"演讲，被当地报纸赞誉为"才华横溢，是来到剑桥的所有黑人学生中最优秀的"。（126）

1890—1892年杜波依斯在哈佛大学研究生院学习历史学、政治学和社会学，凭着一篇以"废止向美国贩运非洲黑奴"为题的论文，顺利获得硕士学位，但没有申请到读博士学位的奖学金。他随即向资助优秀黑人出国进修为目的的斯莱特基金会提出申请，争取到750美元在国外学习一年的机会。

1892—1894年在柏林大学和其他欧洲各国的学习和游历，改变了他的人生观和思想情感。他的言谈举止从急切变得沉稳，"我不再是狂热的黑人，而是更广泛意义上的人类和世界的朋友"

（134）。那时候的他"站了起来，不是反对整个世界，而是反对美国种族的狭隘和偏见"（135）。他身处国外反观美国，认清美国"并非最新型的文明国家，原以为属于美国的东西却属于欧洲"；而最重要的是，他"学会从一个人而非简单的种族狭隘的观点观察世界"，从而避免了"因种族和肤色的不同而对某些人产生的仇恨和偏见，开始懂得科学研究的真正意义和运用其成果解决美国黑人问题的方法"（137）。在教授们的教导下，他有了全球视野，开始"把美国种族问题，非洲人民问题，欧洲的政治发展联系起来思考"（140）。当他发现德国人的爱国主义激情高涨，而美国人的爱国"冷淡和理智""南方的黑人是不会爱这个欺压自己祖先250多年的祖国"时，他疑惑"我对我被压迫民族的爱要过多久才能与对我的压迫者国家的爱调和？当忠诚难以统一，我的灵魂在何处栖息？"（146）

假期里，他游览了整个欧洲，观察世界文化，省察欧洲民风民情和人性。寒冷的黑夜里，思念和孤单寂寞占了上风。他写文章表达感伤，也抒写他的雄心壮志和追求："我想知道世界到底是什么！想知道是否值得用生命与风暴拼搏？"但他知道寻求真理将是他永远的目标。"……我要为我的生活奋斗一生……我要把世界未知的部分抓在手中，为黑人的崛起而工作，把他们最大的发展看作世界最好的发展视为必然……"（148）。

五、16年的教书生涯

1894年，26岁的杜波依斯从"为自己建造的做梦、恋爱、漫步、唱歌的空中楼阁"回到了仇视"黑鬼"的美国，感到"幻想破灭……，但必须踏上去，行走、绊倒和爬行"（168），他的勇气和信心依然坚挺。意识到曾经自以为是意志力和能力的东西却原来纯粹是运气时，他陷入了恐惧和迷惘，"不知道自己除了运气，还剩下什么？凭什么去反抗种族偏见"？

1895 年，带着"帮助其成为有地位的大学的崇高理想"，他来到俄亥俄州的黑人教会学校韦尔伯佛斯就职。因学校受教会主教控制，资金短缺，工资不能按时发放。他一边教课，一边写书。当梦想接连受挫时，他犹豫、摸索、尝试过独辟蹊径，梦想以历史和社会科学为武器，"渴望为美国黑人的解放事业而奋斗终生"（168），但看不到清朗的前景。他选择离开，并充分地预知到前景中的挫折坎坷，他不再"空想、傲慢和自大"，在现实中逐渐成长。

1896 年秋，杜波依斯被宾夕法尼亚大学任命为"助理讲师"，带着新婚妻子来到费城。那时候的费城，正掀起一场改革。白人认为黑人第七选区选举中的腐败甚至犯罪现象是当地市政管理混乱的罪魁祸首，于是责成宾夕法尼亚大学通过调查给出科学的说法。杜波依斯被社会学系的塞缪尔·林赛教授点名承担起这项调查。他意识到这是解决黑人问题的好时机："黑人问题是一个需要系统调查和深入研究的课题。世界因不了解这一种族而对其产生了误解。其最大的不幸是愚昧，而治愈办法是在科学调查的基础上增进对其了解。"（172）

他不顾当时身份、名分和薪金的尴尬，先后访谈 5000 多人，再参照黑人私立图书馆的个别资料，并汇集费城和第七选区 200 年来黑人的历史资料，完成了 1000 多页的巨著《费城的黑人》并于翌年出版。他高兴地意识到这才是"他人生计划中最希望做的事情，并且学会了怎样做"，意识到"只是因为生于这个群体，并不意味着完全了解"（173），意识到"这是一项完善的科学调查和答案，它揭示出黑人群体中的症状并非黑人存在的根源"，论证出黑人群体是一个"奋发向上，生机盎然的集团，有悠久的历史而非暂时存在"（174）。这一针对费城黑人所做的白人不屑、黑人反对的深入调查，经受住了 60 年的评估。然而，如此富有成效的调查成果，仍然没能换来学校对自己的正式任命，他隐忍着这种侮辱，继续工作。

1897 年 11 月 19 日，在费城召开的第 42 届美国政治社会科学学术会议上，他做了《黑人问题调查》发言，公布了自己关于全美黑人问题的调查计划，断言在社会学研究问题的过程中，"这一社会现象值得最周密、最系统的调查，不管最终得出的是大量的知识还是人们值得认识的真理。然而，这是诸多社会问题的汇集。……当这些问题归之于因两个世纪的奴隶贸易被贩卖到这个大陆来的那些非洲人头上的时候，他们就成为一个统一的整体了"。他强调"……现代学者从来没有遇到过这样能使他们留心观察和估量人类一个伟大种族的历史和发展的机会，这个机会一旦错过，将有损于全世界科学真理的事业，等于有意削弱人们原本一无所知的有关真理的知识，降低了追求真理的最高目标"（175）。他还草拟了一份实现这项研究的详尽计划，建议通过历史调查统计和社会学的方法进行研究，并致信联邦劳动统计局头目卡洛尔·赖特，还为劳工局做了一系列的调查，可惜赖特的继承者不仅没有给予支持，还故意毁掉了他这项最出色的社会研究成果！

在 1899 年的一次美国学术会议上，他提交了一份广泛的黑人问题研究计划。遗憾的是，在接下来的 25 年内，没有一所一流大学从科学的角度对美国黑人问题给予相当的重视！也许，这是 100 多年后的今天，黑人问题依旧困扰美国政府的原因之一！没有公平端正的态度，没有实证考察的决心和兴趣，当然也就没有解决问题的适当的科学方法。正如作者所言，"这个世界并不缺少人类的利益和道德信仰，它最需要的是公平的心理质素和对真理的热烈求索，尽管真理可能给我们带来不快"（175）。

1896 年，杜波依斯受亚特兰大大学校长之邀，去那里主管社会学工作。他在总结 1894 年秋到 1910 年春这 16 年的工作时，说自己既当社会科学教师，又当社会科学的学生，努力寻求对周围世界的了解，教年轻人懂得世间生活的意义和方式，调查美国黑人及其悲惨处境的所有实际情况，并通过判断、比较和研究尽可能得出有理有据的总概念。

他从教的 16 年，是世界动乱的 16 年，全球经济扩张、政治霸权横行，种族矛盾突出。他选择从种族关系这一唯一途径，重新思考统治世界的殖民帝国主义的本质，从中理清世界各国纷争的原因："所有的纷争不过是欧洲向非洲扩张的结果"。尽管这一切也许应该和历史、政治有关，但他选择从经济方面来考虑当时的世界运动，发现这一时期的政治骚动，带有明显的经济色彩和目的。"那时候，政治和经济不过是行为与效果统一体的两个方面"（183），他把自己隔离在种族的象牙塔之内，探讨种族的困难以及这些困难是如何造成政治经济上的骚动，并用 3 年时间找到了一种将科学应用于种族问题的方法，"南方在经济上向黑人敞开大门，给予其机会，但黑人与南方白人在政治上的相互同情与合作，才是真正解决南方白人与黑人问题的基础"（183）。

从 29 岁到 42 岁他在亚特兰大的 13 年里，他做了两个最有价值、最突出的贡献：一是在美国大学中首次发起对黑人生活状况，包括所有最重要方面的科学调查，出版了 20 份在欧美颇具权威的《亚特兰大大学年刊》。二是他以其个人高尚的人格、尊严和品格，影响了一代代的黑人学生。

杜波依斯是带着深情回忆他十几年的教学生涯的。"生存之谜是这所大学的必修课""大学的真正目的，不是为了摄取食物，而是为了解食物所滋养的生命的结局和目的"（187）。"在特权和被剥夺公权的广袤沙漠之中，在由于种族积怨而受到各种侮辱打击和胡作非为的内心伤害之中，有这样一片绿洲，在那里怒火得以平息，失望的痛苦被帕纳赛斯的春天气息吹得一干二净。人们可以躺下来倾听和了解比过去更加充实的未来的信息，聆听时间老人的声响，⋯⋯ 你应当先行，应当挺过去"（187）。这段文字里行云流水般的抒写，充沛激烈的感情表达，美得像一首首自带风格的诗。尽管是汉语译文，我们仍然能从中还原英语词汇、句法、句式的蛛丝马迹，窥探到原文的韵律之美、节奏之美。

杜波依斯还指出，最初创建黑人大学时低估了摆在他们面前问题的严重性，"毫无计划地办起了设备简陋，更像中学的大学"。而大学教育，"既不意味着人人都应成为大学生，也不意味着人人都应成为工匠，而是有些人应当成为扫盲的文化传播者，而有些人应当成为奴隶中的自由劳动者"（188）。

六、百年大计

杜波伊斯是第一位主张用科学的方法解决美国黑人问题的学者，为此他制定了详尽的百年计划。1896 年，在他主持召开的第一次亚特兰大会议上，他强调要尽力搜集美国黑人社会状况的基本事实，亚特兰大大学逐渐成了一个提供全面研究资料和进一步从事研究的基地，是当时唯一拥有这类研究计划的学校。为此作者无不自豪地说，"如果外星人得知，也会为之惊奇"（189）——字里行间透着对当时自己成就的肯定和骄傲。

必须承认，杜波依斯这一时期在对美国黑人问题的研究方法，研究态度和研究成效方面的贡献是空前的。他完成了诸如城市黑人死亡率，城市黑人的社会物质条件，商界黑人，受过大学教育的黑人，黑人教会，黑人犯罪记录，美国黑人文献选等十年一轮的研究项目。在第二个十年计划中，他制定了一个更庞大、更全面、逻辑性更强、内容范围更广的研究计划，发表了美国黑人家庭、美国黑人手工业者、美国黑人的道德和习俗等 8 项研究成果。

他雄心勃勃，计划在未来若干个十年中，对正在研究的十项研究成果进行重复性、周期性的研究，以期达到事实确凿，进而达到科学性、广泛性和正确性。他还主张要不断完善工作方法，改进调查工具，从而获得为科学所证实的论据，使社会生活法则更清晰、更真实、更确切。同时，他还详细列举了对1914年的十项计划的设想：1.人口：分布与增长。2.生物学：健康与身体状况。3.社会化：家庭集团和阶层。4.文化模式：道德与习俗。5.教育。6.宗教与教会。7.犯罪现象。8.法律政府。9.文学与艺术。10.结语与文献。我们不禁感叹，这是怎样一个充满力量的社会学家！这是什么样的远见、胆略、思路、雄才大略，什么样的实证精神和治学态度！试想一下，如果这一计划不会因狭隘的种族偏见和肤浅的政治意识而搁置，后来、甚至如今的美国社会会有什么不一样，甚或世界会发生什么变化，人类又会怎么样？听一听他的大情怀吧，"这项计划要从一定的数量有限的人群的研究开始扩展到对全人类的研究"（191）。他们长达2172页长的研究成果，成了现代美国黑人问题的百科全书，引起了全世界的关注。连和他有过节的布克·华盛顿也承认，"这些论据本身对我们国家的利益是有益而不可或缺的"（193）。

　　1900年，为了用最好的办法突出宣传他们9年来的调研成果，引起思想界的重视，他们还把研究成果制成方案、图表和各色明细表，参加巴黎博览会，引起了全美的轰动，展出获得最高奖，他个人也获金质奖章。然而，高兴的只是过程，结果却差强人意。在后来不到10年的时间里，这项工作"因为这个富裕的国家找不到一年5000美元的赞助"（196）而被迫停止。

　　这一时期，除了出版书刊，他还参加"第十二次人口普查"。1909年，他着手编写了一部《非洲百科全书》，邀请当时13位欧美著名学者做顾问委员。为筹集资金，他奔走在美国各地做大量的演讲，与美欧头面人物保持广泛的通信联系。

　　后来发生的一件事，却让他备受精神打击。佐治亚州中部有个黑人杀死了女主人，就在他还没来得及把写好的报告提交《法制》杂志社时，便得知这个黑人已被私刑处死。至此他开始疑虑："当黑人还在遭私刑凶杀和挨饿时，没有人能成为沉着冷静超脱的科学家。我满怀信心从事的这项科学工作，要实现其目标谈何容易。"（197）

　　杜波依斯和布克·华盛顿之间更趋激烈的争论，为学校筹集资金带来了不少困难。1907年，他原本计划调研黑人的政治状况，但却因缺少赞助转而从事有关经济合作史的调研工作。为此他花几个星期时间亲自修订、修改，最终定稿，这次研究的主题涉及黑人地带的劳动分布状况、地主与佃农的关系、政治组织、家庭生活和人口分析情况，但官方以他涉及政治问题为由，不予发表调研成果，并且销毁原稿。

　　亚特兰大大暴乱之后，他意识到自己的不合实际。"在20世纪初，建立在镇压有色人种基础上的发展到顶点的殖民帝国主义，怎么会鼓励黑人大学里的黑人学者实施这样的计划，更不用说给予足够的经费了。我相信它会成功，是因为坚信种族偏见是来自普遍的无知"。长期以来，他用"事实"的药方消除种族偏见，"周密的收集科学论据，证明肤色和种族的不同都无法决定一个人能力和功劳的大小"（202），但他自己"远不能自由支配所增加的收入，来改进调查方法和扩大研究领域"。他们的研究也"从来不属于美国科学界和学术界，……在别人眼里我们不过是黑人调查黑人，而黑人与美国和科学又有什么关系呢"（202）？然而，言败不是勇者的个性，他越挫越勇。"一面是泪眼蒙眬，一面是狂欢作乐，两者之间互不调和、自相矛盾，使我的人生有了体验。我正步入盛年，眼前的理想虽已破灭，但还有更远大的抱负。我虽然受到创伤，心灰意冷，但我的心灵仍保持着天赐的欢乐。因此我决心努力拼搏，甚至坚持到最后"（203）。

他痛惜地分析到，"19世纪最后十年到20世纪开头的十年，是巩固和建设世界性大商业、工业，并由白人出钱、黑人出力的全盛时代。美国黑人比1868—1876年南方各州重建时期更重要，但却没有引起历史学家和社会学家的关注。美国南方是这一发展最有希望的区域之一，那里有先天性的自然气候环境，有大量潜在的高效廉价劳动力，有无限的天然动力和技术，有通向世界所有市场的运输系统（203）。美国这个"准殖民帝国"通过剥削获得利润的期望正面临劳工稀缺困难，预示着种族战争之火燃起的危险。（204）——可惜智者的明见不仅没有得到被物质利益冲昏头脑的美国白人的重视，还出现一种遏制黑人接受高等教育的新的种族理论。

1892年，新的种族理论得到布克·华盛顿的支持，南方白人欢欣鼓舞，有意制造舆论使华盛顿成为全国公认的种族领袖。对黑人的种族歧视法规及其他许多行业的种族隔离等很快被载入法令。到20世纪第二个十年，按种族和肤色确立的法律等级制度公然被嫁接到美国的民主宪法中，所以他在1910年辞去亚特兰大大学教职，出任全国有色人种协进会的出版和研究部主任。

回顾自己当时史无前例的调查研究工作，作者从社会学、历史学和哲学的高度，平静、客观、坦诚地剖析了自己的不足和工作的局限：没有把黑人看做美国工人中不可分割的一部分；承认自己在调查黑人工人情况时，不熟悉白人劳动阶级；调查只是对工人阶级中一小部分人的调查；按肤色划分，美国工人阶级仍然处于分裂状态，而工人阶级内部的关系比工人与雇主之间的关系更为重要。

七、和布克·华盛顿之间的思想意识论战

杜波依斯用了大量的篇幅细述自己和另一位黑人领袖级人

物布克·华盛顿之间"思想意识的论战"。他相信"一个受过高等教育的黑人群体，可以用现代文化知识指导黑人打造高度文明的境界。听命白人，黑人无法实现自我"（210）。而华盛顿则认为黑人作为一个有能力的工人可以发财致富，最终通过自己拥有的资本在美国文化领域占有公认的一席之地，进而让子女接受教育、发展他们的才干。所以黑人教育的重点应放在职业技术人员培训上，鼓励发展他们在工业和普通劳动方面的才干。事实上，这两种推动黑人进步的理论绝不相互矛盾（211）。

1899—1905 年华盛顿被任命为联邦政府政治仲裁人，负责黑人任命问题，处理黑人问题及许多其他有关南方白人事务的问题。华盛顿在北方某些白人集团和个人的大力支持和财政援助下，建立了"塔斯基吉核心机构"，试图"树立自己的权威以控制黑人团体，压制知识分子"，这在杜波依斯眼里"是一种对当时美国经济制度的反抗"（214）。1902 年，杜波依斯被迫放弃亚特兰大教职身份。他对华盛顿的黑人问题的立场和态度深感不安，发文章予以抨击，重申"我们坚持这些不言而喻的真理：人生来都是平等的，造物主赋予他们某些不可转让的权利，这些权利就是生活的权利，自由的权利和追求幸福的权利"（218）。

1904 年 1 月纽约大会在卡内基大会堂召开，杜波依斯成为"12人委员会"之一。因为对会议制订的工作计划不满，他愤然辞职，并在《卫报》上发文指责某些黑人报纸见利忘义，攻击、报复持反对意见的人的言行。

八、组织参与"尼亚加拉运动"和"全国有色人种协进会"

1905 年 6 月，杜波依斯发起了著名的"尼亚加拉运动"，号召"把对黑人自由和发展抱有信念的人组织起来，采取坚决进取的行动，以反对当前扼杀公正批评的做法，把聪明正直的黑人组织起来"，至此他才真正意识到自己从思想上接触到"工人（不分

种族肤色）受剥削"这一根本问题。1909 年，"全国有色人种协
进会"第一次会议召开，杜波依斯被推举为出版和研究部主任。
他于第二年 8 月到任，向该组织重申了他在编辑出版为美国黑人
创办的评论性期刊《危机》上的主要精力，其主要目的是向全世
界诉说美国黑人所遇到的阻力和他们的愿望。这也构成了他从
1910—1934 年的主要工作内容。

　　1907 年、1909 年、1915 年，他分别出版了演讲集《南方黑
人》《约翰布朗》《黑人》等。他以自己创办的期刊《危机》为宣
传辩护的口舌，解读美国黑人正当的目的及其所处的状况，并试
图组织黑人政权，开展最有成效的反私刑、反暴民法律的运动。

　　杜波依斯在参加完 1911 年开辟了世界种族历史上新纪元的
"种族大会"后，便投入到"公麇"运动，发表进步党政纲，要
求"取消不公正的种族歧视，赋予黑人与其他公民同等的选举权"
（235）。第一次世界大战期间，他鼓励黑人"暂时忘掉你们的不
幸，和你们的国家站在一起"……"因为与美国一起反对穷兵黩
武，也是在为黑种人的解放而战斗"（245）。

　　回忆起 1918—1928 这动荡的十年，他写道，"虽然有良好的
愿望，但也不可能同时在几个大的创新性领域集中精力。我得成
为革命的一部分，通过革命，世界得以发展，同时在我的灵魂深
处感触到革命的战斗伤痕"（246），四次富有特殊意义的欧洲、非
洲旅行，让他看到"一幅更为生动的当代世界图景""加深了知识，
扩大了眼界"，领悟到"认识和判断世界现状，尤其是美国种族问
题有着无法估量的价值"（241）。这种进步的思想，表现出一位文
化历史意义上的民族英雄的大胆略，大情怀！

　　1919 年 2 月起，他出席了三次"泛非大会"，为推进全球黑
人的自由民主运动做了不懈的努力。他用别人的评价对自己的品
德做了盖棺定论："出色的工作……远大的目标。每一个目标都

是决心做一个有作为的人，并为别人而不是为自己服务""一直站在伟大的美国人战斗的最前线，不仅只为一个种族谋求正义，而且为了反对普遍存在的偏见"（258）。他在曲曲折折的生活里，活得风风火火，干干净净，堂堂正正。

九、30 年代大萧条时期

20 世纪 30 年代大萧条时期，杜波依斯没有前十年的奔波，但却有沉淀下来的思想。他第一次出访非洲时，就提出了"泛非主义"方案，促成"美国黑人对待社会等级制度有了革命化的态度，并相信自己有可能、有决心坚持自己的权利和要求"（266）。他告诉黑人同胞，"我们所做的正面攻击，不仅是为了我们，而且是为了所有人，为了活命，为了自保，你们必须去做些事情，……共同努力，一致行动，必须建立并维护自己的社会结构。必须改变进攻的方式，从一意孤行到集体行动。"他还强调，"像文学和宗教政策上一样，应当有计划、有组织地采取种族的一致行动，以避免产生新的种族隔离"（267）。

然而这一时期，他创办的《危机》期刊没能作为一个独立的机关报引导激进派的改革，而把控制权交给没有政治前瞻性的NAACP，他就此和"促进会"的核心人物产生矛盾，随后主动断绝了与"促进会"的关系。

十、重返亚特兰大大学

花甲之年，杜波伊斯应邀重返亚特兰大大学担任社会学系主任。1935—1940 年间，他撰写、出版了《南北战争后南部各州重建时期黑人的研究》《黑种人历史研究》《美国种族问题观念的自传体概述》三本书，希望组成一部黑人百科全书。尽管资金短缺，他还是在 1945 年成功地出版了书的序言部分。

他总是站在时代前沿，站在人类需要的前列，站在思想斗争的风口浪尖上，胸怀世界远观种族问题的前景。1940 年他创办了《种族》杂志，借此宣传自己的主张，思考第二次世界大战来临之际黑人的作用，思考黑人经济的远景。他在校期间，还以《共产党宣言》为教材，给学生开了关于共产主义的课程，这也最终成为引起反对他的导火线。

1941 年 4 月，他负责召开"第一届种族会议"，详尽罗列出每个州黑人的经济状况，对社会问题，尤其是战时、战后的科研调查工作的必要性、重要性做了详尽的解释。他认为，战争扰乱了经济常规，加剧种族冲突，这些状况在战后只会变本加厉。而要解决这些问题，必须开始对黑人的现状进行系统、全面、审慎、不间断的调查、补充、核实、检验，确立持续调查的科学方法，使调查得出"无法推翻的、经得起考验的结论，从而具有权威性"（282）。这不仅是一个为黑种人和美国服务的好机会，也是为世界和社会科学服务的唯一好机会，因为战后的世界的确需要这样的资料（279），从而为提高美国黑人生活水准和文化格调奠定知识思想基础。

1943 年 4 月，"第 26 届亚特兰大大学会议"召开，与会代表对这一能推动美国乃至世界历史进步的计划和实施办法，给予了肯定和支持。在为 1944 年即将举行的第二次会议提出的计划中，他提醒人们关注"战时和战后黑人经济情况"，因为"只有我们现在就开始在全国范围内进行经济、社会状况的调查，大动荡时期、战后的和平时期才可以继续坚持"，并形成一股对"社会生存和持久和平的无法估量的指导力量"（292）。

然而，正当 76 岁的他摩拳擦掌、雄心勃勃地准备实施这一计划时，却被董事会成员有预谋地辞退了。这一计划的协调和领导工作落入南方白人的手里，进展缓慢，而且得出的结论令人发指，"南北战争不是为了保持和延缓对黑人劳动者的奴役而战，而是一场为了维护白人文明的优越性的圣战。而当今历史学家对待美国历史竟无视 20 世纪美国黑人以及黑人的活动"（294）。作者用塞拉蒂斯德尔的一首诗表达了他当时的心境：

待到我能正视人生世相，
心平气和，冷眼对炎凉，
人生已将真埋交我留存，
还索取了回报——我的青春。（294）。

谈到这一计划破产是社会学的损失时，他写道，"这是一个进行社会学实验的前所未有的好机会，一个前所未有的大规模尝试，一个考量和分析人类行为的空前的好时机，应该得到足够经费和训练有素的合作伙伴、得到国家乃至全球的认可。只有在此基础上，才能建立起真正的社会学。可惜这个机会已经失去，整个社会学蒙受了损失"（294）。这是又一次解决黑人问题、推动学科拓展、推动人类民主进程、推动历史发展的机会，但因狭隘的种族偏见又被搁置、被阻隔、被遗弃了。这不仅是个人的损失、一个种族的损失、一个时代的损失，更是六七十年来依然需要面对的棘手的种族矛盾，焦头烂额而无计可施的美国各界的损失。

十一、重返促进会

杜波依斯辞去 NAACP 职务的十年后，被邀请重返促进会。然而与他"想要自由写作、自由表达意见，关注非洲问题"（297）的本意相左，当时的协进会书记沃尔特·怀特却只想让他"装点门面，替他起草报告和讲演稿以提高自己的威信"（305），并经常漠视、干扰和指责杜波依斯的工作。4 年后的 1948 年，他被内部管理上独断专行和高度集权化、目光短浅的协会辞退。

对于历史上赫赫有名的 NAACP 组织，杜波依斯在自传中做了理性客观的描述，有肯定，也有批评。尽管在过去的 10 年里收入、会员人数和工作人员大幅增加，在反对公立学校实行种族隔离方面也获得突出成就，但该组织"丝毫没有民主方法和民主管理"，没有重视美国黑人的未来，没有提高社会的道德和文化水平，没有拟定科学的计划，害怕民主进程，回避讨论"（308），而这些恰是"解决当代种族关系的最大难题"。

十二、和平运动思想

在自传第三部分的开篇"为和平而工作"，作者对自己的和平运动思想的发展过程做了详细说明。从 1913 年起他发表文章，强调"和平，…… 制止强者屠杀弱者"（315）。1945 年，再次强调了殖民问题："将国际人权法案写入旧金山会议，但不提及殖民地人民的做法，极为不当。…… 世界上最下层的人民中 90% 的人被排斥在世界的民主发展之外。"（316）1949 年 3 月，在纽约主持召开的争取世界和平的文化和科学会议上，他重申了反对武力和暴力，促进世界和平的重要性。因为"战争不是成功的解决他们分歧、有益于人类的方法"（317）。在巴黎会议上，他深刻地透视出战争的丑恶本质，揭示"引起世界战争危险的真正原因不是社会主义和共产主义的传播，而是殖民主义。殖民主义过去、现在、将来也永远是战争的主要起因之一。…… 美国陶醉于自己的强大力量，正以曾经毁灭过自己的同样的奴役制度，在新的殖民主义道路上把世界引向地狱，引向毁灭世界的第三次世界大战"（317-318）。

1949 年 8 月，他参加了在莫斯科举行的全苏和平会议，他用严密的逻辑，清晰的思路，充分的历史知识和数据，全球的经济视野，向与会者解释了美国发家的两大主要原因：一是丰富的自然资源，二是 300 万黑人参与的有效率的劳动大军，尤其是黑人奴隶为此所付出的生命代价。5000 字左右的演讲稿，他对美国过去 75 年的历史做了精辟的总结，戳穿了美国民主的外衣。

1950 年，他参加了在布拉格举行的"世界保卫和平大会"的执行局会议，坚定了他在美国争取和平的决心。

这时，他因自己发起的"和平新闻中心"没有登记申请，而被政府以"某个外国主体的代理人"为名起诉。最终，他被判 5 年监禁，罚款 1 万美元，公民权和政治权利被无辜剥夺。但作者认为真正的目的是，"要使美国公民不敢去表达他们反对大财阀的意图——将亚洲置于屈从美国工业的殖民地位，重新给非洲套上锁链以及加强美国对加勒比和南美的控制，其实想要摧毁苏联和中国的社会主义"（355）。他自辩陈词，"这个案件是对文明的打击，是实行思想管制，企图阻止思想的交流，企图堵塞世界范围内的文化自由往来"，并呼吁美国人"要敢想，敢说，敢做，敢于大声疾呼——不再要战争"（341）。由于证据不足，9 个月后法官宣布裁决无罪。

回顾这次被起诉，作者认为"这次审判最令他惊讶的是，"大多数受过教育，和气度高雅的美国人没有站出来说过一句话。我们自由了，但是美国没有自由"（361）。在《为和平而战》一书中，他对黑人的沉默和恐惧心理表示了大度宽容和理解，认为用个人的牺牲为黑人赢得政治经济上的进步不是什么大的代价。"这是一次痛苦的经历，我在暴风雨面前低下了头，但我没有屈服"（362），只可惜"黑人儿童已不再听到我的名字了"，然而可以告慰这一文化社会英雄的是，哈佛大学至今仍以他的名义命名了一所研究院，而笔者正是受其院长 Henry Louis Gates 教授邀请，进行了一年多的黑人文化文学研究。

十三、宏大的梦想——第十个十年

杜波依斯对自己"第十个十年"生命生活的叙说，开始于他 90 岁的生日会。他当着 2000 多人宴会的客人，总结了自己成功的秘诀"做我愿意做的工作，做世界需要完成的工作，就能够生活下去"（365）。

他还应邀参加了在阿克拉召开的"全非"大会。妻子代他阐发了观点："资本的私有制是注定要灭亡的。…… 建议新成立的加纳走社会主义道路,到苏联和中国去看看""在这个新的世界里，紧密团结在一起，让旧世界在贪婪中灭亡，或是在新的期待和希望中新生（379)"。最后附上他良好的祝愿，"中国和非洲欢呼吧！祝一切顺利"（379)！我们由衷地感谢他的祝福！半个世纪过去了，中国在继续走着他的社会主义，道路并不平坦，但成就有目共睹，而放弃走社会主义道路的非洲各国，还在被世界各国以各种名义殖民着、瓜分着……

自传的"尾声"一章和开篇的叙述链接成圆形结构，为 90 岁高龄的杜波依斯的一生画上了象征意义上完美的圆。回望历史，他"见证过很多奇迹"，飞机上天，汽车代替了马，电灯代替了煤油灯，飞艇跨过了大西洋，苏联人造卫星征服太空…… 而这些在他看来是"思想对实力的胜利，思想对太空的征服"，是他梦想中最大的奇迹。显然，他始终相信思想的力量！事实上，他一直用自己思想的力量期望改变这个世界！

面对死亡，他坦然、傲然。"我这一生是美好而充实的。我已完成了我的路程，不想再重复这样的生活。我也品尝过它的愉快和欢欣，也深知它的痛苦、磨难和绝望，我累了，我已走完了我的旅程"（384）。毕竟，"死亡是个结局，没有结局，哪有开始"（383）。至此，我们已经陷入他生命诗学的轰轰烈烈中，多少有些不舍这位老者、智者！

他对 50 年代的美国所做的总结分析，一针见血，字字珠玑，至今仍有一定的参照意义。美国文化最突出的特点是"企图将生活变为买卖关系"；美国的选举"既不自由也不公正，民主在很大程度上行不通。商业领域坑蒙拐骗，电视上充斥着股票交易和赌博，捉刀代笔已成一种职业，各路名人纷纷出书；财富代替思想或伦理道德成了最大的力量，制造业上弄虚作假，而且越来越热衷于说谎和颠倒黑白"（389）。

他认为50年代的美国，信奉战争是解决争端和困难的唯一途径，且以此为由向平民征税，鼓励增加债务。使富者更富，穷者更穷、更邪恶，而真正的原因是"用我们富有的商业利润去制止社会主义和阻止共产主义理想在全球的胜利"。所以他寄望子孙"必须重建它……让他们知道值得活着的东西必然再生，应当死亡的必然灭亡"（393）。最后，他骄傲地宣布，"我信仰社会主义，我寻求一个共产主义理想会得到胜利的世界——各尽所能，按需分配。只要我活着，就要为之奋斗"（392）。

十四、结语

《杜波依斯自传》与其说是一部个人的生命生活史，不如说是美国黑人的觉醒史、抗争史、社会史、思想史，而他始终是那位冲在最前线冲锋陷阵的英雄之一！美国哲学家安·兰德说，"事实是给那些寻找它的人而存在的"，尽管作者指出他"描述的生活多半是一堆已大量删节的记忆，省略的都是些偶然或处心积虑忘却的事情"（4），因而"并不是无可争议的权威……有遗忘，遗漏和误解。达不到绝对的真实"，但我们还是从中看到了他"愿意做到的坦率和公正"（4）。这里不仅有他为了解决美国黑人问题，为了民主，为了世界和平所付出的努力和得到的成效，也有他对一些历史问题和政治制度的误解和误判。不管怎样，一个满怀斗志、豪情和信仰，行踪遍布全球，思想包纳全人类的智者，是值得我们永远铭记的。

第五章

后民权时代

第一节 概 说

"在大多数美国人眼里，20 世纪的民权运动始于 1954 年的最高法院对布朗案的审判中宣布种族隔离教学的不合法性，或者始于 1955 年蒙哥马利公交车罢乘事件"（Janken）。其后，美国国会通过了一系列保护黑人权利的法案，如 1964 年通过的《民权法案》，1965 年通过的《投票权法案》，1968 年通过的《公平住房法》。因此，20 世纪 60 年代被公认为是民权运动的高潮。但在少数族裔的部分权利得到法律保障带来的益处的同时，也招致各种新的种族问题。至 20 世纪 90 年代，美国研究种族问题的学者在反思民权运动的成功和失败时称"20 世纪 60 年代后期的民权运动的高潮之后"美国社会已"步入后民权时代"（唐红梅，2009）。

后民权时代的不同时间段呈现出不同的特点，而"文学作为语言艺术"（朱光潜，2016：77），是一种人类自由表达对自然（外界事物）的认识和反思的创作模态，必然会受到时代因素的深刻影响而呈现出相应的特点。其中，传记文学（包括自传文学）以其相对较高的历史还原度自然成为研究后民权时代特征的重要切入点。正如芭芭拉·普瑞斯-威廉姆斯在《20 世纪自传：用英语书写威尔士》中所说"每个传记创作者都向读者生动地描写了生活在他所在的年代的情景"(Prys-Williams，2004：1)。在《西方传记文学简史》中奈杰尔·汉密尔顿写道：大致发轫于1770年卢梭的《忏悔录》，"传记，即我们非虚构化地致力于重新编码和解读真实生活的创造性输出"，是"古代世界的窗户"，它直到"20世纪后期才得到了广泛关注"和研究，而"传记文学研究是对社会中所有个体的研究"(Hamilton，2007：1)。

"发轫于20世纪60年代中期的美国白人对黑人民权运动的对抗和越战余波的后民权时代，明确自觉地摆脱了显性的国家资助和约定俗成的种族主义"(Iton，2008：160)。"黑人权力成为这些暴动"(从1964年至1968年马丁·路德·金被暗杀这几年间的321次暴动)的"战斗口号"，这个口号集中体现了黑人从民权运动中得到的教训，即"合法权力有且只有通过相应的政治权力才能得到维护"，而基本政治权利得到保障意味着黑人的可见性的显著提高。因此，"黑人权力的出现是现代非裔美国人为自由而奋斗的一个重要转折点"(Haywood，1978：635)，也是20世纪60年代文学运动的热门话题。

20世纪60年代的黑人艺术运动集中反映了这一时期动荡的社会政治环境，其时，反越战热情和非裔美国人的民权运动引发了洛杉矶、纽约等地发生的暴乱和焚烧事件，一大批非裔美国作家崭露头角，"文学运动也在政治上与黑人权力运动结合起来"(Abrams，2013：27)。马尔科姆·X作为黑人权力运动的代表人物，"提倡黑人分离主义、黑人尊严、黑人团结反对种族融合"(Abrams，2013：27)，黑人文学创作者也服务于这种政治目标和理想。拉里·尼尔提出"黑人艺术与黑人权力运动是美学和精神领域上的姐妹"及"黑人艺术和黑人权力都广泛地与非裔美国人对民族自决和民族性结合在一起"(Neal，1968)。詹姆斯·爱德华·瑟斯特在《黑人艺术运动》中也说："事实上，许多此类书籍的出版商，学术书集、画廊、戏剧和电影制作商都是 20 世纪 60 年代和 70 年代（黑人）民族主义（诸如黑人权力运动等）的产物"（Smethurst，2004：1）。

　　20 世纪 60 年代后期，黑人美学（民族文学）作为黑人艺术运动的明显特征，深受此次文学运动中的作家青睐。诗人伊马穆·阿米拉·巴拉卡（原名为勒罗伊·琼斯）是黑人美学的主要代表人物，提倡在艺术创作中"发掘黑人方言以及爵士乐的鲜活轻快的节奏和风格"，抵制"由拉尔夫·埃利森等鼓吹的各种现代派艺术形式"（Abrams，2013：27）。其时，大规模的民权运动前，理查德·怀特的《黑孩子》是一部非裔美国人的自传体小说，埃利森于 1952 年创作的《隐形人》则是一部半自传文学作品。詹姆斯·鲍德温也在 20 世纪 50 和 60 年代发出了争取黑人权力的最强音。到 20 世纪 60 年代末后期即后民权时代初期，由阿历克斯·黑利整理记录的他对马尔科姆的访谈，即 1965 年出版的《马尔科姆·利特尔自传》，则忠实记录了 20 世纪 60 年代美国黑人民权运动领军人物马尔科姆·X 的生平事迹。哈罗德·布鲁姆在其《布鲁姆之解读〈马尔科姆·特里尔自传〉》如是说："在《马尔科姆·利特尔自传》中没有特定的文学标准，黑利抛弃了美学动机，担当了见证人的责任"（Bloom，2007：7）。作品传达出的"马尔科姆·X 的个人主义是一种可追溯至约翰·布朗的非裔美国人的传统"（Bloom，2007：1）；"自传作为一种文学题材，具有'双焦点'的特征，即包括传主和叙述者这两重叙事人物"，《马尔科姆·利特尔自传》是'双焦点'叙述的范例，黑利运用"不同名字如马尔科姆·利特（Malcolm Little），麦斯科特（Mascot），底特律（Detroit），哈莱姆·瑞德（Harlem Red）和撒旦（Satan）作为掩饰来表现不同时期的马尔科姆"（Bloom，2007：127），而最终高潮阶段的自我叙述以马尔科姆的原名呈现出来。这种手法在读者和传主之间留下了空白，使读者有反思接受的空间。这些后民权时代初期的传记作品都是了解非裔美国人物质和思想活动的重要参考物。

进入 20 世纪 70 年代的后民权时期，崇尚黑人美学的"黑人艺术运动的革命性和民族性渐渐式微"（Abrams，2013：27）。"20世纪 70 年代'怀旧风'（即前民权时期渴望一个团结合法的黑人社区）借旧有的传统大行其道"（Iton，2008：160）。于 1975 年出版的托马斯·索厄尔的《种族与经济学》提出了一些新观点，"尝试在后民权时代的黑人政治领袖和知识分子领导层建立起保守党的霸权地位"（West，1993：49），即提倡自助及平等就业，注重黑人生活和行为方式的改变，更深层次地来说，崇尚"辛勤劳作、节俭、责任和克制"，即"复兴美国黑人的新教价值观"（West，1993：11）。

早在民权运动时期就开始创作的黑人女作家如托尼·莫里森、艾丽斯·沃克在 20 世纪 70 年代和 80 年代声名鹊起。受"民权运动淡化先天的、生理的和生物学的差异，争取后天的、文化的和意识形态的平等"（王晴锋，2005）的洗礼，这一时期的作家普遍重视公民权利并寻找女性身份认同感。同时期还有另一名黑人女作家即玛雅·安吉洛，她的一系列"自传赢得了诸多赞赏，深刻探讨了种族和性别压制等主题"（Wallenfeldt，2010：148）。20 世纪 70 年代和 80 年代间她的自传体文学创作包括《我知道笼中的鸟儿为何歌唱》（1970）、《以我之名相聚》（1974）、《唱歌啊，旋转啊，像圣诞节一样快乐》（1976）、《一个女人的心》（1981）、《上帝的孩子都需要旅行鞋》（1986）。同期的奥克塔维亚·E. 巴特勒在 20 世纪七八十年代发表了一系列反映黑人女性和黑人传统的科幻小说，并两度获雨果奖，是第一位获得麦克阿瑟奖金的黑人女作家。此外，詹姆斯·鲍德温的大多数作品都有自传性质。

在这一时期他又发表了两部小说,在距其辞世两年时创作出了"一部自传体合集《票的代价》(*The Price of the Ticket*)(1985),但知名度都不如其早期的作品"(Wallenfeldt,2010:150)。厄内斯特·J.盖恩斯于1971年发表的小说《简·皮特曼小姐的自传》是其最受称赞的小说,这部小说将路易斯安那州的口语化传统生动地展示出来。另外,赖特的第二部自传《美国之怒》在1977年即他辞世17年之后面世。而切斯特·海姆斯(其作品中有大量暴力和种族问题描写)分别于1972年和1976年发表了两部自传《痛的品质》(*The Quality of Hurt*)和《我的荒诞的生活》(*My Life As Absurdity*)。保罗·劳伦斯·邓巴第一部小说就是一部"反映了他自身关于白人特点这一问题"(Wallenfeldt,2010:153)的思考传记小说,即写于1898年的《未被邀请的》。

20世纪的这二十年间尤其是到80年代后期,一部分黑人的经济地位显著提升,出现了中产阶级黑人,"黑人已经不能单纯地视之为单一的、同质的种族"(王晴锋,2005),尤其是到1980年,"据人口统计局调查结果显示在所有的25岁到46岁之间的黑人男子中有15%的人在过去的一年内没挣到任何东西"(West,1993:54),因此一些反对民族融合的"民族主义的影子仍可以在一些文学作家身上窥见,比如艾丽斯·沃克和谢莉·安妮·威廉姆斯"(Smethurst,2005:2)。

20世纪70年代"至20世纪90年代的后民权时代,非裔美国人拥有了空前的受教育、工作、住房和参与政治生活的机会。"(Johnson & Stanford,2002:2)到20世纪90年代涌现出了大量的自传和传记作品(Smethurst,2004:2)。例如,反映出"早期'黑豹党'激进思想的伊莱恩·布朗的《体验权力》(1992),大卫·希利亚德和路易斯·科尔合著的《荣耀这边》(1993)(Smethurst,2005:2)。另外,玛雅·安吉洛于2002年发表了其另一部自传《歌声飞上云霄》。20 世纪后期，美国社会兴起消费主义，新型大众媒体尤其是网络日益盛行，这一时期成长起来的作家致力于个体解放和身份认同，如"科拉·赞恩早期的作品就是为了娱乐自己"（唐红梅，2009），之后创作的作品中不乏直白的性描写。

至 21 世纪，2003 年 6 月密歇根州本顿港发生了暴乱，2007 年美国最高法院拒认种族平衡涉及国家利益。这些都表明，在千禧年的开始种族问题依然受到广泛关注。从后民权时代初期就出现的"国际移民的加入、族际通婚的增多、白人危机感的加深、黑人中产阶级的不断崛起"（王晴锋，2005）以及黑人高级政府官员的增多，种族主义的族群问题和族群关系变得更加复杂，出现了"白人属性"和"非洲中心主义"这两种对立的观念。斯托克利·科迈尔克在 2003 年发表自传《为革命做好准备》，斯科特·布朗在 2003 年发表的《为我们而战》都为新时期黑人权力的发展注入了新鲜血液。

进入 21 世纪，"传记几乎涉及人类探索、交流和学术研究的方方面面"。就传记而言，"'真实'已经变成令人讨厌的和俗气的展示方式"（Hamilton，2007：279）。詹姆斯·弗雷在 2003 年发表的《岁月如沙》中就有虚假的描写。生活的方方面面都可能成为作家创作的思想源泉。例如，凯特·布朗 2004 年发表的《乌有乡传》及埃罗尔·弗雷德博格于 2014 年发表的《保罗·博格传：重新审视重组 DNA 的排异》等作品。

美国传记家曼德尔认为，自传正经历着"黄金时代"。"传记和自传适应着文明这个个人主义时代的气质，正如戏剧适应了伊丽莎白时代的精神，多卷本的小说满足了维多利亚时代的口味一样"（Mandell，1991：1-2）。我们有理由期待更多黑人作家的自传作品诞生，并祈愿那将不再是为了认同、平等的呐喊，而是一曲曲生命之歌的高扬。

第二节　安妮·穆迪《在密西西比长大》

一、引言

在美国黑人作家自传作品里，安妮·穆迪（Anne Moody，1940—2015）的自传《在密西西比长大》（*Coming of Age in Mississippi*，1968）以其简单、低调、雅致而著称。作者的成长过程中，没有道格拉斯带着血腥味儿的伤疤，没有赫斯顿那样起伏跌宕的生活，没有布克·华盛顿那样显赫的成就，没有马尔科姆·X 那种至上的荣耀，没有安吉洛那种不拘的生活情态，但却以一个漂亮女孩不寻常的视角和感知方式，叙事如风行水上，自然成文，细腻地描摹出一幅幅生动的个人成长画卷，或恐惧、或痛苦、或迷惘、或求索、或抗争……贯穿成作者精神成长的印痕，葱郁、茂盛的生命力把青春昂扬成一个女孩最美的生命姿势！朱光潜说，"生命是一个说故事的人"，穆迪正是用她的成长故事讲述着一个倔强得可爱的生命，是对其"勇气的一次高雅、感人的明证"（《芝加哥论坛报》）。

《在密西西比长大》共分四部分，"孩童时期""高中阶段""大学阶段"和"民权运动时期"。破碎的家庭，动荡不定的家，被大火烧毁了的希望，小女孩的心心念念，挨饿的童年构成传主的"孩童时期"。在小学毕业前返校日庆典活动中，她在别人的狂欢里，萌生出了反抗的意识和稚嫩的梦想。"高中阶段"，发生在她身边一系列白人残杀、暴打和驱赶黑人的事件，让她惊恐，让她学会恨人，学会思考，学会探索和寻找。她成绩优秀，打几份工的"收入不菲"，曾让她觉得"一切顺利得有些不安，感觉自己强大得能把控整个世界"（Moody，1968：158）[1]。她踌躇满志，

---

[1] 本节凡引自《在密西西比长大》皆只标明页码。

信心百倍地期待大学阶段的涅槃。"大学阶段",她燃烧着青春和激情,把逐渐苏醒的自我意识和反抗意识化作行动,磨炼意志,积蓄力量,开始思考种族歧视这一社会问题的社会根源。"民权运动时期",她在持枪警察的虎视眈眈下,在大多数黑人的麻木不仁中,期望以星火燎原,冒着生命危险推动着心中的梦想,一路步步惊心,跌跌撞撞。自传以穆迪和民权运动者踏上去华盛顿的道路,为黑人找寻前景而结束。当同行者唱起了对民权运动的赞美之歌《我们一定会赢》(We Shall Overcome)时,穆迪却"想知道,我真想知道"(I WONDER. I really WONDER)(424),这场运动到底会给她和她的黑人同胞带来什么……

　　纵观穆迪 23 年的生命轨迹。她早已觉悟并力图改变的不只是某个个体和特例、某些单一的事件和现象,而是被现象遮掩着的根深蒂固的种族制度弊端。这种觉悟,超越了她的性别、阶级、种族、文化和年龄,使她背负着生命不可承受之重,阴郁、昏暗和沉重成了她生命生活的主色调。她的孩童时期少了欢快,少年时期少了天真,青年时期少了奔放;但也是这种沉重,夯实了她改变命运的决心,不断提升自己的责任感和使命感,并愿意为此赴汤蹈火,不惜生命,最终把个人写进了历史。

二、孩童时期

　　穆迪的孩童时期从 4 岁开始写起。父母是为农场主干活的农夫,住在距离主人的房子很近的山顶棚屋里,可以俯瞰所有的农场。爱哭的妹妹只有 6、7 个月大。父母早出晚归,只有周日休息,平时很少见到他们的面,她和妹妹通常由 8 岁的舅舅负责照看。"每到傍晚,我坐在门廊等妈妈回家,其他人都垂头丧气,锄头拉在身后,只有妈妈兴高采烈地一路小跑爬上山坡"(6)。开篇这段细致的描述犹如打开一幅画卷,在温暖和美丽中,流淌着一股涓涓的爱的小溪。一场火,改变了爸爸的性情,"他总是发牢骚,庄稼歉收成了他打骂妈妈和我们的最大理由"①（10）。爸爸的朋友布什的意外死亡，让他情绪更低落，性格更暴躁，经常从周六晚上赌博到周日上午，只有赢钱了才高兴。后来输光了钱，又和布什的妻子私通，终于名正言顺地不顾家、不回家了。

她跟着母亲和 1 岁的妹妹和几个月大的弟弟搬到了 Centreville 镇，母亲在一家咖啡店上班。6 岁起穆迪在镇上的黑人学校上二年级。弟弟 Junior 玩火，烧毁了妈妈第一次为他们买的圣诞新衣，同时毁灭的，还有他们昏暗简陋的房子。

穆迪的母亲和一位还在服役的士兵雷蒙德生下了第二个弟弟 James，妈妈不得已放弃咖啡店的工作，为一户白人做饭，住在白人家的偏房里，几个孩子每天盯着白人餐桌上的饭菜流口水。那时候，"一个问题始终困扰着我。母亲不愿回答，我自己寻找答案"（37）："他们（白人）只是直头发、白皮肤，怎么（和我们）差别那么大？""后来终于明白黑人妇女之所以为白肤色女人干活，是因为白人女人都很懒，不会做饭。所以妈妈每天给他们家做三顿饭、打扫卫生"（37）。善于思考是她从小的习惯，她用天真的逻辑推导出白人与黑人间差别大的根源。

9 岁时起，穆迪就开始给白人老太太打扫门廊，每周挣 75 分和两加仑②牛奶补贴家用。后来发现老太太给的牛奶都是她家猫吃剩的，再加上干活的范围变得越来越大，她放弃了这份工作，又到科莱博先生家做事。有一次主人邀请她和他们一起吃饭，这是她第一次和白人在同一桌上用餐，她局促不安，很是紧张，还被夸赞能替妈妈分担。当她怀着感恩和喜悦享受这样的时刻时，母亲却认为"和白人之间有什么可说的，⋯⋯ 科莱博这样平等地待我是毁了我"

---

① 黑人自传中几乎都以火开始，《黑孩子》、《X 自传》、赫斯顿《路上的印痕》。都择火引导生命、生活的变故。

② 1 美制加仑=3.785 升。

（48）。她和母亲之间第一次对白人有了认知上的分歧。

穆迪擅长用细腻的语言描述小女孩的小心思、小心眼，生动明快，意象感极强。她母亲不喜欢县城里白人居多的教堂，经常去自己熟悉的乡下黑人教堂做礼拜。在懵懂和不情愿中她跟着母亲去了黑人教堂，并接受了洗礼。回忆起9月份在既寒冷又脏污的水池里被迫接受洗礼的情景，穆迪写道，"穿着白裙进去，蓝裙子出来。当听说白裙子象征纯洁，后者象征忠诚时，我只想跑掉"（75）。

艰苦的田间劳动让年幼的穆迪害怕放假。当母亲祈祷下雨时，她偷偷祈祷不要下，连"晚上做梦都梦见发大水，所有的山、树和棉花统统都冲走"（83）。她还会在晚上睡觉前祈祷家里的骡子死掉，这样第二天就不会去太阳底下暴晒。"第二天起来却发现，昨天连眼睛都睁不开的骡子竟然在院子里活蹦乱跳"（83）。每个人的童年里大概都藏着这样的小秘密，这种趣事逸闻经由作者简洁明快的语言勾勒，瞬间生成一幅幅似曾相识的连环画，使人在不自觉的回忆和回味中生出一些不自然的小羞愧。

穆迪的童年也有幸福时刻。在棉花地里干活收工回来，看到母亲做好放在树下的一桌子饭菜，祥和安乐的生活气氛烘托出了饭菜的味道："头几天我们吃的比之前任何时候都好。妈妈竭力为我们做好吃的。第一天她简直做的是一场盛宴。5只鸡，两大条面包，好多米饭和青豆，还有几个很大的椰子蛋糕。我们从田地里回来，远远就看见那棵小小的核桃树下摆满食物的野餐桌。"（88）简单得像速写式的语言，描画出了黄昏时家的氛围和味道，把童年里难得的天伦之乐，写得晶莹透彻，温暖四溢。

穆迪自我意识的初醒和稚嫩的梦想的生成，是在她意识到"种地对于母亲和雷蒙德而言，像发烧一样摆脱不了"（89）；意识到他们面朝黄土背朝天干完一季，到头来还不够给他们买衣服穿的窘境。"妈妈一心想把我培养成她那样的农夫，但我认定自己不适合种地，我想找机会过 Claiborne 家白人那样的生活"（90）。
这是她自我认定和自我意识的萌芽。显然，她想要的是改变，是
不同于母亲的未来，而非维持和传承。

　　上八年级时，穆迪被选为年级返校日皇后（homecoming
queen），这是她童年里又一次难得的幸福时刻。但没礼服穿，母
亲破例联系了父亲，惹得雷蒙德不高兴，母亲因此忐忑不安，但
她"决心不让任何人影响我，不顾一切地，独自幸福着自己几小
时的幸福"（107）。返校日的那次庆典活动，再次促发了她懵懂的
思想和自我意识。"乐队奏响歌曲'斯旺尼河'（Swanee River），
整个小城似乎都在歌唱。我却坐在彩车上，心里浮动起一种特别
奇怪的感觉。不知怎么的，我全身发冷，被一种突如其来的恐惧
感所笼罩。白人的脸上写着一些奇怪的渴望（向往），黑人的脸上
却满是忧伤。"在很远很远的斯旺尼河畔/我的心在旋转/那里住着
一群年老的人们。/不管我漂泊到哪里，到处是伤心和沉闷。/啊，
黑人兄弟，在远离家乡父老的地方，我的心是多么的疲倦不
堪……"这首歌触动了跟着乐队唱歌的大多数年长的白人，但也
有些东西让年长的黑人更伤心"（113）。这次返校日游行，注定
成为穆迪走向成熟的仪式，让她觉察到在这些年长的白人和黑人
之间，有某种年轻人没意识到或不理解的共鸣关系。仪式一结束
她就回到家，"内心却有种什么东西在涌动"（113）。那一刻她内
心涌动的正是她抗争的意识，是她依稀的懵懂的梦想，是对历史
性的种族矛盾问题的觉悟。12 岁的她，在别人的恣意狂欢中，
理性地梳理着自己不太丰腴的理想的羽翼，悄然成长。

　　小学毕业前夕，因档案出错她的名字从 Essie Mae 成了现在
的 Annie Moody。继父雷蒙德去了加州，期望挣大钱养家却失望
而归，毁灭了他们过上好日子的前景。穆迪的童年和小学阶段就
这样在昏暗中结束，但她的精神和灵魂世界却渐渐有了色彩。

三、高中阶段

13 岁，穆迪带着新名字、新觉悟、新意识，步入了前景更昏暗的高中阶段。这一阶段，黑人遭白人残杀、暴打和驱赶的事实教会了她思考、质疑和发问，而美国黑人民权运动兴起的契机之一爱默特·路易斯·提尔（Emmett Tills）谋杀案，是她认真思考密西西比州黑人生存状况的开始。

来自芝加哥 14 岁的男孩提尔来密西西比的亲戚家游玩，被怀疑向一位白人女性吹口哨而被白人杀害。这件事在穆迪的心里留下了不小的精神创伤。"之前我一直害怕饥饿、地狱和魔鬼，但现在多了一种新恐惧——肤色黑也会被白人杀害，且这成了我最大的恐惧。我知道有了吃的，我不再担心挨饿；也知道如果我做个好孩子，就不必害怕地狱和魔鬼。但我不知道该做什么或不做什么黑肤色的我才不会被人杀害"（132）。不动声色的描写，简单的文字，巧慧地把白人和地狱、魔鬼并置在一起，看不到激烈的字眼，却让"恐惧""愤恨"等情感色彩溢出了文本。

穆迪在吝啬的波克太太家，第一次听到 NAACP（全国有色人种协进会）这一与黑人有关的组织；从莱斯老师那里得知很多南方白人残杀黑人的事件，她意识到"自己是地球上最低等的动物，其他动物（比如猪、牛什么的）被人杀了至少还能上餐桌，而黑人被白人杀了则被丢弃在马路上或在河里飘着"（135）。那时候的她，能做的大概也只有醒悟后的愤恨了。"我 15 岁时开始憎恨他人。憎恨那些杀死了提尔的白人，憎恨所有该为我记忆中死去的无辜的黑人负责的白人。但我也恨黑人，我恨他们没有站起来对付这些谋杀者。事实上，相对于白人，我更恨那些让白人杀死自己的黑人"。也正是从这时候起，她开始觉得"黑人都是胆小鬼。我无法尊敬那些在白人面前点头哈腰低声下气，回家关上门却破口大骂白人不配做主子的黑人们"（136）。她疾恶如仇，憎恶分明，觉悟出种族矛盾的某些症结，慢慢地靠近问题的本质。

穆迪习惯用优美的语言写悲惨的事件，让悲情在语义的悖反之间徐徐释放。住在她家同一条街上的 Taplin 一家被白人纵火烧死了，她这样记录当时黑人们的表情，"我永远忘不了当时黑人脸上的表情，几乎清一色的无奈。僵硬伤心的脸看着灰烬里的烟气升起，直到灰飞烟灭，什么也不剩。那烟有些奇特，是我见到过的最浓最黑的烟"（143）。第二天大家都在谈论这件事，而亲历过这一事件的穆迪却不愿谈论，放学后她狂奔回家，心情沉重，"当晚，小镇上死寂一片，仿佛什么事都没发生过，夜晚太安静，安静得无法入睡，焦躁得不能做梦，干燥得哭不出声来"（145）。

穆迪还用戏谑的语气，描写黑人女性的悲剧命运，反讽白人女性的愚蠢和虚伪。按照当地不成文的规定，年轻的白人夫妇一般只雇佣老年人做保姆，除非家里孩子多。"按理说黑人少女更理想，但年轻夫妇不敢雇佣，年轻的妻子不敢把忠诚听话的丈夫和黑人女孩单独留在家里，总担心女孩会在自己不在家时诱惑自己的丈夫，却从来没想过相反的结果"。可"我从来没有听说过黑人男人和白人女性之间有什么瓜葛，他们没有走近她们的途径，我们镇上几乎每个白人男子都有个黑人情人，或在他们的厨房，或在给他们看孩子"（139）。

穆迪丝毫不隐讳乡间黑人的鼠目寸光和部分黑人的无知、麻木、猥琐和胆怯。从新奥尔良打工回来，她听说 Rosetta 一家被白人赶走了，而黑人只敢偷偷地议论。她质疑："人们说话时怎么了？人们这是怎么了？黑人被白人杀死、痛打、赶出城，黑人却连谈论都不敢"（154）。

一名从北方回来的 NAACP 成员 Samuel O'Quinn 准备组织黑人集会而被黑人出卖，在回家的路上被枪杀，"双管枪近距离从背部穿过，在胸前留下拳头大的洞"（202）。这件事让她成了一个彻底的独行者（a real loner），大部分时间泡在学校、工作地和教堂，一放学就把自己关在房间，不和任何人交往。她"恨自己和周围的每一个黑人为什么不能阻止这样的事情发生，并幻想用自己存的钱买一把枪，看见街上的白人就扣扳机，以解心头之恨"（203）。这一时段，她经常失眠，白天用忙碌麻痹自己，迫使自己忘记这些困惑，并暗自下决心高中毕业后永远离开家乡 Centreville。

必须要提的是，高中阶段的穆迪学习很努力，每门功课都是 A，是学校篮球队的主力，是教会唱诗班的成员，还同时打几份工，一周可收入 15—20 美元。她还花时间练钢琴、杂技和体操。然而，青春年少、漂亮成了她的烦恼和危险。上街会引起白人男子的不怀好意的关注，学校唯一的男老师对她一直有着超乎师生情的喜欢，继父雷蒙德在暗中对她不怀好意。于是，她搬到了父亲家，转了学。高中毕业典礼的礼堂里，她看到了几月不见苍老了不少的母亲，意识到自己的自私，"一直以来只觉得自己受到了伤害，没想过妈妈也是有感情的"（231）。穆迪在全方位地成长，反思自己的无助和不足，同情黑人的惨痛命运，并幻想和期待一个有所作为的大学时光。

四、大学时光

穆迪满怀期待步入大学校园，把逐渐苏醒的自我意识和反抗意识化作行动，使大学成了她参加社会活动和民主运动的实习基地。

19 岁时穆迪在密西西比州的 Nachez 大学学篮球专业，那里逼仄的学校布局、寒碜简陋的设施，乏味单一的食堂饭菜，还有像犯人一样被监管的大学生活模式，大部分同学懒散、随性的生活状态，都让她感到失望和沮丧。

大学二年级，穆迪成功组织了一次联合抵制学校餐厅的活动。这是穆迪第一次组织群体抵制部门体制的经历。当时是学校食堂的饭里吃出了蛆虫，她鼓励全体同学抵制食堂饭菜，还拿出

自己积攒的 90 元给大家买吃的。斗争最终有了成效，尽管厨师没
被赶走，但食堂卫生得到了改观。第二学年结束，她以平均分最
高的好成绩，被校长推荐参加黑人大学陶格鲁学院（Tougaloo
College）全额奖学金的面试，获得成功。

　　她义无反顾地加入陶格鲁学院的 NAACP，参加了两次大游
行。她还加入了 SNCC（学生统一行动委员会），在三角洲地带宣
传鼓励那里的黑人进行选举登记活动时，被在那里的工作者的无
私贡献所感染，第一次看到"世上竟有这么心甘情愿地、坚定地
帮助他人的人"（274）。这一时期，她的工作进展得并不顺利，她
和同学经常被白人警察监视、追捕。

　　大学毕业前夕发生的一次随性事件，让穆迪的抗争意识彻底
觉醒。在和同学去购物的路上，穆迪临时起意，来到了专门供白
人使用的火车站和公交车站等车，从而引起一场骚乱，被一些白
人围攻，警察还差点动用了武力，最后她们被一位黑人官员解救。
但就在那个夏天，她"发现自己变了。平生第一次意识到面对白
人对黑人的滥杀、殴打和虐待，我们能做些什么。我知道自己终
将会成为其中的一部分，不管是什么"（276）。之前，她只是想不
明白为什么黑白之间会有这样的不平等，为什么黑人只是因为肤
色的不同而受白人欺侮和杀害，这次活动让她找到了抗争的方法
和愿景，她的反抗意识就此彻底觉醒。

五、参与运动阶段

　　这一阶段，是穆迪用详细到日期甚至小时的精确记忆，记录
自己参加美国民权运动亦步亦趋的斗争活动。作为家乡
Centreville 镇第一位公开参加示威活动、第一位和 NAACP 一起
并肩战斗的人，二十二三岁的穆迪，仿佛应着不可遏制的灵魂呼
唤，走进最迂腐愚昧的黑人同胞中间，走近民族压迫最猖獗的密
西西比，走进最危险的 Madison 小镇，为争取基层的黑人选举权

进行宣传。她们最少时 6 人，最多时也只有 9 人。她以强劲的生命力，以星火燎原的信念，一步步推动着心中的梦想。

1963 年 2 月，穆迪不顾母亲的苦苦哀求和劝告，毅然决定参加了 NAACP 大会。然而，她由于直接投入校园活动，导致自己在春季毕业时没能按时修够学分，无法毕业。尽管大四那年，家里没再给过她一分钱，但她靠自己在饭店挣的钱维持生活，虽然每天挨饿，"不过这些都不再重要，我在自身之外找到了生命的意义"（286）。

受校园 NAACP 的负责人之一社会科学教授 John Salter 指派，她去镇上一家餐馆的午餐区域静坐，一群白人学生涌入餐馆，包围了穆迪四人并引起肢体冲撞，她们被拳打脚踢。冲突持续了将近 3 个小时，直到被赶来的大学校长解救。当穆迪被护送出餐馆时，她方才发现"90 多个白人警官站在店面外面，透过玻璃窗看到了整件事情的发生，却没有一个人上来制止"。这个经历使穆迪意识到"密西西比的白人病得有多深"，并且"这种病症，这种无药可治的病症助长了他们的恶毒，他们甚至会以杀戮来维持南方种族隔离的生活方式"（290），而只有"这些刚刚有了反抗意识的黑人学生，这些年轻的实践者可以治愈这种病"，而且"等他们长大了，一定会成为世界上最好的社会问题医生"（291）。这样，穆迪从参与运动的年轻黑人学生身上，看到了未来和希望。

随后穆迪因示威活动第一次被捕入狱，同时被捕的还有 400 多名中学生。看到这么多名中学生在教堂集结准备向监狱进发，沿途被警察野蛮地拦截疏散，大量学生被捕，她意识到这场面更像是纳粹德国的野蛮行为。

在民权人士麦格·艾弗森（Medgar Evers）和总统肯尼迪遇刺之后，穆迪主动前往当地的杰克逊州立大学，组织那里的学生游行，帮忙制定游行口号，带头走向街头和警察对峙，再次被关押。在艾弗森的葬礼上，她第一次看到成千上万的黑人聚集在神

庙前，意识到死者生命的意义："是他的死把这些黑人聚拢起来，加强了黑人间的团结，如果是这样，他就没有白死。"（306）

1963 年 7 月，CORE（种族平等协会）在密西西比的 Canton 设立了一个办公室，穆迪开始在 Madison 县开展选民登记宣传动员活动。她搞清了这里黑人的人数是白人的 3 倍，且拥有将近一半的土地，但却穷困潦倒的缘由，"这里以种植棉花为主，每年回收棉花的数量由政府决定，再由各州把数额分配下去，白人自然有优势，黑人剩下的数额非常有限。因而是联邦政府直接或间接导致了南方的种族隔离、种族歧视和贫穷"（313）。

由于当地黑人缺少热情和同情心，穆迪的工作进行得并不顺利，一度曾只有 6 人艰难地撑着，为了躲避白人警察的威胁恐吓，她们晚上有时不得不藏在后院的草丛中过夜。她们时常资金来源短缺，有时几天吃不上饭，但始终没有中断在黑人教堂的宣传工作。

穆迪的思想在残酷的现实和血淋淋的事实中走向成熟。她怀疑起从前相信过的一切，"我们一定还有别的办法，否则我们眼下所遭遇的一切将永远不会终结"（349）。她开始挑战权威，在雷霆般的语言表述里，藏着坚定和勃勃的生命力。

在 1963 年 8 月 28 日历史上那次盛况空前的华盛顿大游行中，她发现"我们拥有的不是领导者，而是"做梦人"（Dreamers）。当马丁·路德·金一直在"喋喋不休地"谈论他的梦想时，她说自己"坐在那里，想到在 Canton，我们根本连睡觉的时间都没有，何谈做梦"（335）。她还质疑马丁·路德·金的非暴力运动主张，"如果金博士认定非暴力运动真能像在印度一样在南方起作用，那他一定是疯了"（348）。

穆迪 23 岁生日那天，得知伯明翰主日学校遭白人炸弹袭击，死伤了不少学生。事实上，自从她参加民权运动以来，亲眼见证南部白人对黑人的杀戮、盗窃、通奸行为却没受到过任何惩处，而热爱和平的、有宗教信仰的南部黑人却卑躬屈膝地活着，忍受磨难。她开始质疑全能的上帝，宣告"从今以后，我是我自己的上帝。我将按我自己的规则行事。我将抛弃一切与你有关的信条。然后成为你。做我自己的上帝，按照我认为合适的方式生活。……如果你觉得我亵渎了你，那请现在就拿走我的命，或许那是我们每一个人的归宿，或许我将不再如此受折磨"（347）。这是一个怎样的姑娘，坚守在自由之屋做宣传，时常食不果腹，晚上受警察、警犬、警笛骚扰无法入睡，白天遭白人民众憎恶，且得不到家人和当地黑人的同情和理解，但她却能够质疑上帝的能力、公平、博爱，做自己的上帝！是什么样的精神力量、什么样的社会环境给了她这么大的勇气，是谁推她到上帝的高度？除了由正义和爱生发出的生命力，便是她自己赋予自己的一种历史的、民族的、人类的使命感和责任感！

诚然，穆迪想要做自己的上帝，但她不是上帝。她有担忧、犹豫、迷惘、恐惧，而正是这些让这部自传达到了事实和叙事的真实。

看到自己的图像上了 3K 党的黑名单，和大多数已经死于非命的黑人的名字排在一起，穆迪意识到自己危险的处境。选举日过后，她还了解到密西西比的 40 万黑人中只有 8 万人投了票，而"要想完成 40 万的任务，大概需要一生去努力"（376），所以她的决心动摇了，想要离开那里，但"不确定我是否永远离开，一想到这个问题我想发疯。我受够了日日看到人们受苦受难、衣不蔽体、忍饥挨饿，而且这样的日子还看不到头，或者至少选举投票权似乎不是解决问题的办法"（376）。然而，当她坐在车站的白人区，碰到之前一起静坐的一位白人工作者时，她明白自己永远不会真正远离这场运动。看到眼前的挫败，觉悟到未来的艰难，那一刻她决心把争取权益和为自由抗争看成她一生的事业。

1963 年 11 月 22 日，肯尼迪总统在得克萨斯州达拉斯被暗杀，黑人获得自由的希望破灭，白人无动于衷，黑人却痛苦万分。她下定决心留在新奥尔良，周末为种族平等联盟（CORE）的选举登记活动工作。1964 年的 4 月，"草地泛绿，树在发芽，郁郁葱葱，人人兴高采烈"，而她"讨厌看到人们如此满足，尤其是黑人。每当看到一个个笑脸我都会很气愤。全新奥尔良的人的脸上似乎都挂着笑，除了我"（397）。因为她知道"自己想要回到密西西比，那里的黑人不是总在笑，他们像我一样，了解作为黑人每天需要付出的代价"。

5 月的第二周，她回到陶格鲁大学参加毕业典礼领取文凭，得知当地有个国家项目——密西西比暑期项目，赞助方是联合组织委员会（COFO）。他们发起了争取投票权运动①，旨在鼓励优秀的黑人注册选举而需要成千的大学生参与。

1964 年 5 月 29 日，半年之后她再次回到密西西比州的 Canton 为联合组织委员会工作。当看到几百个成年人从教堂走出来上街

---

① 1964 年，美国南方 500 万达到选举年龄的黑人中只有 200 万人登记投票。近一个世纪前通过的宪法修正案第 15 条已保证了投票权，但华盛顿却让各州自行决定投票的资格。在南方，各州制订了复杂但有效的措施，剥夺黑人的投票权。7 个州设置了文化考试，如果黑人在投票登记表上拼错了一个字，注册处可以拒绝发给他们选票。5 个州征收了"人头税"，这就有效地剥夺了贫穷黑人和白人的选举权。
　　密西西比州在设计种种剥夺黑人权利的方法方面显得尤为"聪明"。1955 年，州议会取消了允许黑人在当地选区登记的分散登记做法，黑人往往必须长途跋涉，到县法院去登记。那些在 1955 年以前登记过的少数黑人也不得不根据新规则而"重新注册"。州里制订了更难的"理解测试"来代替文化考试，"理解测试"往往要求黑人申请者回答与州里一些模糊不清的规定有关的问题。密西西比州两美元的人头税，在南方也是最高的。1964 年，学生非暴力行动协调委员会在只有 5%的黑人登记投票的密西西比州组织了一场争取投票权的运动。
　　南方的大多数民权组织都将总部设在了亚特兰大，然后派遣志愿者到各个城市地区活动。组织者摩西意识到许多最贫穷的黑人居住在农村地区，需要在那里组织民权运动，所以他在密西西比州的麦库姆设立了一个办公室。在联合组织委员会（COFO）这一伞式组织之下，学生非暴力行动协调委员会（SNCC）与种族平等大会（CORE）和全国有色人种促进会（NAACP）协同发起了争取投票权运动。学生非暴力行动协调委员会的工作人员一再遭到殴打和谋杀，他们争取黑人投票权的努力在吸引白宫或是美国媒体的关注方面同样成效甚微。在两年时间里，学生非暴力行动协调委员会在密西西比州的黑人投票登记名单上只增加了 4000 人。

游行，教堂里聚集的几百名学生热情高涨地唱着自由之歌时，她从游行的人群和中学生的身上，欣喜地感受到了黑人未来的曙光。

然而当地黑人中的首富、被他们争取来参加民权运动的 CO Chinn 先生的太太的一句话警醒了她，"我们自己没有那么大的力量来做这一切"（we aren't big enough to do it by ourselves）（422）"，这让她再度陷入了深思。在空荡荡的街上，看到曾经连白人也礼让三分的 Chinn 先生如今戴着手铐在挖隧道，想到那么多黑人依然无辜地受着摧残，她觉得"整个密西西比向我关上了门。我必须走出去让世人知道这里发生的一切"（422）。前景渺茫，道路曲折，但她仍然没有放弃，她跟随民权运动者一起踏上了前往华盛顿的征程，探索通往未来的道路。一路听着"车上的人在高歌'我们会赢，我们会赢，我们将来一定会赢'"，穆迪却独自思考，"想知道答案，真想知道答案"。

六、结语

那么，安妮·穆迪的答案是什么，在哪里？——半个多世纪过去了，美国社会的痼疾——种族问题依然像个魔鬼的影子，徘徊在美国社会的各个角落。而穆迪和她的"小伙伴们"用青春换来的民主进步，用生命赌来的民权意识，当下是否得到珍惜、传承和发扬？美国黑人被无辜枪杀的事件还屡屡发生，黑人仍在抗争，这是黑人的悲剧，是人类文明斗争的失败，还是人性的恶之花仍在繁衍？不得而知，唯一肯定的是，1964 年 6 月的那一天，穆迪带着迷茫和疑虑，走向了一个复杂的、未知的、不确定的未来。而她瘦弱的身体里，一定住着一个伟大的灵魂！

这是一本充满生命活力、青春活力的自传。

第三节　玛雅·安吉洛自传《我知道笼中的鸟儿为何歌唱》

一、引言

玛雅·安吉洛（Maya Angelou，1928—2014）无疑是美国黑人作家中的佼佼者，她的六部自传作品也无可辩驳地独占黑人作家自传作品之鳌头。《我知道笼中的鸟儿为何歌唱》（*I Know Why the Caged Bird Sings*，1969）是作者的首部自传，既是一种历史记忆的书写，也是一部创伤记忆的表征，"一个非同寻常的自传故事，……毋庸置疑地成为我们这个时代或者任何时代鲜活的回忆录""每一页上都充满了智慧和感情"（欧普拉，*Praise for "I Know Why the Caged Bird Sings"*），"不只是有力度的语言和孩子受虐的故事，更是勇气、尊严和 30 年代乡村人的忍耐力"（《新闻周刊》）。文本中生动传神的细节描写、雅俗共赏的语言、洒脱的白描、不羁的修辞，共同凝练成诗性的节奏，释放出潜藏在作者心中的意象，把她身边的一切都卷入了诗境，而作者的自我形象也在这些滔滔不绝的语词里影显出来，把传记文学的表现空间拓展出崭新的高度和宽度。

安吉洛把这部自传题献给她的儿子和"所有长着黑色羽毛的鸟，坚强，心怀希望，不畏艰难，也不畏神明，唱着自己的歌"。其实这群"长着黑色羽毛的鸟"的特质正是对她自己生命的高度概括。她在文本里生存，在文本里解说，在文本里放声高歌。

二、唱什么歌？

T. S.艾略特曾在他的诗中写道，"我走过的每一盏街灯/敲响了命运的鼓点"，而敲响安吉洛 16 年生命鼓点的，不仅有她周边的人，还有南方的小镇，小镇里的教堂，奶奶家的商店，4次横跨美国东西的行程，从墨西哥回加州的山路，洛杉矶的废品处理厂……

　　本自传记述的是安吉洛 16 岁之前的生活及其心智、意识、人格的形成过程。作者表达自己的成长，从来不以具体年代或者自己的年龄为起点。叙事过程中常常用"有一天"开始，记录 16 年中最重要、最具特色、最有影响力的生命节点，进而将其串成一条流动着的生命之河，活跃、明晰、鲜亮、真切。而大多时间刻度就像不经意间从笔端滑落下来的，随意而自然。"而对于我一个 13 岁的黑人女孩、一个深受南方黑人生活方式影响的孩子来说"（212）[①]，"我 14 岁时拿到了第一笔奖学金"（217），"贝利 16 岁，照他的年龄身材属于偏瘦小的那种"（257），"我 15 岁了，生活已无可辩驳地教会我这个道理"（249）……，强烈的故事性就这样在文本中凸显出来，从而避免了记录生命节点的老套和刻板。

　　3 岁时父母离异，她和 4 岁的哥哥被父亲"邮寄"到南方由奶奶抚养。5 岁的她能流利地背乘法口诀，有了自己的逻辑，"相信如果你能自愿面对危险，那么你就可以战胜它，而且在未来的日子里不再惧怕"（10）。7 岁那年的圣诞节，爸妈寄来的礼物"打开了一扇门，指向了那个我们回避许久的问题，'他们为什么把我们送走，莫非我们做错了什么？什么错误严重到他们一定要离开我们？…… 为什么在我们三四岁的时候竟忍心给我们贴个标签儿托付给一个素不相识的列车员？又怎么忍心在我们那么小的时候就让我们独自横越美国大陆？'"（52-53）那时的她，显然打不开自己的心结，于是把洋娃娃撕得稀烂。

　　8 岁时她跟母亲在加州生活，被母亲的男友弗里曼强奸。作者带着一种"意识的反应机制或应对机制"（赵静蓉，2015：92）

---

① 本节凡引自《我知道笼中的鸟儿为何歌唱》皆只标明页码。

和强大的责任感，毫无避讳地描述了自己被强暴的过程，以及怕哥哥和母亲受牵连而不敢告诉大人的心理活动，"孩子对暴行的容忍，是因为身体还可以承受，但这并不意味着道德可以允许施暴者那样做"（78）。"创伤记忆引发主体在认知、情感及价值判断方面的相对反应"（赵静蓉，2015：91），安吉洛的勇气转换成了为受创伤者代言的爱和善，让"恶之花"里结出有益的果。弗里曼被判刑，后被人踢死在路边，而她认为是因为自己在法庭上说了谎，"于是我咬紧牙关，把罪恶关在里面，因为它一旦释放，我想真可能淹没整个世界和世界上所有无辜的人"（86-87）。于是她关上了心灵的窗门，走进了自己的内心，变得抑郁，不再说话，再次被送回斯坦普斯的奶奶家。

9 岁时，她遇到了生命中的"贵人"。黑人区里像英国小说中贵妇一样的弗劳尔斯太太，帮助她走出了创伤的阴影，她尝试在文学的天地里观察、了解现实的世界。10 岁时在一个白人的厨房学做"淑女"，在那里她体会了姓名被白人简化而漠视的"黑人名姓之殇"。后来听到奶奶当着一个白人小女孩的面自称安妮，好像并无姓氏一样，让她倍感屈辱。

11 岁时的那次牙痛，差点要了她的命。她"虔诚地祈祷，希望上帝让整个房子塌下来，砸在我的左脸上，甚至真的动了跳井的念头"（185）。"疼痛就是我的世界，它像一个光环罩着我，照亮了我身旁三尺之地"（186），但她却努力在白人面前守卫着尊严，"到了白人区，必须停止呻吟，身体挺起来走路，缠在头上、包住下巴的白毛巾，也要整理好。就算要死，也要在白人区死得体面"（186）。白人医生那句"宁可把手伸进狗嘴里也不给黑鬼看牙"（191），让她把奶奶想象成一个超人，对着白人牙医骂"你这个无赖，根本一文不值，我才不会费力杀你这种人"（191）。

小学毕业典礼上，"笼中的鸟儿"放声歌唱，她的心智在快速成长。典礼气氛最沉闷时，亨利·里德在"生存还是毁灭"的演讲后，突然带领大家唱起了黑人的国歌："人人引吭高歌，直至天地与之共和出自由的交响……"（183）她激动得浑身发抖，"歌声在空中回荡，多少人脸上流淌着泪水，却没有人将它拭去"（184）。散文诗般的语言，流泻出那一刻的真情实感。"我们又一次赢了，像曾经千百遍经历过的一样，我们又一次幸存下来，虽曾沉入冰冷黑暗的深渊，但我们的灵魂现在又一次沐浴在明朗的阳光之下。我不再只是骄傲的1940届毕业班的一员，还是伟大而美丽的黑人种族的一部分，我为此而自豪"（184）。"啊！有名无名的黑人诗人，你们可知多少次你们痛苦的呐喊支撑了我们？多少孤独的黑夜因为你们的歌曲而不再孤独，多少饥饿的眼睛因为你们的故事而不再悲伤"，但"我们只是不喜好彰显内心秘密的民族，长久的奴隶生活让我们变得不愿张扬，无论如何正是因为与诗人的作品血脉相连，我们才能历劫重生。这样说或许也足够了吧"（184）。激情在叙事中澎湃，民族的自豪感从文字里迸发。历史的昏暗褪去，希望在不远处熠熠发光，作者自愿承担起沉重的民族责任。那一刻，她不再是圈在笼子里的鸟儿，而是冲出笼子的一头狮子，向着苍穹、向着未来怒吼！最后这一句"这样说或许也足够了吧"的反问，是她内心情感一泻千里的坦然和舒展。

12岁时，奶奶带她和哥哥再次去加州。第二年第二次世界大战爆发，那一时期"集体性的不安气氛，生活的飘忽不定和新移民的拘谨小心，反而催生了我的归属感……生平第一次感到自己属于某个地方"。但她认同的是那个时代和那座城市，因为是"恐惧加剧了我的归属感"（211）。

14岁时安吉洛拿到了第一笔奖学金，15岁时在加州劳工学校选修了可以"征服空间"（218）的舞蹈和戏剧。回忆起这一时期，她满怀感激和满足，"我所拥有和忠诚的一切都奇异地成对儿出现：妈妈与她的庄重果断；弗劳尔斯太太和她的书籍；贝利和他的兄妹情；妈妈与她的欢乐；柯温小姐与她的学识；晚间课程里的戏剧和舞蹈"（217）。

墨西哥之行，让她认识了爸爸，更认识了自己。"爸爸从来都不属于斯坦普斯，更不属于节奏缓慢、思想陈旧的约翰逊家族。一个生来就志向高远的人，却栖身于棉田、农场，这是多么令人唏嘘的宿命"（233）。爸爸宿醉后，从未开过车的她开着车子行在墨西哥峻峭的山路上，"我，玛格丽特，独自对抗着自然的伟力。我急速转动着方向盘，脚踩着油门。那一刻，我主宰着墨西哥，主宰着权威、孤独，主宰着涉世之初的青葱岁月，还有贝利·约翰逊，我主宰着死亡、危险乃至地心引力"（238），"骄傲自豪而不可一世，我制服了野马般的汽车，跨越了险恶大山的英雄"（241）。14岁的小女孩玛雅，浑身散发着恢弘的气势和精神力量。她强大的控制欲，强悍的自我意识在字里行间迸发。

和爸爸的女友从争吵到大打出手，她的腰间被刺伤，被爸爸带去朋友家包扎伤口。第二天她离开那里，"自由了，便开始思考未来"（250）。她在废品处理厂的废旧汽车里过了一夜，和一群没有歧视的流浪孩子共同生活了1个月。"学会了开车、骂街和跳舞，思维方式也发生了巨变，原来的不安全感没有了，一群无家可归的孩子让我领会到人类间的手足之情。我们之间从不互相指责，无疑给我的人生定下某种宽裕的基调"（254）。

15岁注定是不平常的一年。安吉洛决心挑战常规，成为一名"穿蓝色哔叽套装""神气十足"的黑人有轨电车司机。应聘售票员时她被前台的傲慢态度惹怒，发誓"我会得到那份工作，我要做一名售票员，挎一个用我的皮带改成的鼓鼓囊囊的零钱袋，我说到做到"（268）。这段话成了她的宣言书，她开始创造人生中的第一个不可能。她把自己与办公室人员的斗智斗勇，视为"不再仅仅与市场街有轨电车公司之间矛盾，而是与容纳公司办公室、电梯及管理员的那座大楼里的大理石大厅之间的冲突"（268）。而她铿锵的意志、勇气、胆识和决心，与大理石大厅相碰撞，胜出的是勇者！她成为旧金山电车上第一位黑人职员，整个一学期她在电车上享受着自己的胜利，实践着、实现着自我。

同年，安吉洛读到一本有关女同性恋的书《寂寞之井》，开始怀疑自己说话声音低沉、胸部尚未发育等现象，因担心自己的性取向而主动诱惑一位年轻人，本想寻找"为草原月色打动的那种情感"，结果 3 个月后却发现自己怀孕了，"世界已经终结，……独自一人在梦中窒息"（284）。

高中毕业时，她已经怀孕 6 个月。母亲和继父对她关心体贴有加，她顺利产下一子，"爱和感激在心中交织在一起，已有的幸福感和天生的母性相伴而生"（288）。

小镇乡情

阿肯色州的斯坦普斯小镇，是作者先后生活了不到 8 年的地方，但却聚拢着她的文化乡愁。那里乡邻豁达，家人仁善。既是她疗愈身体、滋养精神的天堂，也是她人格成长、自我意识觉醒、历练自尊的地方。安吉洛几乎是带着一种"审美历史学"的情怀，来回忆小镇"幽静的小路，孤寂的茅草屋"（89），还有"周六晚上，妈妈们叫回了自己的孩子，吵闹声渐行渐远，只剩下些回响在空中漂浮，飘进店里"（112）。而小镇人的宽容，狂欢广场式的教堂，奶奶经营了 25 年、上演着一幕幕人生桥段的商店，都是影响过她生命泉流的道场。

斯坦普斯的人是美国最保守的人群之一。他们"始终心满意足，因为不相信有什么不好的事情发生。……他们选择接受生活的种种不公"（93）。保守来自于惨痛的历史和生活阅历，"南方的黑人妇女在抚养子女和兄弟的孩子时，心其实一直像悬在高空的吊索上，她们喜欢一成不变，因为日常的规律一旦被打破，对她们来说可能就意味着难以承受的不幸即将到来"（114）。

他们笃信上帝，且基于上帝的博爱而活得乐观。他们常常带着满身疲惫和希冀参加一年一度的培灵会。他们相信，"在现世辛苦操劳，幸福的家园就在遥远的'不久'等待着他们"（129）让作者"怒其不幸"，觉得"我们黑人是一个自虐的种族，不是命运让我们过最穷苦的生活，而是我们希望生活就是这个样子"（121）。

黑人区里像英国小说中贵妇一样的弗劳尔斯太太，是"我一生中为人处世的标杆"，"她的家就是我想象中的圣地"（95），不仅有曲奇饼干、柠檬汁和冰淇淋，还有救赎了作者意志和心灵的精神食粮。弗劳尔斯太太不仅举止优雅、特立独行，还会说"语言是人和同伴交流的方式，也是人与低等生物的唯一区别""言辞不仅仅是落在纸上的那些符号，人类的声音赋予其更深层的意义"（99），也会说"虽然我们不能容忍无知，但却要理解没文化的人。……有些人没有机会上学，但他们的学识和智慧远胜大学里的教授。她鼓励我倾听乡下人所谓的'老话'，因为那些朴实的说法里蕴含着一代代人的集体智慧"（100）。正因为弗劳尔斯太太的存在，作者开始"为自己的黑人身份感到骄傲"。

奶奶家的商店

奶奶家的商店是安吉洛成长的舞台。那里清晨"空旷、冷清"得"像来自陌生人的礼物"；夏日的午后，"慵懒"是它的气息；夜幕降临，无数人进进出出；晚上归于平静，而"神奇的清晨，又开始召唤着我们，如一股生命之泉咕咕涌入每个家人的心里"（16）。有时候，商店里还聚拢着一群时而"欢声笑语"，时而"抱怨连天"的贫困的采棉工。暴风雨来临前的晚上，奶奶会早早地关上店门，"夜色下温暖柔和的煤油灯"（9），"厨房里的炖锅在噗噗地冒着气。熟悉的声音和味道，萦绕在周围，我靠着这点慰藉，走进《简·爱》中英国绅士那冷冰冰的英国大房子。叔叔威利在专心致志地读着历书，……而我哥哥则早已乘着小木筏在密西西比河上远行了"（153-154）。凝练的语言，满屋的爱和温暖，共同组成了乡间那一段安宁、舒适、静好的时段。

小镇的教堂

　　小镇的教堂是安吉洛省察生命、观察人性百态的地方。美国黑人特殊的历史和苍苍茫茫的生存路，使得抬头盼望神祇是他们惯常的期望。但在本自传中，作者却把小镇上的一次教堂活动，描写成了众人的狂欢。梦萝小姐大闹教堂一事，显然是舞台剧的高潮部分。"把那事说出来！""她抓住牧师的上衣袖子和后摆，把他拽得东倒西歪。……泰勒牧师一直没有停止布道……领座员一路飞奔过去营救牧师。……牧师在继续布道，每一次梦萝被拉开，他都会深吸一口气，接上下面的句子，但梦萝马上又会重新抓住他，并且抓得更牢。……他一边布道，一边跳来跳去的闪躲。……混乱如瘟疫一般散播到人群之中。……杰克逊忽然向后一仰，发出大树倒地的那种吼叫。……牧师一惊之下，躲到一边，然后上前一拳打在了杰克逊执事身上。……威尔逊姊妹抓住了牧师的领带，在手上缠了几圈，猛地向下拽。——3个人一起摔到布道台后，在教堂里，就看到他们6条腿向上竖着，好像一堆引火柴"（40）。……牧师的"后脑被梦萝猛击了一下。牧师想大叫，嘴还没有合拢又挨了一下。……假牙从嘴里飞了出来。……我笑得滑到了地板上。又哭又叫，放屁撒尿，……"（43）。庄严肃穆的教堂里，时断时续的布道声、嘶喊声、喧闹声、惊叹声、制止声、笑声、哭声、叫声、骂声等共鸣交响，悲鸣、哀怨、惶恐、愤怒、欢快、激动、兴奋等情绪对撞杂陈……那一刻，五官不足以收纳繁芜的气氛，六感不足以体悟冗杂的情绪，就剩下声嘶力竭和"死亡"了！

当然，小镇人的宗教情怀，有着深厚的历史渊源，除了狂欢化的抒写，作者还有自己的担忧。"一个过去和未来时刻面临灭绝的种族，能够活下来，他们无不认为是借助神的力量"（120）。"他们沉浸在穷人的正直和被压迫者的孤傲之中。就让白人拥有金钱、权利、对黑人的隔离和嘲讽、大房子、学校、地毯般的草坪，还有书籍吧，最多——最多再让他们拥有白色的皮肤。而此时短暂的逆来顺受、地位卑微、遭人唾弃、受人虐待，总比永世在地狱的烈火中煎熬要好"（132）。穷苦的黑人在现实中找不着出路，于是抬头仰望上苍，在对神的信仰中寻求慰藉。作者担心，"他们只不过是穷鬼、饿汉、被鄙视、受压迫的罪人，而外面的世界在照常运转"，他们距离自己的祈望，"还有多久，还有多久"？（132）

家乡的饭菜

家乡的饭菜是小镇留在安吉洛生命年轮里的味道。美食是孩童时记忆中的亮色，嘴馋是孩童的名片，除非谁没有过童年。人无论行多久、走多远，最难忘的情感最终都将潜藏在味蕾里，积淀成日后反复回味的乡愁。安吉洛动用了不少笔墨，写小时候的嘴馋和小镇美食，让文本不时漂浮出一股股饭菜的香味。

小时候的作者在奶奶家的商店帮忙卖货，她用不吃巧克力惩罚自己。菠萝罐头是她的最爱，但从不动货架上菠萝罐头的念想。每次节日前夕分到一片菠萝蛋糕，她"总能把这片小东西吃上好几个小时——小心地顺着菠萝的纹理撕下一小条，放进嘴里吃的一点不剩，只有指尖还留着菠萝的余香"（16）。奶奶周日准备的丰盛早餐，读来让人垂涎："煎得外焦里嫩的自制火腿，油泼番茄片，双面煎蛋，炸土豆和洋葱，玉米粥和炸得又香又脆的小鲈鱼……还有猫头饼。"（37）高贵而亲切的弗劳尔斯太太的甜饼，曾让她"一下子把手中的脆饼舔到嘴里，粗大的碎块儿磨着我的舌头、牙齿和两腮，永远也不要把它们吞下去，是当时的我能想到的最大的美梦"（99）。

作者对托马斯牧师"罪行"不可饶恕的原因，就是他"每次周六晚餐时，总是毫不客气地吃掉盘子里最大、最焦黄、最美味的烧鸡块"（35），"吃光我们的剩饭"。还有他做的"冗长无比而令人抓狂"的餐前祷告：

> 声音像宇宙一样无止境地蔓延开来，我开始走神。……星期天最值得期待的美味，已经完全不成样子。但托马斯牧师还在继续向上帝念叨个没完。……番茄片上的油已经变冷发白，大盘子里的鸡蛋饼也皱了起来，摊在盘子中间就像一个在寒风中瑟瑟发抖的小孩。我们喜欢的猫头饼已没了热气的支撑塌陷下去，如一个满身横肉的女人坐在安乐椅上，敦实而没有活力，但牧师还在继续。当他最后停下来时，我们已完全没了胃口。……而他口中发出的咀嚼声证明这冷饭倒是很对他的口味儿（38）。

这段生动的描述灌注着生活、生命的气息，把小孩子的嘴馋和渴望、着急、失望的心思和神态，以及由此产生的对牧师的怨怼，写得栩栩如生，真切灵动。

亲情

亲情构成了安吉洛成长的精神背景。作者以不同方式传达身边人爱的哺育和滋养。哥哥贝利是她心目中的英雄，是"最重要的人"，是她的"信仰"（23）。3个舅舅尽管经常打架，人见人怕，但他们之间的关系非常亲密，"和妈妈一样，他们都极为孝顺"（67），从他们那里她学会了对家庭的忠诚（62）。

奶奶是作者歌声里的主角。作为斯坦普斯唯一一位被冠以"夫人"称谓的黑人妇女，是"力量和权威"的象征。奶奶认为自己是"现实主义者",提醒家人"与白人说话是一件有生命危险的事,在任何情况下绝不要对白人无理"(47)。"不得肮脏,不得粗鲁""清洁近于神圣""肮脏是痛苦之源"(28)是奶奶给她的训诫。奶奶经常说"不懂礼貌的孩子,上帝都不喜欢,也是父母的耻辱,会给家庭和家族带来灭顶之灾"(28),有时奶奶也用沉默表达情感。作者晚上和奶奶一起外出找哥哥,在漆黑的路上"她什么也没说,没说'别担心',也没说'别害怕',粗糙的大手轻轻一握,我即刻就感到她无穷的关心和呵护"(115)。从奶奶那里,安吉洛见证了什么是忍耐、宽容和大爱。

对于母亲,安吉洛既排斥又想靠近,敬佩中有戏谑,不满里有无奈。母亲在酒吧唱歌、跳舞,坦率真诚,无所畏惧。她美得"如出浴的天使",生活的唯一目的就是"好好用她聪明的头脑供养自己的母亲和孩子。还要顺便让自己活得快活"(206)。她认为"如果你觉得一件事是对的,就不用再去费心琢磨,去做就是了"(289),"没有什么事儿是做不到的,也不会有什么事儿是人们不在乎的"(265),"得到了自己想要的东西,就得付出代价"(270),"放弃之前,必得穷尽一切可能""你付出多少,生活就给你多少回报,全力以赴去做每一件事,然后祈祷,接下来就等结果吧"(270)。母亲对她的训导里,张扬着胆识和果敢。

总之,作者16年的成长历程,布满生命的泉流和刻度,既有南方小镇乡情的滋养,有身边家人爱的哺育,也有人性欲望的丑恶,有种族歧视的荒蛮,而后者正是她"歌唱"的重要缘由。

三、为何而歌?

自传是对自我生命故事的书写,自当表现作者的生命意识和对生命的崇敬,但在安吉洛的自传里,还有她不得不"歌"的原因:种族歧视像一股股污浊的空气,时时聚拢在她的生活里。不得不说,作者对待种族问题态度严明,爱憎分明。对于白人,她不像其他黑人作家那样有节制地认可、甚至颂扬以期待接受和认可（佐拉·尼尔·赫斯顿），或选择引用别人的原话，遮遮掩掩地表达种族概念，迂回地表达不满（小亨利·路易斯·盖茨），或大度地把种族不公的责任大包大揽（布克·华盛顿），对待黑人及其某些不当行为，她则抓住历史的昏暗把柄寻根溯源，以超拔的态度表现出理解、宽容，甚至感性而可爱的纵容。

在斯坦普斯，"种族隔离十分彻底。多数黑人小孩根本不知道白人长什么样。但他们知道，白人与黑人不一样，并且很可怕。当然，这种惧怕中也包含了弱者对强者、穷人对富人、劳动者对享乐者、衣衫褴褛者对衣冠楚楚者本能的敌意"（25）。黑人走近白人区，"感到自己恍若手无寸铁的冒险者独自行走在危机四伏的食人兽领地"一样（25）。所以她小时候断定，"白人不可能是人""生活在我身边的那些人才是人。……而那些奇怪的面色苍白的生物，过着异类的"非人"生活，肯定不是人，他们只是白人"（26）。

奶奶农场上住着的那群白人小混混，"直呼叔叔或奶奶的名字，他们的命令像九尾鞭一样，在店里肆意抽打"（29）。看到奶奶被他们欺负，她明白了"我只是一个被关在牢笼里的看客，而他们是台上的演员，我们对对方都无能为力"（31）。

10岁那年，她在白种女人卡丽南太太家学"淑女"礼仪。当卡丽南太太把她的名字简化为玛丽时，她故意摔碎白人太太最钟爱的瓷质砂锅，拒绝被漠视。"我认识的所有黑人都极度害怕'被随意称呼'。对黑人想叫什么就叫什么，非常危险，会被简单地理解成侮辱。因为几个世纪以来，黑人曾被称为黑鬼、黑鸡、脏鬼、黑鸟、乌鸦、皮鞋，或直接称为鬼"（109）。下面这些仿佛带刺的言辞里，潜藏着安吉洛对这位白人太太的仇视和憎恶，"非常不好看，除了微笑的时候""长成这样，高攀也好，屈就也好，能找到个丈夫就算是福气啦""当时我想，如果卡里南太太没长像猪那样的心、肝、肺这些重要器官，那就可以解释为什么她要喝没有标签的瓶子里的酒，她是要防止自己腐烂啊"（106），"我想好了，即使她的心脏着了火，我也不会撒尿浇灭它"（107）。安吉洛用自己可以掌控的文字，试图洗雪当年被歧视的深仇。

小镇的影院里，"黑""白"也分明："楼下的白人每几分钟大笑一次，然后把笑声丢给楼上的黑人，像随手把吃剩的食物丢给秃鹫巢一样。笑声震动着大厅，不几秒就被包厢的观众吸收干净，最后是观众的狂笑，冲击着影院的墙壁。"（118）作者的种族意识如此强烈，连笑声也被她分辨出种族、阶级、贫富等清晰的层次感来。

毕业典礼，起初连空气里都洋溢着欢乐：家长们积极配合，低年级同学认真彩排，毕业生独享着那份骄傲、满足，期待、激动和不安。但典礼上白人演讲嘉宾的目空一切和漫不经心，毁灭了所有的欢快气氛。在这位嘉宾眼里，"白人孩子有机会成为伽利略、居里夫人、爱迪生等，而我们黑人男孩（女孩甚至都不在考虑之列），却只能努力成为杰西·欧文斯和乔·路易斯"（179）。作者在此悲叹，"生而为黑人是可悲的，我们掌控不了自己的命运，我们很小的时候就被残忍地培养成驯服的绵羊，我们甚至可以安静地倾听别人嘲笑自己的肤色而不做任何辩解，我们都应该死"（181）。所以她渴望看到"我们的血肉铸成一座金字塔，将白人压在最底下……最上面的是黑人"（181）。

作者跟着继父可莱德尔接触过各式各样的黑人，听到过很多黑人谋生的故事，"有趣而圆满""看起来如此愚蠢的一个个黑人、骗子，每次都能战胜不可一世的强大白人"（221）。对此她感到无比自豪，且有自己别样的理解，"在 20 世纪的转折点尚未到来之时，这些生来黑皮肤的男人原本毫无疑问要被时代碾成无用的碎末，但他们却以自己的智慧撬开了紧锁的社会之门，不但在游戏中变得富有，还获得了为同族人复仇的快感"（224），因为"在社会中，人的需要决定伦理。……黑人区真正的英雄是那些本来只能在本族的餐桌上分点面包屑，但却以自身的聪明才智和勇气享受着豪华盛宴的人""因为他们已经为此倾注了所有的体力和心智，而每一笔收入都将记入黑人的集体财富"（225）。对于黑人的违法行为，她勇敢地辩护道，"我们是世界上最大规模的抢劫行为的受害者。人生若需要某种平衡，我们做一点抢劫的事儿，没什么大不了""对一个缺乏正当途径与其他公民展开合法竞争的人来说，这种观念尤其具有吸引力"（225）。然而，她这一带着几分可爱的钦佩、赏识甚至纵容，理直气壮地看待黑人犯罪行为的态度，也仿佛为 21 世纪美国黑人犯罪率的居高不下，做了带有种族主义思想的注解。

安吉洛还为黑人女性遇到的不公辩护，希望她们得到足够的尊重。她分析到，黑人女性在青少年时期常常会受到三重压迫，"男性的偏见、白人不合逻辑的仇恨以及黑人无权无势这一事实"，所以"美国黑人成年女性发展出一种咄咄逼人的性格。他人对此往往感到惊讶、憎恶，甚至准备一争高下。人们不认为这种性格的形成是伴随幸存者的胜利而来的无可避免的结果，…… 就算人们不能心悦诚服地接受这个事实，至少也应表现出尊重"（272）。所以，她提笔追寻自己的生命轨迹，书写美国黑人的历史生态环境，张扬他们顽强的生命力和精神风貌，为美国黑人的历史、现实和未来高歌。

四、怎样歌唱？

《我知道笼中的鸟儿为何歌唱》颇具浪漫主义的艺术风格，作者的语言有时像万斛源泉，随地涌出，汪洋恣肆，极大地拓展了文本的表现空间。这是作者内在情感意义的超然释放，是她蓬勃的生命力和主体意识的凸显，而多维度的场景描述，场面的铺排和隐喻的纵情应用，共同升腾成本自传的艺术魅力。

本自传文本中的场面描写，动静、虚实、明暗交错，声音、颜色、光影，甚至味道齐聚，不知不觉中渲染出复杂的情感和情绪，上演着一段段真切而深刻的生命故事。

傍晚和哥哥一起喂猪的场景，能让作者"导演"成一场电影大片。声、光、色、味，台词、动作、服装、表情、旁白，应有尽有。

"我们先是将馊的杂粮粉、剩饭和洗碗水和在一起，借着夕阳的余晖一路跌跌撞撞地来到猪圈。我们站在最外面的围栏上，将这些倒胃口的大杂烩一下子倒给两眼饱含感激的猪吃。不等我们把桶放好，一群猪就将肉乎乎的大嘴迫不及待地塞进泔水里。搅动起来一阵阵馊臭味。看到它们尽情地表达心满意足，我们也经常用'猪语'作回应，一半儿是开玩笑，一半是真心觉得它们能听懂。终于完成了这项最脏的家务，我们的鞋上、袜子上、脚上、手上满是泔水令人窒息的味道"（17）。

哥哥贝利偷吃泡菜一事，被作者写得像操作指南，进而把男孩子的聪明、调皮写得灵动鲜活，有声有色。

泡菜放在水果柜台下面的桶里。每当商店里满是就餐的客人时，贝利就会掏出我们平时筛虫子用的面筛子，到桶里捞两颗肥大的泡菜。贝利连泡菜带筛子挂在桶边，等他们沥干水分。放学之后，再把将干未干的泡菜取出来，塞进自己的口袋，把筛子随意丢到橙子堆后面。我们一起跑出店门，泡菜汁儿从他短裤兜里流出来，在满是灰土的腿上留下几条清晰的印儿。而贝利却毫不介意地一蹦一跳，笑着的双眼好像在说，"怎么样？我厉害吧"，其实他当时闻起来跟醋坛子差不多。(23)

黑人聚在商店里倾听重量级拳击手刘易斯比赛的场景，被作者赋予了沉甸甸的文化历史意义和希望。

"紧张的气氛，很快就被一阵兴奋的喧闹打破，就像漆黑的天空划过一道刺目的闪电"(135)。听到路易斯被打倒在地，"我的族人在呻吟，那是我们的人在倒下。这是又一次私刑，又一个黑人被吊在树上，又一个黑人妇女在途中遭到强奸，又一个黑人孩子被鞭打致残。就像一群猎狗在泥泞沼泽中追逐逃跑的黑人奴隶，就像白人因黑人女仆忘了一件小事儿便给她一记耳光"(137)。

男人站直了身子，全神贯注地听着。女人紧张地抱紧怀里的孩子，几分钟前门廊里的嬉笑打闹消失得无影无踪，这甚至可能是世界的末日。如果乔输了，我们就又要回到无助的奴隶时代；如果乔输了，那么我们真的可能像那些人说的一样，是人类中最低级的种族，是比大猩猩强不了多少的动物；如果乔输了，我们就真的愚昧、丑陋、懒惰、肮脏，甚至可怕的是，上帝也仇视我们，我们注定要永世挑水、劈柴，无休无止(137)。

乔的这场比赛，刻着黑人命运的转折点，关联起美国黑人的历史、现世和未来，关联起个人、家庭和种族。小镇上的黑人们一面满怀激情地找寻着自己民族的自尊，一面折叠着历史，守望着扬眉吐气、洗雪沉冤的未来的希望。

斯坦普斯每年一度的夏日炸鱼野餐会，堪比盖茨家乡皮特蒙德"纸厂最后的煮玉米聚餐"，是一个汇聚文化，收纳文化，凝练文化，推进文化，守望文化的地方。那里有丰富多样的乐器：吉他、口琴、单簧口琴，包在卫生纸里的梳子，充当低音鼓的浴盆；有令人馋涎欲滴的食物：一盘盘的炸鸡块，堆成小山一样的土豆泥，整根儿火红的大腊肠，自制的泡菜，农家烤火腿，冰镇西瓜，装满买了冰的大桶、大黑锅。"烤架上，鸡腿和猪排在油脂和酱汁儿的包裹中，吱吱作响""橙黄色的松软蛋糕夹着深褐色的巧克力，一层又一层，最上面是椰蓉和浅褐色的焦糖。不堪忍受黄油的分量，重油面包的表皮几乎要陷下去了，小孩子们再也忍不住，想去用手沾些糖霜放进嘴里，而妈妈们也总能抓住那些黏糊糊的小手，教训他们一顿"（140）。池塘边的垂钓能手和钓鱼爱好者，"不时从河水中拽出几条鲈鱼和石首鱼，年轻的姑娘们轮流收拾清洗鱼鳞，身穿浆洗过的围裙的女人们忙碌着，一边给鱼撒盐，一边将它们粘好玉米糊，丢进大油锅里"（141）。空地的一角，唱诗班的人正在排练。作者连厕所也不放过！"在烧烤坑边上，有 3 个标志分别写着'男厕''女厕'和'小孩'，箭头指向经年生长的草丛里面"。而她自己则找了一块儿空地，和朋友一起躺在草坪上，体验"掉到天空里去的感觉"和"与死神和毁灭共舞、却又成功逃脱厄运的快乐"，"一起挑战未知的世界"（141）。

隐喻就是"把属于另外其他某种事物的名称用在另一个事物上"（亚里士多德，见高辛勇，1997：39），其功能在于"融合内外、心物、形上形下"（高辛勇，1997：39）。不夸张地说，本自传中安吉洛对隐喻的运用，除了"平实地铺叙事实"的"赋"，仅凭如歌如舞、如画如诗的隐喻，就可以组合出一个完整的故事。隐喻和表现自我相统一，表现出的是安吉洛对精神自由的追求！

"思想的精华就是隐喻"（柯勒律治，见高辛勇，1997：41），作者几乎能把身边的一切，都变成其"思想的精华"。她信手拈来各种喻体，如同指使英语中的 26 个字母，自如、自由、自然地随意调拨，让故事本身清新而活跃。花草虫鱼，飞禽走兽，水果蔬菜，锅碗瓢盆，蛋糕鸡粪，风雨雷电，蜘蛛蚕茧，巨石利剑，男女老少，棺材薄纱，蚂蚁尘埃，宇宙天体，囚徒、罪人、造物主，薄煎饼，锡杯里的硬币，球场上的羽毛球，田野里的风筝，紫红紫红的李子干，被人嚼过的口香糖（38）都被她当作喻体而使用在她的笔下。旧日子像褪色发黄的纸张（172），凝结的血块儿像馅饼里露出的馅儿（192），混乱如瘟疫一般地散播（41），连口水都"像等待着清晨第一缕阳光的露珠"（19），笑声像"在锅底的柴火般暴烈"（30），就连奶奶煮衣服用的大黑锅她也不放过，"现在肯定在下午的空气中高兴地咝咝冒着凉气呢"（140）……

华莱士·史蒂文斯说过，"现实就是通过隐喻可以避开的陈词滥调"（詹姆斯·盖瑞，2015：1），安吉洛在她的首部自传中，调遣了大量的喻体来素描"现实"中那些自己讨厌的人。

母亲的男友弗里曼先生"慢得像只棕熊"（69），他期待妈妈下班的神态"像一窝被囚禁的无助的小猪仔"（74）；又肥又丑的霍华德·托马斯牧师，"笑起来就像一只得了疝气的公猪"（34）；镶着金牙的梦萝姊妹，挣脱了领座员，"像一条刚被捉上岸的鳟鱼"（40）；一群白人小混混对叔叔和奶奶吆三喝四，"他们的命令像九尾鞭一样，在店里肆意抽打"（29）；泰勒先生又圆又大的眼睛，"看起来就像一只猫头鹰"（156），"他头向前一探，如同一只乌龟从壳里向外张望"（157）；威利叔叔"左脸不自然地下垂，就像沙皮狗的嘴唇挂在下巴上"；舅舅们的"说话声像一群野马在嘶鸣"（83）；白人"把笑声丢给楼上的黑人，像随手把吃剩的食物丢给秃鹫巢一样"；大萧条进入黑人区时，"却像一个瞻前顾后的小偷"（51）；唱和声在众人听起来就"像累极而倦的蜜蜂，焦躁不安"（132）；野餐服艳丽色彩的流动，"如越过幽暗湖面的一只红蜻蜓"（139）；"思绪像水蜘蛛一样飘忽不定"（58），小孩子们从黑暗中跑出来，如无数的萤火虫（176）；"我一张口说话，会让他们像撒上盐的鼻涕虫一样死去"（89）；"妈妈在奶奶怀里如一只快活的小鸡，依偎在黑色大母鸡的翅膀下"（202）；提到"3K党"要来，他们会"惊恐万分，不惜躲到鸡粪堆里去"（17）。他们"上下打量着我，当我是公园里的一尊雕塑，他们自己是一群没事儿的鸽子"（239）。"我的思维就像上了锁，好比斗牛犬关进笼，空咆哮"（265）……

事实上，几乎整个生物都被作者用作喻体随意使唤，她的爱恨情仇也就在这些大大小小的生物体上表现出来了。

她写自己，"门牙间隙大到可以容下一只二号铅笔"（3）。在教堂肃穆的气氛中，"我可怜的脑袋像一个摔在地上的西瓜，我的脑浆、舌头和圆溜溜的眼珠会随之四处飞溅，散落一地""与环境格格不入，就像在喉咙边上架起一把利刃，时刻威胁着他的生命"（4）。毕业典礼上，"青春年少与社会赞誉并肩而至，我们封存起所有被轻慢和侮辱的记忆。我们大步走过，卷起的清风改变了我们既有的形象。忘却了的泪水侵入泥土，化为灰尘，年复一年的忍耐，一扫而去，被抛至身后，就是墙角多年来的蜘蛛网被一扫而空"（173）。葬礼上的她"分辨不清到底是闻到了悲伤、痛苦得让人揪心的声音，还是听到了死亡的沉闷气息"，从死者"像一坨牛粪一样被拍得扁扁的"褐色脸庞中感到了死亡的力量（164）。

作者写奶奶，唱歌时"像从嗓子里拔开塞子时那洪亮，甚至有些粗野的声音，击碎了空气，直奔每一个听众的耳朵"（47），"像鸟妈妈一样，更关心她身患残疾的后代，而不是可以自由飞翔的孩子"（56），目光"严肃的像 x 光"（146）。奶奶和泰勒先生的对话，"像打乒乓球一样，你来我往。对话的节奏缓慢得如一场庄重的乡村舞会，而对话内容，却像是星期一晾在风中的衣服，一会儿东一会儿西的，飘忽不定"（168）。

爸爸的"笑容灿烂得像太阳神"（239），妈妈美得像"出浴的天使"（60）。哥哥贝利学起人来"头晃来晃去，脸看起来就像湿漉漉的棕色石头"（34），他"嘴里粗俗的词儿，就像往锅里下饺子一样"，他后来把自己封闭起来，"就向一颗石子沉入深深的池塘"（150）。

而那个曾给予她精神和灵魂滋养的弗劳尔斯太太读起《双城记》，"声音如溪水从字里行间流过。她几乎是在歌唱，我真想知道书上的纸页是不是和我读过的一样？是不是像圣歌里的歌词，标注了音符？……"（100-101）。"多年之后，以往的东西都已淡去，只剩一丝灵气留存于心。被准许，甚或受邀进入陌生人的私人世界，分享他的喜悦和恐惧，让我有机会用南方的苦艾草来换取 Beowulf 的蜜蜂酒和 Oliver Twister 的热奶茶"（99）。生活的小片段，被作者诗性的语言包裹着，语词和音律完美地和声成流畅的经典诗词！然而我们不得不说，激情淹过事实，诗性与叙事之间形成极大的"结构映射"（structure mapping）（Markman & Dedre Genter，2000：502），有时却会扰乱读者对故事本身的注意力。

前苏联文学理论家什克罗夫斯基坚信："一个好的隐喻，就像一阵闪电，给了我们突如其来的思想火花，闪耀出一片光明的大地。"（詹姆斯·盖瑞，2015：126）作者一开篇就把自传里的事实真相喻为"一个被汗水浸透了的，皱了的手帕"（1），至此我们必须承认，这方发"皱"的"手帕"，闪着思想的火花，带着历史的凝重，灌注着生命的力量和气息，美丽依旧。这是语言的力量，出自文学大家的妙思迁得！

五、结语

"诗"与"真"是传记作品的灵魂。《我知道笼中的鸟儿为何歌唱》中，作者诗性的、画意的语言包裹着一条坎坷却不乏精彩的生命，不仅有作者"非同寻常的感悟"，更有其华丽且从容的自然文句所激越出的万丈豪情。"言之无文，行而不远"，孔子的这番话，大概是为本自传创造了《纽约时报》连续153周在榜时间记录、成为半个世纪畅销500万册的文学经典的最好注解吧！

　　不过，安吉洛的生命、生活在这本自传里才刚刚开始，她随后精彩纷呈的人生被记述在相继发表的《以我的名义重整旗鼓》（1974）、《像过圣诞节一样的唱歌跳舞》（1976）、《女人心》（1981）、《所有上帝的孩子都需要一双旅游鞋》（1986）、《飞往天堂的歌》（2002）五部自传作品里。文学大家玛雅·安吉洛，继续演绎着生命，打磨着生活，她还在继续高歌……

第四节　小亨利·路易斯·盖茨的《有色人民》①

一、引言

　　这是一部集文学性、思想性和艺术性于一体的回忆录。小亨利·路易斯·盖茨从一个男孩的角度，"自然真实地召唤出 20 世纪 50 年代的有色世界，60 年代初的黑鬼世界和 60 年代后期逼近的黑色世界"（Gates，1994：xvi）②。除了前言中笔调严肃凝重外，其余的章节语言活泼灵动，意味深长。作者描写家乡的美食，让人忍不住流口水；他写右腿膝盖的伤痛，你会不自觉地抱起自己的腿；他拿各种色系染色文字，你担心翻书的指尖有没有被染；他写母亲的葬礼，你会和他一起流眼泪……

　　"回忆录"是追忆本人或他人过往生活经历和社会活动的文体。尽管作者自认为这只是"一个种族隔离氛围下某种平静的故事"（xvi），但在他怀旧的情景闪回中，我们看到的是他迁想妙得的生活情态和人物神态、多维的种族关系和文化乡愁、灵活精当的叙事策略，以及由此渲染出的一个个亦诗亦真的有色人世界。

二、逼真的人物刻画

　　该回忆录关涉人物上百个，家人、同学、老师、恋人和乡邻。有的一笔带过，有的浓墨重彩。详略虚实间，一个个外形特征、身份地位、秉性品行各异的人物跃然纸上。

---

① 该自传是这本黑人作家自传研究中唯一在世的作家，本人有幸成为他的学生，于 2014 年 9 月至 2015 年 9 月在哈佛大学黑人文化文学研究院进行了一年多的黑人文学研究。至今还清楚地记得，盖茨教授一边大口吃着三明治，一边浏览着我的概要草稿，激动处还放下汉堡，拿起手边的笔一边说 good，一边画着曲线。
② 本节凡引自《有色人民》皆只标明页码。

　　肖像画是灵魂的镜子，作者在回忆录里把自我形象勾勒成了一幅肖像画，平铺在文本的人文山水里：机灵、爱思考、意志力强，志向高远、是非观念分明、自我意识突出、种族自豪感鲜明。

　　小时候的他喜欢听故事，因肥胖而讨厌运动。没有哥哥那样的阳刚气，但爱思考，"常常喜欢待在他们圈子外看着、听着、笑着沉浸在温暖的气氛中。记住他们讲的故事，努力剥离假象，了解其中真正的含义"（83）。

　　他从"上学的第一天起，就表现突出。安静、机灵、记性好""相信自己什么都能学好""一心一意想要成为那所几乎是全白人学校中的小王子，一个以圆锥形针织帽为王冠的棕色小王子""二年级时就没有我学不会的东西"（93-94）。小学毕业作为第一个有色人获得矿产县优秀学生金马蹄铁奖。

　　10岁时，他母亲的抑郁症，成了他"生活中一大危机，童年时代的十字路口"（127）。他开始喜欢上教堂，常常为母亲祷告，同时也"极度痛苦，怕上帝的某个不祥预言会勾画出我在生活中的角色、我对上帝和对我们人民的责任""害怕有朝一日……我张开嘴时发出的是别人的声音"（134）。因为他已经想好要做好自己，说自己想要说的话，成为自己想要成为的人。

　　盖茨上八年级时，阅读的书籍从体育新闻改为文学，并从中找到了看世界的窗口，奠定了自己努力的目标，"决定要改变我的生活，我知道自己想要为世界助力——并获得诺贝尔奖"（109）。

　　13岁是他人生的另一个转折点，他的身心都经历了一场磨难。在一个宗教性质的夏令营橄榄球比赛中，他的右腿膝盖受了伤——球窝关节脱位。9月份病发，他1年内做了3次手术。"此后，手杖成了我的特色之一"（146）。住院期间，他放弃卫理公会的原教旨主义，改信宗圣公会，"想学会怎样做一个自由的黑人，怎样做一个人，怎样能够在尘世中生活而又和上帝在一起，怎样能够质疑传统和价值观而又不被踢出群体，怎样能够珍惜社区和秩序、家庭和集体，而又不必为了被接受而压制自己的疑虑，怀疑和矛盾"（145）。从此，上帝成了指引他的精神和力量。

1965 年到 1967 年，他参加了三次西弗吉尼亚州彼得金圣公会夏令营，"仿佛进入一个梦中的世界"（147），"进了天堂，成了生活在王国里的王子之一。……尽情享受着了解世界和当世界公民的想法"（149）。然而，1965 年的芝加哥黑人暴乱，他的"公民感受到了破坏"（147），他"自豪而困窘"，意识到"我不认识的人的行为变成了我的责任"（149），体悟到鲍德温的《土生子笔记》里所总结的"非裔美国人的振奋和焦虑"，他的种族意识和认同感随着黑人民权运动的爆发愈发强悍。

16 岁时，他用行动实践着自己的种族责任和义务，还有他不变的种族文化情怀。他加入了美国唱片俱乐部，通过阅读有关黑人的书籍了解爵士乐、布鲁斯和"灵歌"。他开始吸烟，"不愿再做一个驯服的黑人，开始支持黑人斗争，在西弗吉尼亚州皮德蒙特率先留起了非洲黑人自然的蓬松发式"（184），和其他三位同学组建了"可怕四人组"（Fearsome Foursome），组织了皮德蒙特历史上第一次在校联合抵制活动，还迫使一家白人夜总会因不愿取消种族隔离而关了门。由此矿产县还专门给他立了案，"确定一旦发生种族动乱，就可能要对我实行监控性拘留"（201）。

1968 年高中毕业，他雄心勃勃，自信满满。他在毕业典礼上的告别演说，话题涉及超越其年龄的越南、堕胎、民权，群体感、个人在群体中的权利和义务等。之后在西弗吉尼亚州立大学波托马克学院学医的这一年，他从英语老师那里明白了自己的真正兴趣，还"带着一种模糊的政治态度"（195）和白人女孩交往，成为矿区第一对跨种族的恋人，遭到白人、黑人、女孩父亲的竭力反对。

　　回忆录的故事时间截止到 1969 年他成功申请到耶鲁大学的入学资格。但在文本的插叙中，我们了解到作者在大学期间，用奖学金为母亲买了房子，亲自上法院改了名字，成了真正的自己。

　　拳击手乔·路易斯在赛后采访中被问及如果输了会怎么办时说"如果输了，我会跑到他后面去看看是什么东西在撑着他"。这是作者推崇的答案，更是作者面对未来的态度，用什么来支撑自己，用什么来支撑有色人，用什么来支撑美国黑人的历史和文化？他用整个回忆录，告诉了我们答案。

　　作者是带着爱，欣赏和敬重的态度，回忆家人，描画家族集体照的。

　　对祖先的回忆，他重在秉性和气质的直描，而对于近亲，他的笔端流淌着爱和感念。克尔曼家族（外祖母家）的人"在皮德蒙特多数都在自己的行业里达到最高的位置，他们中产生了第一个拥有枪支并在白人的土地上打猎、第一个成为得过 21 次奖章的最高级童子军、第一个上大学、第一个拥有资产的有色人"（53）。他们"不会讲故事，不喝酒，不抽烟，特别自以为是。妇女在家庭中的地位低下"，他们自认为"高人一等，不爱和别的有色人打交道""虽然穷，但有才能、有动力，心灵手巧"（69）。

　　盖茨家族居住在马里兰州坎伯兰一个神秘的世界里。1890 年曾祖母创建了坎伯兰圣菲利浦斯圣公会教堂。"医生和牙医、律师和药剂师、霍华德和塔里得加、哈佛和拉德克里夫"这些职业和名称里，带着盖茨家族的"骄傲、文雅，谈吐和生活宽裕"（59）。

　　父母的形象在作者的回忆里是呈片断状出现的。他对爸爸的回忆较为简略，但写母亲时总带着骄傲。"爱我就像爱自己生命一样"的母亲，"漂亮""干净""知书达理""自爱""果敢""坚强""骄傲而实际"，是镇子里葬礼上念悼词的人，是首位黑人家长教师协会的秘书。母亲初中毕业后挣钱养家，供 4 个舅舅读完大学。"她好像从来不怕白人""对白人有深刻的鄙视"（34），她全力支持我的政治信仰。20世纪60年代中期政治气候的变化，让她更自由地表达自己长期形成的对白人的仇恨（至少在家人面前）"（184）。46岁时她不幸患上抑郁症，"一层帷幕遮住了她生活中的光辉，而且再也没有能够完全揭开"（127）。

舅舅吉姆是作者动用笔墨最多的人物，整整一章的叙事，清明而厚重，简洁而不失丰富，形象鲜明突出得仿佛加在文本里一幅精当的插图。作者以开篇"我爱吉姆舅舅，他也爱我"（157）为"点"，以丝丝缕缕的怀念为"线"，以吉姆的内外气质为"面"，打造出一个让人过目不忘的善良热情、爱恨分明的人物形象。

舅舅吉姆（也叫尼莫）不是外祖父的儿子，有"印第安人的头发，高颧骨，古怪的发红的黑人肤色，也叫黑莓色，绿眼睛""头又大又宽，眼睛突出，看上去像只漂亮的牛蛙"（157）。第二次世界大战时他参加了海军，是有色人第54童子军中的队长，是黑人中第一个得过21次奖章的最高级童子军，是皮德蒙特第一个拥有枪支的有色人。然而吉姆对白人"怕得要死"，也"不那么遵守法规，总是猎取法律规定范围外的猎物数额"，理由是"人有人的法律，上帝有上帝的法律，上帝把这么些动物放到世上来不就是为了被杀死吃掉的嘛"（160）。

他爱大自然，了解树林中所有的植物和动物，是"猎手中的猎手"，会用枪、用弓箭，或是拳头射杀猎物。上大学期间作者常常和吉姆一起去海湾钓鱼，他对人鱼之间较量的描写，透着海明威《老人与海》的味道。"当时有一条鱼，是个老手，咬了尼莫的钩逃脱了。每次尼莫都注意寻找它的踪迹，无疑它也在注意尼莫，他们俩谁都不愿意放过谁。我在琢磨，不知道那条鱼是否知道尼莫已经死了"（164）。在此，作者突兀地撂出一句话，叙事戛然而止，把读者对钓鱼的兴趣突兀地拉回到现实，让真情自然地从笔端奔涌出来。

回想 1986 年舅舅的突然离世，作者写道，"死亡天使拍拍他的肩膀，立刻就把他带走了。……鳟鱼和鹿都没来守灵，也没有派代表来参加葬礼""而我得知死讯时，想象的是他长眠时的样子"（170）。作者重新返回到前面没有叙述完的有色人最后的那野餐会，用野餐会上的煮玉米，用欢闹中舅舅的身影和叫嚷，用舅舅"儿子，只管给上帝说，给上帝说说"（171）的千般叮咛，稀释自己的怀想和悲痛。弥散在空气中的喧嚣和快乐，则凝聚成舅舅名字前那几个简单的修饰语上，"厨师，治病救人，猎手，模型火车高手，上帝的代言人，煮玉米冠军"。

三、文化乡愁与种族关系

乡愁是一种归属的意愿，是对故乡的诱惑、印象和怀恋，是亲切的乡音，是难忘的家乡口味，是爱、是义务、是责任。这部回忆录里，到处弥漫着作者沉重的怀旧意识。这里的"旧"，是昔人，是旧物，是陈事，是乡愁。

开篇一段略带惆怅的话，打开了流动在文本中的主旋律——乡愁，这大概也是作者写这本回忆录的情感动力。"一个养育和支持了我的世界，已经神秘地消失了……。小城将会死亡，但我们的人不会迁移。……因为对于他们，皮德蒙特就是生命本身"（xi）。那里曾经光华无限，繁荣得"傲然自得""充满活力"，连造纸厂的臭鸡蛋味儿也被人们辩解成钱的味道。"我是在那里，学会了怎样做个有色人"（4）。

有色人的头发，承载着一个民族共同的文化记忆与乡情。作者用了一章来描写黑人头发倔强的"非洲性"，探究属于有色人共同的种族密码。

"绞缠在一起的头发是有色人的心病"（46），"如果非洲的过去中有哪一小部分抗拒同化的话，那就是这里"——脑袋后面脖子上纠缠在一起的区域，被称为"厨房区"。"当那里的头发变回到它自然壮观的绞缠状态时，就该理发了。'厨房区'永恒地、不可救药地、无法战胜地绞缠着。不可同化的非洲性。无论你怎么做，无论你尽多大的力，什么也不能去掉一个人'厨房区'头发的绞缠。所以你尽可能地将它修剪掉"（42）。"只要有好头发，你可以丑得像丑八怪，仍然被视为漂亮"（44）。

为了对付绞缠的头发，有色人进行着各种创新。比如用各种各样的头油、用很黏的油膏，用烫热的梳子、卷发器、蒸汽烙铁，用理发推子剃出头缝，用化学碱基烧红发梢，用土豆泥和碱的混合物碰运气，用默里牌头油把头发结成波浪形，或是戴上圆锥形的针织帽……，或者学《马尔科姆·X自传》中描述的小萨米·戴维斯的办法，或像歌手纳特·金科尔那样特殊处理头发的秘密偏方，晚上睡觉和打球时要用旧布或手绢把头包起来，细心呵护……20世纪60年代中期"黑色权利"口号的提出，为这种头发洗去蒙尘，看上去才"像一个灿烂文化的王冠，一个灿烂的黑色光环，绞缠的棉花糖"（186）。有色人倔强、团结的集体人格和文化审美偏向，也就绞缠在作者不厌其烦的叙述中。

汪曾祺说，"你的味觉就是你的乡愁"。作者对家乡饭菜味道的回忆构成了他的乡愁之一。科尔曼家族对待烹调和吃极其讲究，烧蔬菜时要用"几片猪背部的肥肉，或者一杯咸肉油，或是两只火腿拐骨长时间地文火煨炖""一顿饭通常能吃几个小时，津津有味地聊上几个小时"，而"舅舅姨妈们最快乐的时候，是就着几杯冰茶、慢慢享用他们的美味佳肴"。星期日是大家最喜欢的一天，可以尽情吃喝："炸鸡、土豆泥，烤玉米饼、嫩菜豆和土豆，肉汁儿，面包圈，还有用如愿骨牌意大利色拉调料拌成的色拉，里面有卷心莴苣、舅舅园子里现摘的番茄、切成片的煮鸡蛋和大葱。"（39）

作者还避开道德和伦理界限，带着坦然、包容、谅解，平静地抒写家乡皮德蒙特有色人粗犷的民风、民情和性习俗。

　　理发店是一切八卦消息的聚集地。"从后街到前街，从一所房子、到另外一所房子，一排排地算下来，几乎没有哪个人的爸爸是他爸爸""皮德蒙特有色人的性习俗所造成的血统的混乱，足以让魔门血统谱系研究的人发疯""舅舅和伯父们有婚外子女，附近的朋友和同事有婚外子女，我们所有的邻居都有婚外子女"（176）。

　　最后一章有色人最后一次聚餐会，是作者郁结于心的无奈的乡愁。"没有人发表演说，没有人以郑重的方式纪念一个时代的结束""他们只把记忆储存起来，一直保留到某一天，某个人会以某种方式想出一个办法，骗取纸厂再度主办这样一个野餐会，……野餐会就这样和平地结束了它的旅程，带着一种依依不舍而又无可奈何的气氛"（215-216）。这是成百上千的黑人聚集在一起，向他们自己、他们的传统以及连接他们的唯一纽带作别，而原因是反讽意义十足的新近实施的反种族隔离法。

　　种族关系是所有美国黑人文学作品中绕不过的坎儿，也是这部回忆录里的主题之一。上大学后"连谈天气都一定要扯到种族"（194）的作者，在回忆录里表达了对种族歧视问题的克制、理性和包容。

　　20世纪50年代的有色世界里，黑白圈子很难打破。"白人和黑人的关系相处不错"，但后面诸如"至少只要有色人不想坐在廉价餐厅和优惠酒吧，或不在艾迪的店里吃比萨饼、或够买房产，或搬到白人区去住，或白人跳舞，或到银行贷款……"（27-28）等10个附加条件，既巧妙地揭示出黑人白人之间的冲突和不平等，又反讽出种族间荒谬的不公正。

　　在60年代初的黑人世界里，作者看到了越来越多的不平等。在皮德蒙特，不同种族间男女约会是个禁忌。他在皮德蒙特生活了18年，其中12年和白人同窗，但却"从来没有请过一个白人朋友到我家里来吃饭","也没有任何白人请过我。尽管我也有几个白人好朋友""我们和白人孩子交往，说话就只是说话，……没有做作的口气，没有矫枉过正的语言"。但父辈中的许多黑人和白人之间有一道"因恐惧造成的鸿沟"。和白人讲话时他们"会低下头，眼睛睁得大大的，嘴上挂着笑，……白人讲笑话时，他笑得声音太大，时间太长，头和身体摆出了和他说谎时一样的姿势"（150）。

60年代后期"黑色权力"口号的提出，种族隔离制度的取消，至少"对老一代科尔曼家族的人来说却是一种损失，犹如子宫般温暖和滋润的有色人世界在缓慢而不可避免地消失"（184）。事实上，这种"损失"不仅仅是皮德蒙特镇有色人的损失，也是造成后来"真正的黑人问题"的缘由：一是缺乏团结性。二是因自己是黑人而感到难堪，不关心种族，不关心其他黑人，互相嫌弃，尤其是在公共场合和其他有色人在一起时更是如此（xiii）。

作者引用母亲对黑人的缺点和行为的评判方式，揭示黑人的某些劣迹更多来自不公平的社会制度，既避免了对种族歧视问题的正面抨击，又顺理成章地刻画出有色人的劣根性。"母亲宣读悼词时，会让无知和丑陋的人听起来像学者和影星，让卑鄙、邪恶的人变成圣人和天使，她知道人们心里想成为什么样的人，而不是世界迫使他们成为的那种人，她知道为了一点微不足道的工资而过度辛劳的工作会使你变得卑劣冷漠，会扼杀让你欢笑的东西"（31）。

而谈到白人对黑人不公平的态度时，作者以好友的爸爸为例，笔法含糊，"他儿子被黑人酒鬼交通肇事致死"，他"没有像正常人那样感到悲痛，而是决意要仇恨黑鬼。他就是以这种方式见证死亡、怀念儿子、表达他的爱和痛苦的"（97）。作者一方面表示理解，一方面指出死者的白人父亲其实也可以有不同的选择，但他选择的是仇恨。

"做个黑人，了解黑人，尽情享受某个时刻黑人性的一切"

"感受既有肤色分别又不是简化成仅有肤色的人性"（xv）是作者的理想，然而遗憾的是，不仅60年代后期黑人世界到来时这未能实现，半个世纪过后的今日，这仍然是他和他的人民的焦虑。

四、精当的叙事技法

精当的叙事技法是这本回忆录的另一个精彩。作者运用叙述时间和故事时间的前后交错、频繁的自由间接引语，调皮幽默的语言表述、众多的颜色修饰语，把"一个平静的故事"组合成事件跳跃、语言灵动、色彩涌动的活文本。

《有色人民》中，作者一改历时性线状叙事的单一格局，把叙述时间和"故事时间"相交错，运用顺、逆、倒、插等多种方法重新排列组合，把历史事件和当下的事实情景并置成一个个立体的故事构架，既凸现出故事的特殊含义，又理清了过去和现在之间的历史、文化逻辑。

作者在第一部分对母亲的记述里，插叙了一段女儿"蔑视"奶奶让他"愤怒"甚至"眼里含满泪水"的记述，进而"希望女儿能够在母亲年轻时见到她"（30-31）。接着在叙述和母亲一起参加过的葬礼及母亲在葬礼上的表现时，又把对女儿的期望和对母亲的崇敬自然地并置在一起。在第三章回忆有色人怎样处理头发时，作者再次适时地补充了一句"80年代初只要我们回家探亲，母亲总会伺机查看女儿们的'厨房区'"（43），以示母亲对女儿头发"好""坏"的关注和担心，而其中的缘由不言而喻。

作者上大学期间，邻居罗巴克·约翰逊给他讲起了一件私事，"他说他刚和女人从床上下来，趁她还在卫生间时就偷偷给另外一个女人打电话，就是为了说声爱她，问她是否爱他，明天见"（179）。"故事时间"里的作者认为，约翰逊是"为了保护自己，不必因太在意卫生间里的那个女人而受到伤害，或变得绝望或疯狂，为了在心里保持一个距离，他需要超然、克制"；而叙述时间里的作者"才明白他把我当成一个男人""他作出重大坦白是因为他在我身上看到了他的儿子小罗巴克，……把这当做是向儿子解释自己的一种方式……"（180）。叙述者在打破了线性故事的连续性后又作为事件的旁观者身份参与了讨论，使故事客观上更有厚度和宽度。

这部回忆录里的对话大多关涉家常琐事，作者大多采用自由间接引语，行文颇似原创者简·奥斯汀的叙写风格，流畅、简练、直接、利落，既利于展现人物的内心活动和主体意识，又压缩了文本的叙事空间，促进了故事的发展节奏，从而赋予整个表达以双重语义压力，以"线影之工，得远近浅深之致"。

"他说，我得去把哥哥保释出来，一面把他的椅子从厨房的桌子前推开……"（74）。简单的两句话，凸显出盖茨家人的责任感和亲情。

描写爸爸 30 年前和海伦姑姑打赌欠下的 25 美分时，"只要有你欠我的 25 美分，我就是个百万富豪了，她会对他说。叙述此事时仍然使我感到痛苦——竟将它撕个粉碎"（75）。爸爸和姑姑之间的这个赌，分明写着过去和现在的兄妹情分，怨嗔和"痛苦"，这些都是爱的味道。

上小学一年级时作者被白人老师误解，回家后和父母之间有这样一段对话，"你拿他的剪刀了吗？妈妈问。爸爸打断了妈妈的话，说，我只想知道你有没有拿剪刀？告诉我们实话，我们会支持你的。我又笑了，笑得肚子痛。没有。我没有。我干吗要做这种事？……"（94）。寥寥数笔，既有效地交代了事件的因果，又写到父母对孩子的担心和关心，也更便捷地表明了当事者的态度。

用"多姿多彩"来概括作者的语言风格，名副其实。这里的"彩"除了作者对颜色本身的特殊偏好，更有他高超的文字处理功底和情感渲染能力。

　　像其他美国黑人作家一样，盖茨对颜色特别敏感，运用起来不厌其烦。他用 12 种颜色，描写家乡登特·戴维斯自制的环形大红肠：

　　大红肠是深红色的，紧包在鲜红色半透明的肠衣里。登特是德国人，3 个女儿，各自把深色的头发挽成一个髻……玛提尔德总是涂着诱人的红唇膏……抹着浅棕色的粉的脸颊，深棕色几乎发黑的头发和深棕色的眼睛，还有那红色的唇膏，当她站在金黄和深褐色的各种面包、甜饼、糕点前，把他爸爸的血红色的环形大红肠，用宝路的白色蜡纸包起来的时候，我坚信她是上帝的绿色世界里最可爱的人之一。（37）

　　这段涂满色彩的叙事，简直成了一副斑斓的水彩画，令人眼花缭乱！

　　还有外婆的 12 个孩子，"肤色包括了整个棕色色谱，仿佛整个种族的缩影，从最浓重的黑巧克力色到最浅的奶油色，牛奶咖啡色"（56）；母亲烫发时涂满一层蓝色的香柠檬头油（41）；布茨先生的黄色皮肤、不整齐的黄牙齿；嘴唇呈粉红色（177）的伊泽尔小姐，她丈夫皮肤略呈红色，头发黄里带着棕红；外婆粉红色的牙床（54），蓝黑蓝黑的非洲人（100），有可可色皮肤的漂亮女孩安德烈亚（148），记忆中书页的"红色和白色"（93）；喂幼鹿的棕色的、粉红色的奶瓶；舅舅吉姆说谎时涨得"像甜菜头那样紫红"的脸（132）；连时代、感情也都带有颜色："皮德蒙特的 50 年代是深棕色的时代"（4），纸厂有色人的最后一次野餐会，人们是怀着"一种加了许多奶油的咖啡色的感情"（212），……作者几乎用了所有的色系来渲染文本，读书的过程你甚至会担心，翻书的手指是否会被染上颜色？

作者在前言中感叹，"60 年代后期和 70 年代初期，辉煌的黑人觉醒了，但却遗憾地丧失了幽默感，因为许多人认为进步的政治是排斥幽默感的"（xvi）。他大概是用自己的回忆录来弥补这一缺憾，浓淡相宜的俏皮、幽默，成了他叙事时敷色渲染的主要原料。

复活节那天发生在教堂里的事，是作者写在文本中大大的"囧"。按照惯例，每个小孩都有机会背诵一段经文。他那天要背诵的只有两句："耶稣是个像我一样的男孩儿，我想成为像他一样的人。"当时的他只有 4 岁，是这次活动中年纪最小、第一个上场的孩子，"这时灾难发生了，我把我那小段词忘得干干净净。我衣服笔挺，要多干净有多干净地站在那儿，面对镇上我们那个区的所有人，拼了我的小命也想不起一个字儿来。…… 也不知在那儿站了多久，所有人都瞪大眼睛盯着我……""后来终于听见教堂后面有个奇妙的银铃般的声音，替我读了那两句。…… 我鞠了一躬，溜回到座位上。掌声和爆笑声在小小的教堂里回响"（117-118）。作者在写这段文字时，从笔端流出来的，大概也有尴尬吧。

作者写右腿膝盖撕心裂肺的疼痛，能召唤出一幅龇牙咧嘴的面相来。"我一头扎进了一面平地拔起的疼痛之墙。它从四面包围着我，我在疼痛里面，疼痛又在我的里面，无法移出，无法摆脱。不像肘部尺骨碰到了硬物，疼得让人失去知觉。不像头撞到一个硬物或扭了脚踝、断了脚趾那样的疼。什么都不像。这种疼痛有它自己的维度，疼得我几乎看不见东西，左右、上下稍一动疼痛就会加剧……""被塞进出租车的后座上，车子经过火车道，我又尖叫了起来，每一次颠簸都像一台冲击式凿岩机在我的身体深处钻孔"（139）。阅读的过程，一股股疼痛能从文字里钻出来，让人紧张得不敢想象，只剩下皱眉、咬牙、唏嘘，还不自觉地抱起自己的右腿。

作者写 14 岁时的第三次手术，说自己第一次看见了"永恒"，"一个 14 岁的孩子被困在床上，被一套重量和滑轮系统固定在一个位置上牵引，不能左右移动，身体只能抬到 45 度，不能翻身，不能用洗手间……整整 6 个星期。42 个漫长、炎热的日子。1008 个小时。那只小小的蜂鸟不断在我的头脑里，飞来飞去，在悬崖上磨着它的喙"①（142）。绝望和疼痛，一分一秒地在他的身体和精神上穿梭互动，叠加成"一天零八个小时"的痛不欲生和永恒！难怪他要问"是什么人最早认为永恒是件好事儿的"（137）？

回忆录最后收尾是在有色人最后一次聚餐会，光、影、声、色，外加味道，一起熏染成乡愁的凝重。从四面八方飞回来的有色人群，停在各自地盘上或租或买来的不同层次、干净亮眼的车，伊泽尔小姐刻意把自己的嘴唇涂得像草莓一样红，姨夫乔给自己的头发多涂一层护发霜，托茨小姐和马歇尔先生一整天都在旷野里逗笑，野餐桌的大小、材质和制作过程，支在地上煮玉米的大锅里沸腾着的水和气，不怕烫伤争相哄抢的大人，往玉米上撒盐、刷黄油的啪啪啪、呲呲呲声响，打打闹闹的孩子，空气里弥漫着的嫩玉米的香甜……玉米包叶，穗丝，西瓜，黄油，冷饮，时间，环境，背景、气氛，声音、颜色、味道，文化、习俗，传统，历史……当你迷醉在这个盛大的聚会之时，"1970 年工厂叫停这个活动。他们说隔离得过分了。他们说，这不合法。中学的关闭和工厂野餐会的取消，小镇等于死了"（168）。怅然若失的情绪被提升到一个高地，让人开始反思种族隔离制度的取消也会带来的昏暗的颜色。

---

① 上八年级时，老师用蜂鸟磨喙解释了什么叫永恒：一只蜂鸟每 500 年会在一块巨石上停落一次，这颗巨石高、宽、长各 500 英里，这只小蜂鸟每 500 年会到这块巨石上磨它的喙，蜂鸟把巨石磨到鹅卵石大小所用的时间相当于永恒的一秒钟。

　　然而，本回忆录的语言风格不仅仅是多彩、调皮、灵动和幽默，作者写母亲的离世和葬礼，用真实情感和精炼的文字，把回忆幻化成涟涟的眼泪。

　　1987年母亲病重，他"租了辆车，一路哭着开回家"（207）。"午夜时分，我们同意不再电击她的心脏了。……我已经告诉妈妈我是多么爱她，她露出了会心的微笑，她可以带着这个上路了"（207）。

　　母亲的葬礼，作者用的是小时候和妈妈一起参加布茨先生的母亲葬礼时布茨的表现，"他倒在坟墓上，求你了，求你了，就再看一眼，别把她埋掉，就再看一眼，他反复叫着、喊着这一句话，趴倒在母亲的坟墓上"（208）。这样的情感描述方式，既避免了自揭爱的疤痕的痛，又避免了过于煽情，只让眼泪在文字里流淌……

　　　当我走上路程的最后一英里
　　　我将在日落时分歇息，
　　　我知道有欢乐在等待着我
　　　跟着我走完这最后一英里。

　　同样，他用别人葬礼上的歌和母亲为别人念的悼词，怀想母亲，"妈妈站起来读悼词，她很好看，声音很好听"（210）。

　　回溯母亲葬礼后自己的期许和遗憾，作者一连用了10个排比句，文字及其催生出的眼泪共同渲染出人类躲不过的生离死别的无奈、无力感。

　　　我想要圣福音唱诗班唱许多悠长而哀伤的歌。我想要人
　　　们趴倒在地上。我想要教堂里很热，窗子关着，殡仪馆
　　　里的那些纸一样的颜色的风扇只吹散热气，而不是吹凉

什么东西。我想要笔挺的领子变软，垂下来的拉直的头发绞缠成'老样子'，我想要脖子后窝'厨房'那儿的头发在热气中绞缠，就在我们眼前大声地、长时间地啪啪作响。我想要全世界都知道我妈妈的死和她活着时的辉煌。我想要哭，大哭、不停地哭，好告诉她我多么遗憾自己作为儿子不够好。我想要她知道我本应该努力做得更好，更好地理解她，更经常地回家看望她。我想要她知道我努力过，我像爱生命一样爱她，现在她走了，我会想念她。我想要在那个昏暗神圣的地方悲悼她，我要那份悲哀永远延续（210）。

五、结语

文品才华俱佳的盖茨在这部回忆录里，满含深情地记述了自己的成人过程。每一个文字都带着思想，每一种观念都有深度，每一次想象都有灵动和智慧闪烁。回想文本里的点点滴滴，重现在脑海里的除了一幅幅"有色""有味"的画面，还有一只"长着黑色羽毛的鸟，坚强，心怀希望，不畏艰难，也不畏神明，唱着自己的歌"（Angelou，1969：题记）。

　　自传是一种寻找自我、建构身份的过程，是一种展现个体对世界、对生命、对自我的认识态度的载体，而"身份是自传者的起点，也是其文本的归属"（杨正润，2009：319）。传主从自己的身份，特别是主导身份出发，叙述自己的人生经历，最终证实和确实这一身份，并在文本中反映出其独特的"这一个"。非裔美国作家自传作品，带着自强者生命的赞歌，带着时代的音符，带着历史的共鸣，把自我生命写进美国文学的历史长廊中。这是一个争取声音、身份、自由、平等和认同的过程，也是一个自我意识觉醒、生命意识逐渐强化的过程。尽管和世界自传文学发展的步履不一致，但美国黑人作家自传的发展历史大致跟随着前者的路径和节奏。19世纪中后期"历史性自传"，以道格拉斯为代表的按时间顺序，追忆自己的生活故事、传递自我意识觉醒过程的奴隶叙事，是黑人作家自传的起始，同时也是美国黑人文学的起始，那是一种力求爆发开来的原初生命和野性生命的呐喊。以赫斯顿和兰斯顿·休斯为代表的哈莱姆文艺复兴前后的自传作品，同样具有"历史性自传"的特性，只是多了历史情绪所激发的世俗力量和一份沉甸甸的生存忧患。20世纪60年代民权运动前后，以杜波依斯自传为代表的"哲学性自传"，旨在凸显"认识论和个人思想进程"，作者们的民权意识逐渐觉醒，但归属意识是这一阶段自传作品的主旋律。后民权运动时期，以盖茨和玛雅·安吉洛的生命故事为代表的自传作品，则是一种把"诗性的自我表白和诗性的自我创造"相并置的"诗性自传",既有美国黑人获得所谓的平等之后对自我及 our people 的归属意识思考,更有对以提升自我人格为基础的认同意识的实践和求索。当然,自传大家安吉洛在不同时期以不同创作模式写就的六部自传作品,更表现出"多元化自传"的特性。她既以诗性的语言在文本中重塑自我,又带着理性和哲思寻求认同于主流文化大环境,从而把黑人自传文学推向了一个新的高度。

斯皮瓦克曾说过,"自传是一种创伤,在这里,历史的血迹不会干涸"。这一看似夸张的界定,却似乎是给美国黑人作家自传量身定做的。斯皮瓦克将自传的私人性、个体性文本放置于深层的政治社会层面之中,揭示出的是自传的历史性内涵。毕竟,个人的生命力和人格会给历史留下重重的印记,而美国黑人作家这群历史的见证者,正是用写自灵魂深处的故事,揭示出历史的细节、情节,扩展开历史的断裂和褶皱,照亮了历史的盲区和误区,他们用 T.S.艾略特所谓的"艰苦的(精神)劳动""获得(黑人)传统"①,以带着血、泪、汗和生命支撑起来的生命的厚重和真实,描画出了一幅幅充满生命活力和精神高度的文字画册。

美国黑人作家自传作品,从奴隶叙事中道格拉斯、雅各布森的生命意识的觉醒,到赫斯顿自我生命意识的张扬,再到马尔克姆·X、杜波依斯冒着生命危险为了权力和平等的奔走宣传,再到安吉洛和小盖茨教授平静、自得地描画自己,传主们在自我形象塑造、自我身份建构、民族命运的诉求和对整个时代和民族苦难的审视中,记录着近 200 年间美国黑人作家自传的历史脉络,而传主们的精神样貌则在白人文化的阴影下,涌动着、繁衍着、抽象着、深刻着、重塑着古老的黑人文化,哺育着一代代新黑人

① T.S.艾略特在其《传统与个人才能》一书中说,"传统并不能继承。假若你需要它,那必须经过艰苦的劳动来获得它"。

的成长，进而以其强大的感召力，给人以生命的启迪和历史的教益。他们热爱生命，唤醒记忆，见证历史，雕琢灵魂，拷问人性，鉴古烛今，申辩真伪，凝聚人心，振奋精神，树立楷模，以一种舍我其谁的大情怀、大气概和大责任，把个人的小历史写进大历史的背景和进程里，以一己之力竭力推动着政治文明的进程。在他们改造自我命运的灵魂寻觅和人格完善中，我们总能触摸到一份希望和温暖。

塔勒布曾把"反脆弱性"定义为"那些不仅能从混乱和波动中受益，而且需要这种混乱和波动才能维持生存和实现繁荣的事物的特性"（纳西姆·塔勒布，2013：16）。200 多年过去了，拥有惨痛历史的美国黑人已经幸运地闯过了"维持生存"这一险关，行在"实现繁荣"这一漫长的河岸上。此岸并非坦途，彼岸遥遥茫茫，他们仍须面对文明的阴影下的萧索寒冷，仍需面对人类、人性自身的缺憾或阴暗。然而，"黑色的"梦想难以实现又怎样？人类看重的是有希望。所以我们愿意相信并期望生活在美利坚大地上的"黑色的鸟儿"能早日飞出笼子，享受自由的天空，且不忘自在地歌唱；我们也热切期待"彼岸"和"繁荣"，那一定也是整个人类摆脱战争阴影、战胜自然灾害、克服自身丑恶后的繁荣！

参考文献

[俄] 巴赫金. 1998. 拉伯雷研究. 李兆林，夏忠宪等译. 石家庄：河北教育出版社.

陈兰村. 1999. 中国传记文学发展史. 北京：语文出版社.

陈世丹. 2011. 向苍天呼吁：走向一种生态社会. 山东外语教学，（4）：63.

[美] 杜波依斯，W. E. B. 1996. 杜波依斯自传. 邹德真等译. 北京：中国大百科全书出版社.

[德] 费迪南·费尔曼. 2000. 生命哲学. 北京：华夏出版社.

冯沪祥. 2001. 中西生死哲学. 北京：北京大学出版社.

[加] 高辛勇. 1997. 修辞与文学阅读. 北京：北京大学出版社.

顾学稼. 1992. 美国史纲要. 成都：四川大学出版社.

[德] 海德格尔. 1996. 海德格尔选集（上卷）. 上海：上海三联书店.

[德] 海德格尔. 2004. 海德格尔存在哲学. 孙周兴等译. 北京：九州出版社.

寒山碧，杨玉峰等. 2010. 理论探讨与文本研究——中华传记文学国际学术研讨会论文集. "中华书局（香港）有限公司".

[德] 黑格尔. 1997. 美学. 朱光潜译. 北京：商务印书馆.

洪晓. 2004. 自由生命的彰显——论巴赫金的狂欢理论. 巢湖学院学报，（5）：55.

胡适. 2014. 四十自述. 北京：北京联合出版公司.

黄卫峰. 2002. 美国新黑人文化运动的特点. 学术论坛，（5）：147-150.

稽敏. 2011. 美国黑人女权主义视域下的女性书写. 北京：科学出版社.

[法] 加斯东·巴什拉. 2005. 火的精神分析. 杜小真等译. 长沙：岳麓书社.

金莉. 2010. 20 世纪美国女性小说研究. 北京：北京大学出版社.

李德顺. 2007. 价值论. 北京：中国人民大学出版社.

李祥年. 1993. 传记文学概论. 合肥：安徽文艺出版社.

李宗桂等. 2007. 中华民族精神概论. 广州：广东人民出版社.

林满平. 2013. 《城堡》文本中的生命意识及其非误读性误读. 温州大学学报,（4）: 72-76.

林贤治. 2000. 五十年：散文与自由的一种观察. 书屋,（3）: 17-79.

林语堂. 1995. 林语堂自传. 南京：南京出版社.

刘海平，王守仁. 2002. 新编美国文学史（第三卷）. 上海：上海外语教育出版社.

刘继保. 2004. 《红楼梦》理想世界的宗教背景. 社会科学辑刊,（1）: 128.

刘小枫. 2011. 生命的哲学. 上海：华东师范大学出版社.

刘瑜. 2014. 民主的细节. 上海：上海三联书店.

[法] 罗曼·罗兰. 2013. 贝多芬传. 上海：华文出版社.

[美] 纳西姆·塔勒布. 2013. 反脆弱：从不确定性中获益. 雨珂译. 北京：中信出版社.

[德] 尼采. 2000. 权力意志. 贺骥译. 桂林：漓江出版社.

庞好农. 2013. 非裔美国文学史. 北京：中央编译出版社.

钱理群. 2005-3-30. 不敢写传记. 中华读书报第一版.

钱中文. 1998. 巴赫金全集（第五卷）. 白春仁，顾亚铃译. 石家庄：河北教育出版社.

[美] 乔安妮·格兰特. 1987. 美国黑人斗争史. 郭瀛等译. 北京：中国社会科学出版社.

全展. 2007. 传记文学：阐释与批评. 武汉：湖北人民出版社.

盛宁. 1997. 文学鉴赏与思考. 北京：生活·读书·新知三联书店.

史铁生. 2011. 史铁生散文选集. 天津：百花文艺出版社.

宋春香. 2009. 他者文化语境中的狂欢理论. 北京：中国社会科学出版社.

[美] 舒尔兹. 1986. 成长心理学. 李文湉译. 上海：上海三联书店.

苏鸣. 2003. 敬畏着存在. 当代作家评论,（3）: 127-132.

[美] 苏珊·朗格. 1986. 情感与形式. 北京：中国社会科学出版社.

[美] 托马斯·索威尔. 2016. 美国种族简史. 北京：中信出版社.

唐红梅. 2009. 论后民权时期新一代美国黑人女作家的时代特征. 电影文学,（20）: 81-83.

王家湘. 2006. 20世纪美国黑人小说史. 南京：译林出版社.

王晴锋. 2005. 后民权时代的美国族群关系：经验与反思. 世界民族,（1）: 14-22.

[奥] 维克多·弗兰克. 1991. 活出意义来. 赵可式，沈锦惠译. 北京：生

活·读书·新知三联书店.

翁德修, 都岚岚. 2000. 美国黑人女性文学. 长春：吉林大学出版社.

吴晓东. 2003. 从卡夫卡到昆德拉：20 世纪的小说和小说家. 北京：生活·读
书·新知三联书店.

夏忠宪. 2000. 巴赫金狂欢化诗学研究. 北京：北京师范大学出版社.

许德金. 2005. 面纱后面和面纱上面传来的声音//杨国政. 传记文学研究：
欧美文学论丛（第四辑）. 北京：人民文学出版社：155-181.

许志伟. 2007. 基督教思想评论. 上海：上海人民出版社.

[美] 亚当斯. 2014. 亨利·亚当斯的教育. 成墨初, 张灿译. 武汉：武汉大
学出版社.

杨国政. 2005. 从自传到自撰. 欧美文学论丛.（0）：73-88.

杨金才. 1999. 20 世纪美国自传文学与自我表现, 国外文学,（03）：51-56.

杨正润. 2009. 现代传记学. 南京：南京大学出版社.

[美] 约翰·费斯克. 2001. 解读大众文化. 杨全强译. 南京：南京大学出版社.

[英] 约翰·洛克. 2014. 洛克谈人权自由. 石磊编译. 天津：天津社会科学
出版社.

曾大兴. 2015. 物候与文学家的生命意识. 学术研究,（6）：158-164.

[英] 詹姆斯·盖瑞. 2015. 隐喻言说. 张琛, 何云正译. 北京：中信出版社.

张冰. 1991. 艺术与生活的双重奏——《拉伯雷和他的世界》读后. 读书,
（8）：122.

张新科. 2012. 中国古典传记文学的生命价值. 北京：人民出版社.

赵白生. 2008. 传记文学理论. 北京：北京大学出版社.

赵静蓉. 2015. 文化记忆与身份认同. 北京：生活·读书·新知三联书店.

赵晓彬. 2003. 罗特曼与巴赫金. 外国文学评论,（1）：15.

周国平. 2010. 安静的位置. 北京：北京理工大学出版社.

朱东润. 2006. 八代传叙文学论述. 上海：复旦大学出版社.

朱光潜. 2016. 谈美简史. 上海：复旦大学出版社.

朱寿桐. 2006. 文学与人生十五讲. 北京：北京大学出版社.

Abrams, M H & Harpman, G G. 2013. *A Glossary of Literary Terms* Tenth
Edition. Boston: Wadsworth Cengage Learning.

Anderson, L. 2001. *Autobiography*. New York: Routledge.

Angelou, M. 1969. *I Know Why the Caged Bird Sings*. New York:
Ballantine Books.

Baldwin, J. 1998. *Go Tell it on the Mountain*. New York: Penguin Putnam, Inc.

Beaulieuz, E. A. 2006. *Writing African American Women, an Ency- clopedia of Literature by and about Women of Color*. Westport: Greenwood Press.

Bloom, H. 2007. *Bloom's Guides: Alex Haley's The Autobiography of Malcolm X*. New York: Infobase Publishing.

Braxton, J. M. 1986. Harriet Jacobs's incidents in the *Life of a Slave Girl*: The re-definition of the slave narrative genre. *The Massach- usetts Review*, 27 (1): 14-29.

Douglass, F. 1845. *Narrative of the Life of Frederick Douglass, An American Slave, Written by Himself*. London: G. Kershaw & Son.

Draper, J. P. 1992. James Baldwin. In J. Draper (ed.), *World Literary Criticism* Vol. 1, 1500 to the Present. Detroit/London: Gale Research Inc., 195.

Evans, M. 1999. *Missing Person: The Impossibility of Auto/Biography*. New York: Routledge.

Fishburn, K. 1997. *The Problem of Embodiment in Early African American Narrative*. Westport: E Greenwood Press.

Frye, N. 1957. *Anatomy of Criticism*. Princeton: Princeton University Press, 365.

Gates, Jr. H. L. 1994. *Colored People*. New York: Vintage Books: A Divi- sion of Random House, Inc.

Giddings, P. 2006. *When and Where I Enter*. Amsterdam: Amistad.

Hamilton, N. 2007. *Biography: A Brief History*. Cambridge: Harvard University Press.

Harris-Perry, M. 2011. *Sister Citizen*. New Haven: Yale University Press.

Haywool, H. 1978. *Black Bolshevik: Autobiography of an Afro-American Communist*. Chicago: Liberator Press.

Hurston, Z. N. 2005. *Dust Tracks on a Road*. New York: Harper Perennial.

Iton, R. 2008. *In Search of the Black Fantastic*. New York: Oxford Univer- sity Press, Inc.

Jacobs, H. 2001. *Incidents in the Life of a Slave Girl*. London: W. W. Norton & Company, Inc.

Janken, K R. The Civil Rights Movement: 1919-1960. Freedom's Story

Teacherserve.
http://national humanitiescenter.org/tserve/freedom/1917beyond/essays
/crm.htm.

Johnson Ⅲ. O. A. & Stanford, K. L. 2002. *Black Political Organizations in the Post-Civil Rights Era.* New Jersey: Rutgers University Press.

Jordan, C. L. 2003. *Bibliographical Guide to African American Women Writers.* Westport, Conn.: Greenwood Press.

Kaplan, J. 1996. A Culture of Biography. In D. Salwak (Ed.), *The Literary Biography: Problems and Solutions.* Iowa City: University of Iowa Press, 1-13.

Kendal, P. M. 1965. *The Art of Biography.* London: Londres, George Allen.

Longaker, M. 1971. *English Biography in the Eighteenth Century.* New York: Octagon Books.

Lynch, M. F. 2007. A glimpse of the hidden God: Dialectical vision in Baldwin's *Go Tell on the Mountain.* In T. Harris (Ed.), New Essays on *Go Tell on the Mountain.* Peking: Peking University Press, 96-98.

MacPherson, S. 2007. *Courting Failure: Women and the Law.* Akon: University of Akron Press.

Malcolm, X. & Haley, A. 1987. *Autobiography of Malcolm X.* Washington: Turtleback Books.

Mandell, G. P. 1991. "Introduction", *Life Into Art: Conversation With Seven Contemporary Biographers.* Fayetteville: The University of Arkansas Press.

Markman & Genter, D. 2000. Structure Mapping in the Compassion Process. *The American Journal of Psychology,* 113 (4): 501-538.

Martin, T. J. 2000. Harriet A Jacobs (Linda Brent). In Q. Troupe (Ed.), *Nineteenth-Century American Women Writers: A Bio-Bibliographical Critical Sourcebook.* Westport, 264.

Maurois. 1970. A Maurois, "The Ethics of Biography". In J. L. Clifford (Ed), *Biography of An Art; Selected Criticism* 1560—1960. New York: Oxford University Press, 1962.

Maurois. 1970. *Memoirs*. 1885—1967. Denve Lindley, trans. New York: Harper & Row Publishers.

Moody, A. 1968. *Coming of Age in Mississippi*. New York: Bantam Dell.

Morison, T. 1989. *Life in his Language*. In Q. Troupe (Ed.), *James Baldwin: The Legacy*. New York: Simon & Schuster Inc., 77-79.

Neal, L. 1968. The Black Arts Movement. *The Drama Review*: TDR, (12) 28-39.

Northup, S. 1855. *12 Years a Slave*. New York: Miller, Orton & Mallgan.

North, R. 2000. *Notes of Me: The Autobiography of Roger North*. Ed. Peter Millard. Toronto: Toronto University Press.

Piersen, W. D. 1993. *Black Legacy: America's Hidden Heritage*. Amherset: University of Massachusetts Press.

Prys-Williams, B. 2004. *Twentieth-century Autobiography: Writing Wales in English*. Cardiff: University of Wales Press.

Riley, P. 2004. *Character and Conversation in Autobiography: Augustine, Montaigne, Descartes, Rousseau, and Sartre*, Charlottesville: University of Virginia Press.

Schreiber, E. J. 2001. *Subversive Voices*. Knoxville: The University of Tennessee Press.

Smethurst, J E. 2004. *The Black Arts Movement: Literary Nationalism in the 1960s and 1970s*. London: The Univeristy of North Carolina Press.

Spengemann, W. C. 1980. *The Forms of Autobiography: Episodes in the History of a Literary Genre*. New Heaven and London: Yale University Press.

Stone, A. E., Jr. 1972. An Autobiography and American Culture. *American Studies: An International Newsletter*, 11: 22-36.

Sundquist, E. 1993. *To Wake the Nations: Race in the Making of American Literature*. Cambridge: Harvard University Press.

Wall, C. 2000. *Black Feminism Thought*. New York: Rutledge.

Warren, K. 2011. *What Was African American Literature*. Cambridge: Harvard University Press.

Washington, B. T. 1928. *Up From Slavery: An Autobiography*. Cambridge: The Riverside Press.

West, C. 1993. *Race Matters*. Boston: Beacon Press.

Wright, R. 1993. *Black Boy*. New York: Harperennial.

后　记

　　朱光潜说，"生命是一个说故事的人"。本书是对美国历史上一群特殊人群的生命故事的阐释。十几年来对黑人文学尤其是小说的关注和研究，让笔者对黑人作家自身的故事产生了强烈的兴趣。从构思到开始文本细读先后经历了近五年的时间，但正式动笔则是笔者在哈佛大学黑人文化文学研究中心访学期间的 2014 年秋天，和导师哈佛大学美国黑人文化文学研究中心主任，也是本书最后一部自传作者小亨利·路易斯·盖茨教授商定后动笔的。

　　为了更准确客观地把握文本的细节和意义，本书所涉猎的十三部自传作品，除了杜波依斯自传外，笔者均选择细读英文原版，力争在字里行间掌握自传故事的细节，全面真实地呈现出自传作者的原貌。同时，笔者还有意避开国内外相关的研究成果，尤其是有关文本形式等"外部研究"的成果，所有的认识和思想均是笔者反复研读和思考的结果，来自于笔者四十多万字的心得和笔记的梳理和提炼。

　　一个人的成长故事，并不比一部虚构小说更易阅读和理解，但一定比虚构作品更具生活的味道和气息。两年来，笔者跟随一个个作家的生命历程，在几百年历史的沉浮中，见证着传主们的思想、人格、精神的成长，见证着他们与时代共悲欢、与民众共命运的担当。藉此，阅读的过程也就变成了感受其生命的韧劲和力量的过程，笔者时而被他们的灵动和幽默逗得大笑，时而被他们的深情感动得流泪，但更多的是被他们的生命故事所打动，被他们特有的黑人文化性所吸引。

需要强调的是，本书中笔者并没有把注意力过度放在传记文学理论家们争议了几百年的自传事实的"真"和"伪"的辨识上，也不想过多地纠结于文本的真实和虚构，更不愿过多地宣扬这些自传作品的完美和传主们形象的高大。毕竟，世界上没有谁的生命是完美的，但总有一类人，以其自强、自律和与命运的顽强抗争而成为精神的强者。我们只需了解美国黑人作家在二百多年间从挣脱身体枷锁到精神、智识上和白人齐头并进的事实，他们的故事就不会单调，不会阴郁，不会沉闷，不会消极；故事的主人也就不会自卑、不会怯懦、不会消沉、不会狭隘，而书写这些事实的文字就无疑会带着温度、力量和勃勃的朝气。

感谢导师盖茨教授不断的鼓励和肯定，感谢编辑常春娥女士耐心、友善的鞭策，感谢我的几位可爱而有灵气的研究生，他们以认真的态度、学术的自觉和高质量的论文，减少了我不少的工作内容；感谢来自家人的关爱与支持……这些爱与支持，让我有信心继续对美国黑人自传作品进入下一步综合性研究，并敢于期待不坏的结果。

"每一代人都在重写一个追寻的故事，追寻的故事既是生命个体的故事，同时在总体上又构成了人类的故事"（吴晓东，2003：26），所以必须把最后的感谢留给美国黑人作家这群特殊的人群，他们用自己的人生，实践着生命的价值和意义；用自己的故事，探索着人类生命的宽度和深度。

由于笔者才学浅陋，书中难免有无意的疏漏和认识的偏颇，敬请读者不吝指正。

焦小婷

2017 年 3 月 26 日于仁和小区